い一日

シャーリイ・ジャクスン

人間の裡《うち》に潜む不気味なものを抉《えぐ》り出し，独特の乾いた筆致で書き続けたシャーリイ・ジャクスンは，強烈な悪意がもたらす恐怖から奇妙なユーモアまで幅広い味わいの短編を手がけたことでも知られている。死後に発見された未出版作品と単行本未収録作を集成した作品集 ***Just an Ordinary Day*** より，現実と妄想のはざまで何ものかに追われ続ける女の不安と焦燥を描く「逢瀬」，魔術を扱った中世風暗黒ゴシック譚「城の主《あるじ》」，両親を失なった少女の奇妙な振るまいに困惑する主婦が語る「『はい』と一言」など23の短編を選び，エッセイ５編を併録した。

なんでもない一日

シャーリイ・ジャクスン短編集

シャーリイ・ジャクスン
市田　泉　訳

創元推理文庫

THE SMOKING ROOM
AND OTHER STORIES : A COLLECTION

by

Shirley Jackson

目次

なんでもない一日

シャーリイ・ジャクスン短編集

序文　思い出せること

十六歳のころのはっきりした記憶といったら、とりわけ苦しい時期だったということくらいだ。そのころわたしは、家族とともにカリフォルニアから東部へ引っ越し、新しいハイスクールや新しい風習――十六歳の少女にひどくきまりの悪い思いをさせるあらゆることになじもうとしていた。たとえばある日、転校先のハイスクールで化学の授業が中断されたのは、わたしに初めての雪を見せるためだった。それまで実在するとも思わなかったものに対し、わたしがどういう反応を示すかと、クラス全員が外へ出て楽しげに観察したものだ。

もうひとつ覚えているのは、当時読んでいた何かの本が物足りなくて、どうしようもなくいらいらしたことだ（そのころ呆れて放り出した本はいろいろあったので、どの本だったか思い出すことはできない）。いら立ちが高じるあまり、わたしはある晩こう決意した。世の中には読むにふさわしい本が一冊もないのだから、自分がそれを書いてやろう、と。

詩劇は時代遅れだし、詩はあまりに難しすぎるので、どちらにも手を出さないことにして、ついにわたしは、推理小説ならいちばん書きやすいし、たぶんいちばん読みやすいから、それを書こうと心に決めた。それから妙案を思いついた。結末の直前まで話を書き進めたら、キャラクター一人一人の名前を記した紙を帽子の中に入れ、一枚だけ引いて、その人物を犯人にするのだ。その方法なら、自分でもびっくりするような結末が書けるはずだった。わたしは一日じゅう二階の自室にこもって、夢中で原稿を書き、どのキャラクターが（全員がきわめて不快な人物で、しょっちゅう青臭い冗談を飛ばしていた）犯人でもおかしくない状況を生み出そうとした。最初の二、三人が殺されたあと、話はかなり大雑把《おおざっぱ》なものになった。ゆっくり時間をかけて捜査の過程を描写する根気など、わたしにはなかったからだ。ともあれ、結末の直前までたどり着いたので、わたしはキャラクターの名前を書き出し、原稿を家族に読んで聞かせようと一階へ下りていった。

母は編み物をしていて、父は新聞を読んでいて、弟も何かしていた——たぶんコーヒーテーブルに自分のイニシャルを彫りつけていたのだろう——が、わたしは朗読を聞いてくれと三人を説き伏せた。そして原稿を最初から読んでいったが、読み終えたときの家族の反応はだいたいこんなふうだった。

弟　それ、一体何なのさ。

母　よくできてるわよ。

父　うん、なかなかいいな。（母に向かって）暖房の修理をする人、もう呼んだのかい。

弟　こうしなよ、出てくるやつをみんな殺しちゃうんだ（けたたましい笑い声）。

母　シャーリイ、ずっと二階にいたんだから、ベッドメーキングはちゃんとやったんでしょうね。

最終的に、どのキャラクターが手を血に染めて帽子から出てきたのかは覚えていない。ただ、よく覚えているのは、もう推理小説なんか読まないし、書かないと心に誓ったことだ。いや、二度と小説なんか書くもんか、と。ちなみにそれ以前には、結婚なんか絶対にしないし、間違っても子どもなんか産まないという決意も固めていた。将来は私立探偵になる運命だと考え始めたのは、だいたいそのころだったかもしれない。

シャーリイ・ジャクスン

スミス夫人の蜜月（バージョン1）

食料雑貨店に入っていったとたん、彼女には、たった今まで自分と夫のことが噂されていたとわかった。カウンターから身を乗り出し、客と内緒話をしていた店主が、いきなり身を起こして目で合図を送ったのだ。すると店じゅうの人間が、店員も客たちも、急に何か思い出したという顔で、棚に並んだ食品や買い物リストや買い物袋を食い入るように見つめ始めた。だれもがこちらをちらちらと観察し、彼女がそっちを向くと同時に、ぱっと目を伏せている——そんな気がしてならない。と、店主がはっきりした大声で言った。「いらっしゃい、スミスさん」次の瞬間、ほとんど聞こえないほどのゆっくりしたため息が店じゅうに広がっていった。

「こんにちは」とスミス夫人は言った。

「今日は何にします？」店主は両手をカウンターの上でそわそわと動かした。「週末に備えてたっぷり買いこみますか」店主はたいていの客にこう尋ねかける。スミス夫人のような、なじみの浅い客にさえ。だがスミス夫人に話しかけたときは、いつも以上に愛想のいい声になってしまい、店主はうろたえたように咳払いした。

「あまり要《い》らないの。主人が週末は出かけようって言ってるから」スミス夫人がそう答えると、ふたたびあの長いため息が店内に広がった。彼女の言葉を一言も聞き漏らすまいと、人々が近づいてくるのがはっきり感じられる。「パンを一斤、生クリーム半パイント、豆の小さい缶詰」スミス夫人は、数分前にアパートで書いたリストにじっと目を落としていた。数日前、最初に店を訪れたときは、ほかの女たちのように店の中を歩き回ったが、みんなが故意に自分から遠ざかったり、横目で見てきたりすることがわかったので、今ではカウンターの前に立って、店主に注文を伝えるようにしている。なんて愚かな人たちだろう——そう思いながら、彼女は先を続けた。「それと、バター四分の一ポンド、ラムチョップ三本」店にいる人々に面と向かって言ってやりたかった。ラムチョップ一本はわたしのため、二本は主人のためよ。一人一人に向き直りながら、主人のためよ、と言ってやりたかった。三十八歳のオールドミスだって、ときには自分を愛してくれて、守ってくれる男性を見つけられるんだから——。胸に苦い思いがこみあげてくる。この人たちはわたしたちの出会いを知らないけれど、知ってほしいとも思わないわ。

「コーヒーは?」と店主。「お茶は?」

「コーヒー一ポンド」スミス夫人は店主に向かって笑いかけた。「わたし、コーヒーが大好きなの。その気になったら、一日じゅうでも飲んでいられるわ」

「一ポンドも?」店主は目を丸くした。

「ええ」スミス夫人は言葉がつかえないように、カウンターの端をぎゅっと握った。「主人は」と口を開く。「コーヒーが好きじゃないの。でも、わたしは大好き」

予想はしていたが、またしてもかすかなため息が聞こえてきた。そしてまたしても何かを待つような沈黙。いったいわたしにどうしろというの——未亡人のふりをしろとでも？　スミス夫人の注文を聞いていた肉屋が無言で店を横切ってきて、ラムチョップの包みをカウンターに置き、肩ごしにちらりと彼女を見て、店の反対側にある肉のカウンターへ急ぎ足でもどっていった。「ありがとう」とスミス夫人は声をかけた。店主は紙袋の束をしきりにがさがさいわせて、スミス夫人の買い物を詰めるために一枚広げた。注目の的になってると、いいことがひとつだけあるわ、とスミス夫人は思った。どこへ行っても絶対に待たなくていいってこと。ここにいる女《ひと》たちはみんな、わたしより先に来ていたのに、わたしはもう買い物を済ませて——

店主がだしぬけに身を乗り出してきた。「スミスさん。あたしゃ、こんなこと言える立場じゃないんだが、このあたりじゃみんな、近所付き合いを大事にしてるんでね、いずれだれかが伝えなくちゃならんと——」店主が困ったように口をつぐむと、店内はしんと静まり返った。「だれも教えてやらんのかね？」店主は強い口調で言ったが、だれ一人身動きもしなければ、声も出さなかった。

スミス夫人は内気そうな笑い声を上げた。「何もおっしゃらないで。わたし、家の切り盛りには慣れていないから、きっとおかしな失敗を山ほどすると思うの」——言葉を切ると、また期待するようなため息が聞こえた——「だけど、みなさん優しい方ばかりね。ご主人も、ご親切にありがとう」

「参ったな」店主は店じゅうの人々を指すように、腕を大きく動かした。「だれも教えてやらんのかね？」あいかわらず沈黙が続いた。

「あの」スミス夫人はおずおずと言った。「どうもありがとう」ほかの女たちにちょっと笑いかけて、食品の袋を抱える。それから「月曜日にこっちへもどるわ」と店主に声をかけた。「よい週末を」

店主は口を開いてじっと見つめてきた。スミス夫人はきびすを返してドアへ向かった。外へ出てドアを閉めたとき、店主が激しい調子で言うのが聞こえた。「あんたらみんな、そこに突っ立って――」おかしな人たち。大きな町のご近所付き合いも小さな町と同じね。新しい人にはいつも風当たりがきついの。そしてわたしは新しい人間――そう思うと嬉しくなった。三十八歳にして、新しい人間になれたんだわ。チャールズ・スミス夫人。たぶん、わたしがそのせいで少し浮かれてるから、あの人たちも見ていて気恥ずかしいんでしょうね。

実を言うと、どこへ行っても遭遇する奇妙な驚きの目は、初めて知るものではなかった。なにしろ最初に奇妙な驚きを示したのは、彼女自身、ヘレン・バートラム自身だったのだから――チャールズ・スミスがティーカップの脇の米菓をそわそわと見下ろし、口ごもりながらこう言ったときの話だ。「きみ、考えたことないかな……だれかと結婚するってこと」今思うと、あのとき彼女の顔にはっきり表れていたのは驚きだったに違いない。けれどその驚きはすぐ、半信半疑の幸福感に変わった。あの瞬間、彼が私を見ていなくてよかった、と考えて、スミス夫人は笑い出しそうになった。チャールズ・スミス夫人。ふと気がつくと、服屋の前で立ち止まっていた。通りすぎる人には、ウィンドウに飾られた黒いレースのナイトガウンを物欲しげにながめているように見えたかもしれない。あら、いやだ、とスミス夫人は顔を赤らめてあとずさった。そういえば、あのときの様子も、だれにも見られてなかったならいいんだけど。まさかこの年であんなことが起こるなんて。

「厚かましいと思わないでほしいのですが——」今では二週間と三日前になったあの金色の朝、彼はそう話しかけてきた。「厚かましいと思わないでほしいのですが、少しいっしょにお話ししませんか」

　そして彼女は、相手を信じられないくらい厚かましいと思い、ひどく動転し、ちょっとの間《ま》、黒いショールを体に巻きつけて、冷淡に立ち去ろうかと思ったが、次の瞬間、生き方を変化させ、ほほえみを返してこう言ったのだ。「ええ、かまいませんわ」

「いいお天気ですね」

「ええ、いいお天気」

「海の空気がさわやかだ」

「ほんとにさわやかだわ」

　そしてその夜、桟橋《さんばし》のレストランでディナーをとりながら、彼はまじめな顔で身の上を語った。妻が亡くなったこと、十五年間妻と暮らした小さな家を閉め切り、放置していること、心優しい雇い主が、思い切り悲しめるように一か月の休暇に送り出してくれたことを。「ですが、男というのはひどく孤独に弱いものです」と彼は言い、彼女は痛ましげにうなずいたが、ともかくこの十五年間伴侶と暮らせた彼の妻のことを羨ましく思っていた。それから、彼女のほうが身の上を語った。父親のこと、長年自分が家事を任されてきたこと、今や若さを失っていく一方であること、贅沢さえしなければ、暮らしに困らない程度の保険金があること。「少なくとも」彼女は勇を鼓《こ》して言った。「外へ出て、見つけようとしなくてもいいんです……仕事とか、そういったものを」

「あなたも実に孤独なんですね」彼は言い、彼女の手を遠慮がちにさっと撫でた。栈橋のレストランでは、ナプキンさえ魚くさく、テーブルは塩気のせいでかすかにざらついていた。「だからぼくはあなたに話しかけたんでしょうね。図々しいのは承知の上だったんですが、あなたも一人きりかもしれないと思って」

「嬉しいですわ」彼女ははにかむように言った。「話しかけてくださって」

「女房だったら――前の女房のジャネットだったら、あんなふうに声をかけられたら腹を立てたでしょうね。あなたも腹を立てるんじゃないかと思ってました。ジャネットなら、すぐに立ちあがって行ってしまったでしょう」

自分ももう少しで立ちあがって歩み去るところだったと思い出し、まもなくチャールズ・スミス夫人となるヘレン・バートラムは、小さく笑い声を立てて言った。「そんなの馬鹿げてますわ。一人きりの人間同士には、仲良くなる権利があるんです」

三日後、二人は中国茶の店でお茶を飲み、彼は落ち着かなげに米菓を見下ろしながら、結婚を考えたことはないか、と尋ねたのだった。そして今、家の手入れが終わるまで仮住まいしているアパートの玄関へ入りながら、小柄なスミス夫人は、この数日間何度もあったことだが、しみじみと驚きを噛みしめていた。二人の人間の人生が、偶然によって一変してしまうだなんて――いいお天気と海の空気のおかげで、ふいに口から出た優しい言葉のおかげで、寂しさを分かち合うと、意外なほど心が安らぐと気づいたおかげで――といっても、とスミス夫人は律儀に考え直した。わたしはここ何日か、そんなに寂しくはなかったけれど――。それから亡くなった前妻のジャネットに優しく思いを馳せ、このところ何度かそうしてきたように、一人めの奥さんだったあなたに負けないくらい、二人めの妻であるわたしも、あの人を幸せにしますからね、というささやかな約束を胸に浮かべた。

スミス氏の小さな部屋は三階にあり、最近は若さを失う一方で、しかも食品の袋を抱えたスミス夫人にとって、そこまで上るのは長い道のりだった。二階で立ち止まって休んでいたとき、この階にはアームストロング夫人が住んでいること、彼女が自分と親しくなりたいという気持ちを、すでに過剰なくらい示していることを思い出したが、もはや手遅れだった。先刻、買い物に行こうと下りてきたときは、アームストロング家のドアの近くを急いで通りすぎたあと、背後でドアが開く音を耳にしたのだが、今やそのドアがふたたび開き、スミス夫人はまんまとつかまってしまった。

「スミスさんなの?」

「こんにちは」スミス夫人は慌てて階段に向かいながら肩ごしにあいさつした。

「待って、今行くから」アームストロング家のドアの鍵がカチリと音を立て、スミス夫人の背後でドアが閉まった。アームストロング夫人は軽く息を切らしながら廊下をせかせかと歩いて、スミス夫人が立ち止まっている階段へやってきた。「帰ってくるのに気づかないかと思ったわ。ずっと待ってたのよ。どこへ出かけてたの？　お買い物？」

食品の袋を抱えているのだから、うなずくしかなかった。スミス夫人はあとずさって階段を上ろうとしたが、アームストロング夫人は断固としてついてきた。「帰ってこないかと思った」息を切らしながら言う。「エドに話したの。今日こそ、そうよ、今日こそちゃんと話すつもりだって。あなただって、わたしに同じことをしてくれるはずよね。いちばん仲のいいご近所さんなんだから」

アームストロング夫人は三階までついてくると、脇腹を押さえ、ぜいぜいと息をしながら、スミス夫人がドアの鍵をあけるのを待っていた。スミス氏の小さな家の手入れが終わるまで夫妻が仮住まいしている、小さな部屋の鍵を。アームストロング夫人はこの部屋に入りこむ最初の他人だったが、スミス夫人は、お客を迎える用意がちゃんと整っていないことに気づいて困惑を覚えた。夫妻はどうせすぐ引っ越すのだからと、あまり荷ほどきもせず、その日その日を適当にしのいでいたのだ。おかげで室内はがらんとした感じで、温かみもなかった。「まだちゃんと落ち着いていないの」スミス夫人は弁解がましく言って、少なすぎる家財道具を指差した。「実は、ここで暮らすのは――」

「ええ、そうよね、かわいそうに。近所の人たちと付き合うなって、彼から言われてるんでしょ？」

「いいえ」スミス夫人は驚いて言った。「わたしいつも、なかなかお友だちが作れないのよ。

だからきっと——」

「ああ、ほんとにかわいそうに。だけどもうだいじょうぶよ。あなたに話すことにしてよかった」

スミス夫人はキッチンのテーブルに食品の袋を置くと、リビングに引き返して、玄関のクローゼットをあけ、スミス氏のものである、まだなじみの薄いレインコートの横にコートを吊るした。アームストロング夫人の訪問は憂鬱《ゆううつ》だが、クローゼットをほかの人間と分かち合っていると思うと楽しい気持ちになった。いずれスミス氏の家で服を全部荷ほどきしたら、自分だけのクローゼットにしまうことになる。内側がシダー張りのクローゼットで、最初のスミス夫人の服がしまってあったのだと、スミス氏は話してくれた。

アームストロング夫人はせかせかとキッチンに入っていって、食品を袋から出しているところだった。「あんまり買わなかったのね」と尋ねてくる。「コーヒーでも淹《い》れましょうか。それともすぐに彼が帰ってくるの？」

「夕食の時間まで帰ってこないわ」スミス夫人は愛想よくしようと努めた。「ええ、コーヒーが飲めると嬉しいわ。あまり買い物しなかったのは、あした出かけるからよ。家の手入れをしようと思って——長いこと空家だったから」さあ、これですっかり話してしまったから、座ってコーヒーを飲んで、この人が帰るまで天気の話でもすればいいかしら？

「あした出かける？」アームストロング夫人の顔は、驚くほど真っ青だった。「あした？」目を見張ったまま、キッチンの椅子にどさりと腰を下ろす。

「主人は町から十五マイルほど離れたところに家を持っているの。だけどその家、何か月も空家のままだったのよ」スミス夫人もキッチンに入って腰を下ろした。この人、新婚の妻からどこまで細かく聞き出せば満足するんだろう。「このアパートは何週間か借りてるだけなの。引っ越す前に家をちゃんとしたかったから。地下室に――」

「地下室」アームストロング夫人はささやき声でくり返した。

「地下室に新しい床を張らなくちゃいけないしね。主人が地下室に床を張ってるあいだ、わたしは窓を拭いて、掃除を――」

「ああ、かわいそうな人」

「どうしてそんなこと言うのかしら、アームストロングさん」スミス夫人は少しきつい声を出した。アームストロング夫人の言葉には、スミス氏への批判が込められているような気がする。スミス夫人は、妻たるものの務めについて、ゆるぎない考えを持っていた。とりわけ、まさにぎりぎりのところで孤独と不幸から救ってもらった妻の務めについては。「主人は以前にも結婚していたけれど、前の奥さんは決して――」

「前の奥さん」とアームストロング夫人。「ええ、六人のね」

「え、今なんて?」

「近所の人がみんな、怪しんだり噂したりしてるのは、どういうわけだと思う? 警察に行ったほうがいいと言う人もいたけど、勘違いだったら困ったことになりそうでしょ? ねえ、近所の人たちの目が節穴だと思う?」

「ご近所の人たちはとても親切だし、わたしも感謝して――」

「新聞に載ってたの」アームストロング夫人は躍起《やっき》になって言った。「新聞に載ってたのに、あなた、見なかったの?」

「新聞は読まないのよ、アームストロングさん。ありがたいことに、主人も読む必要はないって言うの。新聞とかラジオとかいうマス――」

「一回くらい」アームストロング夫人は重苦しい声で言った。「一回くらい読んでも罰は当たらないわよ――ねえ、罰は当たらないから!――あたしが持ってきた切り抜き、ちょっと読んでみて。写真を見るだけでもいいから」

スミス夫人は少しおもしろがりながら、アームストロング夫人がエプロンのポケットから出した切り抜きにちらりと目を落とした。興味本位の記事。こんなものばかり書いて儲けてるのね――。「とても参考になるわね」礼儀正しく言った。

「写真は? 知ってる人に似てない?」

「いいえ、アームストロングさん。新聞に写真が載るような知り合いはいないわ」

「あのね」アームストロング夫人は椅子にもたれて深いため息をついた。「この男が何をやったかわかったでしょ。写真に写ってる男」

「ごめんなさい、読まなかったの」

アームストロング夫人は切り抜きを手にとって、改めて目を走らせた。「六人の奥さんをバスタブで溺死させたの。六人とも地下室に埋められてるのが見つかったのよ」

スミス夫人は声を上げて笑った。「あなたにはおもしろい話でしょうけど――」と言いかけたが、アームストロング夫人にさえぎられた。

「この写真が載ってるのは、近所の人の撮った写真に、こいつが家に入るところがたまたま写ってたからなの。現場の田舎家《いなかや》に入るところがね。やがて死体が発見されて……地下室が掘り返されたあと……このスナップ写真が見つかって、引き伸ばされたの。かなりはっきりした写真でしょう？」

「アームストロングさん、わたしほんとに――」

「それでね、この男、まだつかまってないし、居所もわからないのよ。妻を次々に殺した男。バスタブで溺死させて地下室に――」

コーヒーが沸いたので、スミス夫人はほっとしながらガス台に近寄り、コーヒーを火から下ろして、カップとソーサーを出そうとふり返った。コーヒーのおかわりは出さないことにしよう。この人が一杯めを飲み終えたら、すぐに片づけを始めて、それでもこの低俗で恐ろしい話をやめないなら、帰ってくださいってはっきり言ってやるわ。どっちにしろ、次に会ったらあまり愛想よくしないほうがいいわね。わたしがこんな人と友だちになったら、彼だって気に入らないはずだもの。だけどもし、この人がわたしの親友気取りで、新居に訪ねてこようとしたらどうしよう――。次に浮かんだ疑問に、スミス夫人は口元をほころばせた。こんな人が家に入りこんだら、ジャネットはどう思うかしら。「お砂糖は入れる？」と丁寧に尋ねる。

アームストロング夫人は指でいらいらとテーブルを叩いていた。「ねえ、スミスさん」スミス夫人がそっちを向くが早いか彼女は言った。「お節介を焼くつもりはないけど、お願いだから、あたしたちと同じ見方をしてみてちょうだい。あたしたち――つまり、近所の人たちみんなのことよ。なにしろみんな写真を見たし、だいたい意見が一致したし、さっきも言ったけど、警察に行こうとした人までいるんだから――あたしたち、あなたのことは気に入ってるの。確かにあなた、なかなか打ち解けないけど、だからって悪く言う人はいないのよ。もしもあたしたちの勘違いだったら、潔《いさぎよ》くそう認めるから」

「わたしのこと、そんなによく思ってくださってありがとう。わたしほんとに内気なほうなのよ。直そうとしてるんだけど」

「あの男に言われて、保険に入った?」アームストロング夫人は単刀直入に訊いた。

スミス夫人はきょとんとした。「あの男? 主人のこと?」

「ご主人のこと」

「ええ……入ったけど、結婚したらそうするものじゃないの? お互いにしてあげられる最低限のことだもの」スミス夫人はスミス氏から言われたことをくり返した。「どちらかに万一のことがあっても、遺されたほうが困らないようにすることがね。大切な連れ合いを失ったら、もちろんお金じゃ埋め合わせにならないけれど、二人とももう若くは――」

「あなたを怖がらせるつもりはないの。さっきも言ったけど、あたしたちの勘違いだとわかったら、正々堂々とそう認めるわ。あの男とはどうやって知り合ったの?」

「実はね」スミス夫人は真っ赤になった。「まさかあんな――」

「あの男、おかしなことを言わなかった？　あなたが怪しいと感じるようなこと」

「主人は以前にも結婚していたの」スミス夫人は辛抱《しんぼう》強く説明した。「奥さんはまじめですばらしい女性だったそうよ。彼もはっきりそう言ったわ。二人でよく話し合ったんだけど、わたし決して前の奥さんの代わりになろうとは思っていないの。主人もわたしも孤独だったからいっしょになったのよ。そういう夫婦だから、たぶん二十歳の若者同士みたいな結婚生活を送ることにはならないでしょうね。ともかく、主人がどんな形であれ、わたしを騙《だま》したり裏切ったりしているとは思えないわ」

「彼の持ち物、探ってみた？」

「アームストロングさん！」

「ナイフや銃を持っていないか確かめることなら……いいえ、そういう手は使わないんだったわ」アームストロング夫人は身震いした。「たぶん、ナイフのほうがまだましよね。バスタブなんてどこにでもあるんだから」

　スミス夫人はできるだけ丁重に言った。「アームストロングさん、これだけは言っておくけど、わたし、下劣な犯罪には何の興味もないの。むろんあなたが殺人や突然の死をお好みでも、ちっともかまわないけれど、わたしにはそんな話題、全然おもしろくないのよ。コーヒーを飲んでしまうまで、何かほかのことを話さない？」

「コーヒーは結構よ」アームストロング夫人は、むっとしたように言って椅子から立ちあがった。「とにかく」と暗い声を出す。「ちゃんと警告はしましたからね」

スミス夫人は笑い声を上げた。客がこんなに早く帰ってくれるのが内心嬉しかったのだ。

「大きな町に住んでいると、恐ろしい考えにとり憑《つ》かれてしまうことがあるわよね。じきに田舎へ移れるのがありがたいわ」

アームストロング夫人はドアのところで立ち止まって、大げさに両手を差し伸べた。「ねえ、あたしにはこれだけしか言えないけど、何か助けが必要なら――どんなときでも、どんな助けでも――とにかく大声を上げてね。うちのエドが精一杯急いで駆けつけるから。ただ悲鳴を上げるだけでいいのよ。床を踏み鳴らしてもいいし、もし逃げ出せたらうちへいらっしゃい。エドかあたしが必ずいるようにするから。忘れないで――悲鳴を上げるだけでいいの」

「ありがとう。困ったことがあったら、お伺いするわ」

アームストロング夫人は外へ出てドアを閉めかけたが、またあけて、冗談めかした口調で言った。「お風呂に入っちゃだめよ」それから本当にドアを閉めた。彼女の声が階段から小さく響いてきた。「コーヒーをごちそうさま」

スミス夫人はほっとため息をつき、キッチンへ行ってコーヒーカップを洗った。二組のカップとソーサーを洗って拭いてしまうと、きれいなカップを手にしてコーヒーを注ぎ、リビングの窓のそばに座った。下の暗く薄汚れた通りを見下ろしていると、ふたたび穏やかな幸福感に包みこまれた。三週間前のわたしは、この世に友だちが一人もいない、みじめな女だった。父が亡くなって、わたしが一人きりであそこに座っていたら――そのときのことを細かく思い出すのはやめておいた――海の中へ入っていって、どんどん歩き続けたらどうなるかしら、とまで考えていたら、あの人がとなりに座って「厚かましいと思わないでほしいのですが」と話しかけてきたんだわ。スミス夫人はひそやかな笑い声を漏らし、コーヒーを口に含んだ。

ラムチョップを焼いていると、夫が鍵をあける音がしたのでキッチンを出て、リビングに入った。二人のあいだにはまだぎこちなさがあり、そのためスミス夫人はドアまで駆けていって夫を迎えることができなかった。夫が入ってきて部屋を端近くまで横切り、額に優しくキスしてくれたときには胸が熱くなった。「元気だった?」と夫は訊いた。

「あなたがいなくて、一日じゅう寂しかったわ。お仕事はどうだった?」

「順調だよ。何もかもうまくいった」

「今気がついたんだけど」急ぎ足でキッチンへ向かいながらスミス夫人は言った。「あなたがラムチョップを好きかどうか訊いてなかったわ。好きだといいんだけど」

「大好物だ」夫はキッチンへ入ってきて、アームストロング夫人が座っていた椅子に腰かけた。

「今日は何かあった?」

「いいえ」スミス夫人はありあわせの食器で整えたささやかな夕食のテーブルを真剣な目で見つめた。自分の家に移ったら、調和のとれたお皿や銀器を使うこともできるだろう。「階下《した》の奥さんが訪ねてきたわ」

つかのまの沈黙があった。それからスミス氏は「何しに来たんだい」と無造作な口調で訊いた。

スミス夫人はラムチョップと豆を丁寧に皿に盛り、スミス氏の皿にはベイクドポテトも添えた。「噂話をしに来ただけ。いっしょにコーヒーを飲んだんだけど、あの人、あんまりおしゃべりするから、帰らないかと思ったわ」

「何の話をしたのかな？　ああいう人がきみに何を話すっていうんだろう」

「実はちゃんと聞いてなかったの。早く帰ってくれないかとばかり思ってたから。あの人、むごたらしい殺人のことをこまごまと話すのが大好きなタイプよ。わたし、コーヒーが飲めないかと思ったわ。あの人がずっとしゃべってるから」

「何か特に話してた？」

「見にいった映画の筋じゃないかしら」スミス夫人はぼんやりした調子で答えた。「ラムチョップはどう？」

「うまいよ」スミス氏は二本めのラムを食べ始めた。「料理上手なんだな」驚いたように言う。

「きみにはいろいろな面があるけど、料理まで上手だなんて」

スミス夫人はくすくす笑った。「いろいろな面？　おめでたいとか？　あなたがわたしと結婚したのは、家のことをさせるためだと思ってた」

「家のことといえば」スミス氏は口いっぱいのラムチョップをのみこんでフォークを置いた。「考えてたんだけど、明日まで待たずに、夕飯が済んだらすぐ出発したほうがいいんじゃないかな。そうすれば時間も無駄にならないだろう？」

「行きたいわ」スミス夫人は恥ずかしそうに言った。「家を早く見たいもの」

「さっさと車に乗って出発しよう。ぼくらがいつ何をしようと、だれも気にしないからね。今夜はあっちに泊まろう——電気も水道も来てるから、不自由はしないよ」

「すてき。少しぐらい不自由でも気にしないわ。だって、わたしたちの好みどおりに家を整える時間はたっぷりあるんだもの」

「それに今夜行けば」スミス氏は独り言のように言った。「ぼくは明日の朝一番に、地下室に手をつけることができるしね」

スミス夫人の蜜月（バージョン2）――新妻殺害のミステリー

食料雑貨店に入っていったとたん、彼女には、たった今まで自分と夫のことが噂されていたとわかった。カウンターから身を乗り出し、客と内緒話をしていた店主が、いきなり身を起こして、彼女が来たことを目顔で伝えたのだ。すると客のほうは、何食わぬ顔をしようと見えすいた努力をして、一分近くも反対のほうをじっとながめた挙句《あげく》、さっとふり返って食い入るような視線をちらりと投げてよこした。

「こんにちは」彼女は言った。

「今朝《けさ》は何にします？」店主は尋ねながら左右に目を走らせた。大胆にもスミス夫人に話しかけているところを、居合《い》わせた者全員にしっかりと見てもらうために。

「あまりたくさんは要らないの。週末にはいないかもしれないから」

長いため息が店じゅうに広がった。店内の人間が近づいてくるのがはっきりと感じられる。十人ばかりの客たち、店主、肉屋、店員がみな、熱心に聞き耳を立てながら、彼女のほうへ押し寄せてくるような気がする。

「小さめのパンを一斤」スミス夫人ははっきりと言った。「ミルク一パイント、いちばん小さい豆の缶詰」

「週末のために買いこまないんだね」店主は満足そうに言った。

「いないかもしれないから」スミス夫人が言うと、またしてもあの満足げな長いため息が聞こえた。彼女は思った——わたしたちみんな、なんて馬鹿なんだろう。確信が持てないのは、わたしもこの人たちも同じ。みんなただ疑ってるだけ。むろん、確かめる方法なんてあるはずもない……それでも、キッチンに食料を蓄えて無駄にするのはいけないことだわ。あとに残して腐らせてしまうなんて……

「コーヒーは?」店主が訊いた。「お茶は?」

「コーヒーを一ポンド」スミス夫人は店主にほほえみかけた。「わたし、コーヒーが大好きなの。一ポンドくらいなら、飲んでしまえるはず、たとえ……」

何かを期待するような沈黙が流れたので、スミス夫人は慌てて言った。「それと、バターを四分の一ポンド、ラムチョップを二本」

肉屋は無関心を装っていたが、すぐさまふり向いてラムチョップを用意し、店主が彼女の買い物の代金を計算し終えるより早く、店の反対側からやってきて小さな包みをカウンターに載せた。

こういう立場だと、ひとつだけいいことがあるわね、とスミス夫人は思った。どこへ行っても待たなくていいってこと。わたしがこまごました用事を急いで済ませなくちゃいけないと、だれもが知っているみたい。わたしのことをじっくりと見て、噂話の種を仕入れてしまったら、だれもわたしに長居してほしくはないでしょうしね。

食品を袋に詰めてしまって、カウンターごしに渡す段になると、今までにも何度かあったように、店主はためらいを見せた。彼女に何か言う勇気をかき集めているかのようだ。スミス夫人はそれに気づいたし、店主が何を言いたいのかもちゃんと心得ていた——なあ、スミスさん、と店主は切り出すだろう。別に面倒を起こしたいわけじゃないし、むろん近所の人たちも確かだと思ってるわけじゃないんだが、みんなが疑うのも仕方ないってことは、あんたもとっくにわかってるはずだよな。おれたちゃ思ったんだ（肉屋と店員たちに加勢させようと、ぐるりとあたりを見回して）——みんなで話し合って、こう思った——だれかがあんたに一言《ひとこと》いわなくちゃならないってね。あんた、っていうか、あんたのご主人についちゃ、今までだれも言うべきことを言わなかったんじゃないかな。なにしろ、こういうこと、はっきり言いたがるやつっていないだろ？　勘違いってのはよくあることだからさ。それにもちろん、この手の噂は広まれば広まるほど、それがほんとか嘘か、確かめるのは難しくなっちまう……

以前にも酒屋の店主から、おおむね同じことを言われたことがある。スミス夫人の問いかけるような冷たい眼差しを浴びて、酒屋はうまくしゃべれず、その声は尻すぼみになっていった。薬局の男も同じことを言いかけたが、すぐに赤面して「まあ、余計なお世話でしょうがね」と話を締めくくった。図書館の司書と大家の女性は、この人は知っているのかしら、だれかが話したのかしら、話す勇気のある人がいたのかしらと、心配そうな、探るような視線を向けてきた挙句、彼女をきわめて優しく、辛抱《しんぼう》強く扱うようになった。まるで不平を言わない不治の病人に接するように。町の人々の目には、スミス夫人はほかとは違って見える——くっきりと際《きわ》立《だ》って見えるのだ。仮にこの恐ろしい推測が間違っていたら（みんなそうでなければいいと思っている）、彼女は信じ難《がた》いほど、これ以上ないほど気まずい立場に置かれているのだから、彼らが思いやりを示すのは、なおさら当然ということになる。この恐ろしい推測が正しかったら（みんなそうだといいと思っている）、大家も、店主も、店員も、薬屋も、充実した時間を分かち合ったことになる——耐え難い状況のすぐそばにいて、しかも安全だという途方もない興奮を味わったことになる。この恐ろしい推測が正しかったら（みんなそうだといいと思っている）、スミス夫人は彼らにとって、救い主であり、ヒロインであり、その命が彼ら以外の者の手に握られている、はかなくも愛らしい存在ということになる。

食品の袋を抱えてアパートに帰る途中、スミス夫人はこうしたことをうっすらと意識していた。少なくとも、彼女自身はほとんど疑っていなかった。三週間と六日前から、この恐ろしい推測が正しいという、確信に近いものを抱いていた。あの日、海に面したベンチで、その推測が胸に浮かんだとき以来。

「ぶしつけだと思わないでほしいんですが」そのときスミス氏は言ったのだ。「今日はいいお天気ですね、少しいっしょにお話ししませんか？」

彼女は相手のことを、途方もなく大胆で、あきれるくらい下品だと思ったが、ぶしつけだとは思わなかった。ぶしつけという言葉は彼にはそぐわなかった。

「ええ」と彼女はスミス氏に会釈《えしやく》して言った。「ぶしつけだとは思いません」

自分への説明を試みたことがあるとしたら――他人に説明することなどできそうになかった――彼女は身にしみついた、どこか聖職者風の言い回しでこう考えたかもしれない。自分はこのために選ばれたのだと。あるいは、海へ注ぎこむとわかっている川に浮かんで、抗《あらが》わずに運ばれていくようなものなのだと。あるいはこう考えたかもしれない。それまでの人生において、父親の決定に疑問を抱かず、黙って言われたとおりにしてきた彼女は、ふたたび他人が自分の代わりに決断を下してくれると知って――自分の運命が、以前と同様に避けがたく、今では明瞭でもあると知って、安心を覚えたのだと。あるいはこう考えたかもしれない――この表現は二重の意味にとれそうだと頰を赤らめながら――二人はほかのあらゆる夫婦と同様、本来ひとつの自然な行いであるものを成り立たせる、ふたつの半身なのだと。

「男ってのは、ひどく孤独に弱いもんです」その夜、海の近くのレストランでディナーをとりながらスミス氏は言った。そのレストランでは、ナプキンさえ魚臭く、むき出しの木のテーブルは塩気のせいでどことなくざらついていた。「一人きりの男は、だれか連れを見つけなくちゃいけない」それから、その言葉だけではお世辞が足りないと思ったのか、スミス氏は慌てて付け加えた。「といっても、だれもがあなたみたいに素敵なお嬢さんと知り合えるほど幸運じゃないんですが」彼女は作り笑いをした。そのときにはもう、こうした言葉が自分を待つ運命の序文だとはっきりわかっていたのだ。

三週間と六日後、みすぼらしいアパートの玄関に入りながら、スミス夫人は目の前の週末について少しだけ考えた。当然ながらあまり食料を買いこみたくはなかったが、彼女がここにいていいとわかった場合、日曜日に食料を買い足す手立てはなかった。レストラン、とスミス夫人は思った。レストランに行かなくちゃ——だが、最初にディナーを共にして以来、夫とレストランに入ったことはなかった。というのも、べつだん倹約《けんやく》する必要はないのだが、二人とも金については堅実な考えを持っていたからだ——今や共通の銀行口座に入っているかなりの額の金は、むやみに浪費すべきではなく、できるだけ手つかずのままにしておかなくては、という。この件について話し合ったことはなかったが、スミス夫人は何かにつけ夫のやり方を無意識に、如才《じよさい》なく尊重していたので、夫の金の使い方にも無言で従っていた。

三階までの階段は狭く、長い道のりだった。スミス夫人は、象徴を素早く読みとる能力を親から受け継ぎ、ずっと眠らせていたが、このときただ一度、その力を働かせ、永遠に上へと延びる階段を、おのれの人生のとり消し難い設計図と見なした。この階段を——くたびれた足どりだろうと何だろうと——上っていく以外に道はなかった。きびすを返して階段を下り、それまで上ってきたわずかな距離を骨折って引き返したところで、どうせ別の道を上るはめになるのだろう。すでになんとなく気づいているように、ふたたび探求を、彼女にとってはただひとつの結末しかない探求を始めるはめになるのだろう。「だれにでも起こることよ」スミス夫人は上りながら自分を慰《なぐさ》めるように言った。

プライドが邪魔をして立場に合った行動がとれないため、二階に着いても特に足音は潜《ひそ》めなかった。三階へ向かう階段を上りながら、つかのま無事に切り抜けたかと思ったが、もう少しで自分の部屋のドアというところで、二階の廊下のドアが開き、ジョーンズ夫人が甲高い声で呼びかけてきた。足音を聞きつけて部屋の奥から駆けてきたのか、息をあえがせているのがわかる。

「スミスさんなの?」

「こんにちは」スミス夫人は階段の下へあいさつした。

「待って、今行くから」ジョーンズ家のドアの鍵がカチリと鳴って、ドアが閉まった。ジョーンズ夫人はまだ少し息を切らして、急ぎ足で廊下を抜け、階段を上って三階へやってきた。

「帰ってきたのを聞き逃したかと思った」階段の途中でそう言った。「あらまあ、疲れてるみたいね」


これもまた、スミス夫人を貴重な器のように扱う態度のひとつだった。ここ数日のあいだ、彼女の様子がいつもと少し違うと、すぐさまだれかに気づかれ、そのことが口から口へと伝わっていった。たとえば頬がかすかに青ざめているだけで、不安な憶測の材料となった。声がいつもと違う、目がどんよりしている、服が乱れている——隣人たちはそういうことを糧《かて》にして生きていた。スミス夫人は週の初めに思ったものだ。自分の部屋でガチャンという大きな音を立てたら、ジョーンズ夫人への何より素敵な贈り物になるだろう、と。けれど今ではそれも大した案とは思えなかった。ジョーンズ夫人はごく小さなパン屑でも生きられるのだから。

「帰ってこないかと思った」ジョーンズ夫人はスミス夫人のあとについて、がらんとした小さな部屋に入ってきた。狭い寝室と汚いキッチンと浴室つきのこの部屋が、新婚のスミス夫妻の住まいだった。ジョーンズ夫人は食品の袋をキッチンに運び、スミス夫人はクローゼットにコートをしまった。わざわざ荷ほどきしたものは少なかったので、クローゼットも空《から》に近かった。吊るしてあるのはワンピースが二、三枚と、薄手のオーバーと、スミス氏の予備のスーツ。二人にとって、この部屋が仮の住まい、寓居《ぐうきょ》にすぎないのは明らかだった。スミス夫人は別れを惜しむように三枚のワンピースを見つめたりしなかった。スミス氏のスーツはまだなじみが薄く、彼女の服のとなりにかけてあったが（彼の下着がドレッサーの中、彼女の下着のとなりにひっそりと納まっているように）、そのスーツに、とりたてて愛《いとお》しげな視線を向けたりもしなかった。スミス夫妻は二人とも、新居を最初から好みに合わせるために、嫁入り道具やこまごました調度品を見境なく買いこむほど、だらしない人間ではなかった。

「ねえ」ジョーンズ夫人がキッチンから出てきた。「週末はあまり料理するつもりじゃないのね」

プライバシーは、スミス夫人のような立場にある者に与えられる恩恵ではない。「ええ、ここにいないかもしれないから」

またしてもあの、期待に満ちた一瞬の沈黙。ジョーンズ夫人はスミス夫人をちらりと見て目をそらし、それから安っぽいカウチに断固として腰を下ろした。大事な話をしようと決意したらしい。

「ねえ、スミスさん」と言いかけて口をつぐむ。「いちいちさんづけすることもないわね。あたしのことはポリーって呼んで。今からあなたのことへレンって呼ぶから。いい？」ジョーンズ夫人がにっこりしたので、スミス夫人もにっこりしながら思った。どうしてファーストネームって知られてしまうのかしら。「さてと、ねえ、ヘレン」ジョーンズ夫人は、始めたばかりの親しげな呼び方をすぐに定着させようとして続けた。「だれかがあなたにちゃんとした忠告をする頃合だと思うの。みんながなんて言ってるか、とっくに知ってるんでしょう?」

ここに二人の女がいる、とヘレン・スミスは思った。同じ種類の女が二人。一人は不安そうな気まずい顔で窓の前に立っている。茶色いドレス、茶色い髪、茶色い靴——もう一人とのあいだに本質的な違いはない。もう一人のほうは、真剣な顔でどっかりと座っている。緑とピンクの花模様のハウスウェアに寝室用スリッパ——二人のあいだに決定的な違いはないが、おまえたちは同じ運命を求める同じ人間だと言われたら、二人とも、むっとして否定するはずだ。これからわたしたちは、異様なことを話し合おうとしている。

「ええ、知ってるわ」スミス夫人は慎重に言った。「わたしたち、おかしな関心の的になってるわね。もちろんわたし、新婚生活って初めてだから、そのせいかどうかよくわからないけど」彼女は小さく笑い声を上げたが、ジョーンズ夫人はそんな言葉にごまかされたりしなかった。

「もっとはっきり知ってるんでしょう? あなた、ご主人に夢中というわけじゃなさそうだし」

「まあ……そうね」と認めるしかなかった。

「それに」ジョーンズ夫人は辛辣《しんらつ》な目でスミス夫人を見ながら続けた。「あなたはうぶな十八歳の小娘じゃないし、スミスさんも若者ってわけじゃない。二人ともれっきとした大人だわ」

ジョーンズ夫人は大事なことを言ったと思っているらしく、同じことをくり返した。「二人とももう若くはないから、だれもあなたたちが人前でいちゃいちゃするなんて期待してない。それに――あなたもいい年なんだから、少しは賢いところを見せて、この恐ろしい状況を何とかしてもいいんじゃないの？」

「どういう賢さを見せたらいいのか、よくわからないわ」スミス夫人はおとなしく言った。

「ああもう！」ジョーンズ夫人は両手をお手あげだといわんばかりに広げた。「自分の立場がわかってないの？　みんなわかってるのに。ねえ」カウチにもたれかかって、理屈を並べる準備をする。「あなたは一週間前、結婚してこのアパートにご主人と引っ越してきた。あなたたちが越してきた日に、みんな何かおかしいと気がついたの。第一に、あなたたちはちっともお似合いじゃなかった。どういうことかわかるでしょ――あなたは洗練されてて、上品で、ご主人は……」

ぶしつけ。スミス夫人はそう思って笑い出したくなった。自分はぶしつけだと彼は言っていた。

ジョーンズ夫人は肩をすくめた。「第二に、あなたはこのアパートや、この界隈に住むような人には見えなかった。なにしろ、あたしたちと違ってお金を持ってるみたいだし、こんなところに住んでる人間とは物腰からして大違いだもの。第三に」ジョーンズ夫人はクライマックスへと急いだ。「ご主人の顔、新聞の写真で見たことがあるって、このへんの人が気づいたのは、きのうやおとといの話じゃないのよ」

「おっしゃることはわかるけど、新聞の写真って――」

「そのときからあたしたち、本気で考え始めたの」ジョーンズ夫人はそう言って、指折り数え始めた。「新婚の奥さん。安アパート。ご主人に有利な遺言状は書いた？　保険はどう？」

「ええ、でもそれって当然の――」

「当然？　そして夫は新聞に載ってた男にそっくり。妻をころ――」ジョーンズ夫人はふいに口をつぐんだ。「あなたを怖がらせたいわけじゃないのよ。だけど、ご主人のこと、よく知っておいたほうがいいと思うわ」

「心配してくださってありがとう」スミス夫人はそう答えながら窓を離れて、ジョーンズ夫人がカウチからこちらを見あげる形になるよう、相手の目の前に立った。「おっしゃることは全部わかってるわ。でも、お互いに有利な遺言状を作ったり、保険に入ったりする新婚夫婦って、世の中に何組いると思う？　四十すぎの男と結婚する三十すぎの女って何人いると思う？　夫のほうが新聞の写真に似ていることも、ときにはあるんじゃない？　ご近所じゅうでわたしたちのことが噂になってるようだけど、自信を持って何か言える人なんて、一人もいないんじゃないかしら」

「二、三日前、あたしは警察を呼ぼうと思った」ジョーンズ夫人はすねたように言った。「エドに止められたけど」

「ご主人はこうおっしゃったんじゃない？　余計なことはするもんじゃないって」

「でも、みんな疑ってるわ。そりゃ、だれも確信は持てないけれど」

「いつになったら確信が持てるかって、それは……」スミス夫人は微笑を押し殺した。

ジョーンズ夫人はため息をついた。「そんな言い方しないで」

「それで」スミス夫人は冷静に訊いた。「わたしはどうしたらいいのかしら？」

「いろいろ調べるの。そしてはっきり確かめるの」

「今も言ったけど、確かめる方法はひとつしかないわ」

「そんな言い方しないでってば！」

「それじゃ、逃げ出すっていうのはどう？」

ジョーンズ夫人は目を丸くした。「夫から逃げることなんてできないわ。あたしたちの勘違いだったらどうするの？　やめておいたほうがいいわ」

「確かに、離婚する理由はないから、彼にそう切り出すのは難しいわね」

「まさか、離婚を切り出したりしてないわよね」

「まさか。あの人の衣類を探ったりもしていないわ――たまたま知っているんだけど、クローゼットにかかっているスーツのポケットには何も入っていないし、コートのポケットやドレッサーの引き出しを探ったところで、役に立つものは出てこないんじゃないかしら」

「どういうこと？」

「つまりね」スミス夫人は説明した。「たとえばナイフが出てきたとして――それが何の証拠になるっていうの？」

「でも、あいつはナイフはつかわ――」ジョーンズ夫人は言いかけて、またふいに口をつぐんだ。

「知ってるわ。そう、たしか――新聞をちゃんと読んだわけじゃないけれど――いつもの手口は――」

「バスタブ」ジョーンズ夫人は身震いした。「たぶん、ナイフのほうがまだましよね」

「こっちが選ぶわけにはいかないのよ」スミス夫人は皮肉っぽく言った。「ねえ、わたしたち、馬鹿なこと話してるわね。まるで幽霊の話をする子どもみたい。最後には二人とも、恐ろしい考えで頭がいっぱいになってしまうわ」

ジョーンズ夫人は一瞬、どう答えたものかとためらったが、すぐに軽い怒りを見せようと決めた。「あたしはただ、近所の人たちがなんて言ってるか、教えてあげようと思っただけ」重重しい口調で言う。「落ち着いてちょっと考えてみて。どうして周りの人があなたを救いたがってるのか、ちゃんとわかるはずだわ。まあ、危険なのはあたしじゃないけどね」

「だから心配しないでって言ってるの」スミス夫人は穏やかに言った。

ジョーンズ夫人は立ちあがってドアまで行ったが、こらえ切れずにふり返って、差し迫った口調で言った。「ねえ、これだけは言っておくけど、もしも、もしも助けが入り用なら――どんな助けでも――とにかく大声を上げてね。うちのエドが精一杯急いで駆けつけるから。ただ悲鳴を上げるだけでいいのよ。床を踏み鳴らしてもいいし、できたらうちまで逃げていらっしゃい。いつでもかまわないから」ジョーンズ夫人はドアをあけ、冗談めかして言った。「お風呂に入っちゃだめよ」そして出ていった。階段から声が響いてくる。「忘れないで――大声を上げるだけでいいの。いつでもうちへ来てね」

スミス夫人はさっさとドアを閉めると、あれこれ考え始める前にキッチンに行って、買ってきた食品を片づけようとしたが、ジョーンズ夫人がすでに片づけてしまっていた。一ポンドのコーヒーをとり出し、水を計ってコーヒーポットに入れていると、一ポンドを一人で飲み切ってしまうと店主に請《う》け合ったのを思い出した。スミス氏はめったにコーヒーを飲まない。飲むと神経が高ぶってしまうのだ。

スミス夫人は、狭くわびしいキッチンを歩き回りながら、すでに何度も考えたことを頭に浮かべた——こんなものに囲まれて残りの人生を過ごすなんていやになってしまう、と。彼女の父親はこんな人生を送ってはいなかった。贅沢ではないが、少なくとも愛着のあるもの、きれいに整理されたものに囲まれて、秩序だった生活を穏やかに続けていた。そして、当時はヘレン・バートラムだったスミス夫人も、庭仕事をしたり、父の靴下を繕《つくろ》ったり、母から教わったナッツケーキを焼いたり、ごくまれに手を休めて、自分はこの先どうなるのだろうと考えたりしながら、長いあいだ平穏に過ごすことができた。

父の死後、そうしたパターンどおりの生活はもはや意味を持たないこと、それは彼女ではなく父の生き方から生まれていたことが明らかになった。だからこそスミス氏が「ぼくみたいな男と結婚すること、考えてみてくれないかな」と尋ねたとき、ヘレン・バートラムは首を縦に振ったのだ——何度もくり返されてきた企みが、完璧なパターンを作りあげていることを見てとって。

結婚するとき、彼女はいちばん上等のダークブルーのドレスを身に着け、スミス氏はダークブルーのスーツを着ていたので、通りを歩いていく二人は無気味なくらいよく似ていた。二人はまっすぐ弁護士のところに行って遺言状を作り、それから保険会社に向かった。途中でスミス氏は、ちょっと待っててくれ、と新妻を引きとめ、彼女の目を惹いた小さなフェルトの犬を買ってくれた。街角でそういう犬を売っている男がいて、小さな屋台いっぱいに、ネジ巻き式の犬を並べていたのだ。犬たちはぐるぐる走ったり、キャンキャンとにせの吠え声を上げたりしていた。スミス夫人は犬の入った箱を抱えて保険会社に行き、机の上に置いた。医者を待っているあいだに箱をあけると、ネジを巻くための鍵が入っていなかった。スミス氏は「ああいう手合いはいつも客を騙《だま》そうとする」と不快そうに言って、急いで街角へ引き返したが、屋台も、売り手も、芸をする犬もすでに消えうせていた。

「ああいうやつに騙されるほど腹の立つものはないな」とスミス氏は妻に言った。

小さな犬は今、キッチンの棚の上に置いてある。スミス夫人はそれをちらりと見ながら、死ぬまでこういう安物に囲まれて過ごすなんて我慢できない、と思った。ときどき父の家のことを思い出し、そこにあったものを永遠に失ったことに気づいて胸が痛くなる。けれども、今ふたたび自分に言い聞かせているように、「わたしは目をあけた」のだ。彼女は続けてこう思った。さっさとやってもらわなくちゃ。近所の人たちも大っぴらに疑い始めている。だれもが期待しているようだ。さっさとやってもらわないと、何もかもぶち壊しになってしまう――。コーヒーを一杯飲み終えると、お代わりをリビングに持っていき、ジョーンズ夫人が座っていたカウチに腰を下ろして、もう一度思った。さっさとやってもらわなくちゃ。何しろ週末の食料は買わなかったし、月曜日にまだここにいたら、ワンピースをクリーニングに出さなくちゃいけないし、来週のお家賃は明日払わなくちゃいけないんだから。もっとも、一ポンドのコーヒーだけは始末せずに残していくことになるけれど。

四杯めのコーヒーを飲み終えると――今や急ピッチで、むしろやけになって飲んでいた――階段を上ってくる夫の足音が聞こえた。二人のあいだには今も少し遠慮があったため、スミス夫人は迎えに出るのをためらい、夫がドアをあけてからぎこちなくそちらへ歩いていった。相手が帰宅時に自分にキスしたがっているのかまだわからなかったが、期待するように立っていると、礼儀正しく近づいてきた夫が頰に唇を寄せた。

「どこにお出かけだったの」そんなことを言いたいわけではなかったが、スミス夫人は尋ね、尋ねながら本当のことは教えてもらえないだろうと思った。

「買い物」買ったものを腕いっぱい抱えていた夫は、ひとつ選んで彼女に手渡した。

「ありがとう」スミス夫人は封をあける前に丁寧に礼を言った。手触りとドラッグストアの包みから、中身は箱入りのキャンディだとわかった。そして彼女は、ある感覚とともに（のちに同じ感覚が生じたとき、それは勝利の感覚だとわかった）こう思った――もちろんこれは、あとに残るはずのものだ。新婚の夫がまだ妻に土産を買っていたことの証しとなるものなのだと。箱をあけてキャンディをひとつ出そうとしたが、夕食の前にはやめておこうと思い、それから考え直した。今夜はそんなこと、どうでもいいんじゃない？

「ひとつ食べる?」スミス夫人が訊くと、夫はひとつとった。

夫は怪しいそぶりも落ち着かないそぶりも見せなかったが、「さっきジョーンズさんが来たわ」と話しかけると、すぐにこう尋ねた。「あのお節介婆さん、何の用だったんだい」

「焼き餅やいてるのよ。とっくにご主人からかまわれなくなっているから」

「だろうな」

「食事にしましょうか? それとも少し休みたい?」

「腹は減ってない」

このとき初めて、夫の態度はぎこちなくなり、その瞬間スミス夫人は思った。週末の食料を買わなくてよかった。わたしの考えは正しかったんだわ。夫は彼女が空腹かとは尋ねなかった。なぜなら——すでに二人とも、相手がその理由を知っていると気づいていた——もうどうでもいいことだったから。

スミス夫人は、今何か言ったらすべては台無しだと自分に言い聞かせ、夫の座っているカウチに腰を下ろした。「少し疲れたわ」

「結婚して一週間、いろいろあったからな」夫は彼女の手を撫でた。「きみはもっと休んだほうがいい」

どうしてそんなにぐずぐずしてるの? どうしてそんなにぐずぐずしてるの? スミス夫人は立ちあがり、そわそわと部屋を横切って窓から外をながめた。ジョーンズ氏が玄関前の階段を上ってくるところで、顔を上げて彼女の姿を認めると、手を振ってよこした。どうしてそんなにぐずぐずしてるの？　スミス夫人はもう一度思い、ふり向いて夫に呼びかけた。「ねえ？」

「そうだな」スミス氏は言って、大儀そうにカウチから立ちあがった。

よき妻

ジェイムズ・ベンジャミン氏は二杯めのコーヒーを注ぐと、ため息を漏らし、テーブルごしに手を伸ばしてクリームをとった。「ジェネヴィーヴ」とふり向きもせずに、「妻のところに朝食は届けたかね」

「まだおやすみです、旦那様。十分前に行ってみましたが」

「かわいそうに」ベンジャミン氏は自分でトーストをとった。もう一度ため息を漏らし、見るべき記事もない新聞を放り出してから、ジェネヴィーヴが郵便物を持ってきたのを見て、嬉しそうな顔になった。

「わたし宛てのは?」ベンジャミン氏は尋ねた。すぐにわかるはずのことを前もって知るため、というより、人間らしいやりとりをするため、そして人間らしい欲求を——たとえ手紙のような小さなものに対する欲求であれ——忘れないためだ。「わたし宛てのは?」

ジェネヴィーヴはよくしつけられていたので、手紙を調べたりしていなかった。それでも彼女は、仕事関係の書簡や女性からの私信といった、重要な手紙を抜きとったという疑いをベンジャミン氏からかけられたのでは、と不安に思うかのように、「すべてこちらにございます、旦那様」と返事をした。

当然ながら――今日は三日だ――あちこちのデパートから請求書が届いていた。最新の日付は先月の十日になっている。ベンジャミン夫人が自室で暮らし始めた日だ。請求書など重要ではないので、ベンジャミン氏は、下着や食器や化粧品や家具を宣伝するちらしといっしょに脇へのけた。ちらしはあとでベンジャミン夫人がながめて楽しむだろう。銀行の取引明細書も届いていた。ベンジャミン氏はのちほど目を通すことにして、いらいらとコーヒーポットのほうへ放り出した。私信は三通だけだ――一通はイタリアにいる友人からベンジャミン氏宛てで、現在のイタリアの気候を褒め称えている。二通は夫人宛てだった。一通めは夫人の母親からだったが、ベンジャミン氏はためらわずに開封して読んだ。

とり急ぎ伝えておきます。十日に発つことになりました。やっぱりいっしょには来られないのでしょうか？　いよいよ港へ向かうというときまで、あなたからの連絡を待っています。トランクも持たずに来てかまいません――パリで何もかも買いこむつもりですし、船の中で入り用なものは多くはありませんから。けれども、あなたの好きなようにしてください。お父さんもわたしも、あなたたちがいっしょに来るものと思っていたので、どうして最後の最後に気が変わったのかと不思議ですが、もちろんジェイムズがそう言うなら、仕方ないのでしょうね。ともあれ、あなたとジェイムズがあとから来られそうなら、どうぞ知らせてください。住所はのちほどお伝えします。それでは、体に気をつけて。わたしたちはいつもあなたのことを思っています。愛をこめて、母より。

ベンジャミン氏は、あとで返事を書くためにこの手紙をとりのけておき、妻宛てのもう一通の手紙を開封した。知らない名前ということは、学生時代の友人からだろう。その手紙にはこう書いてあった。

ヘレンへ。新聞を見て、結婚なさったと知りました。なんてすばらしいんでしょう。その幸運な男性は、わたしたちも知っている人でしょうか？　そういえば、あなたがいちばん先に結婚しそうだと、あのころみんな言っていましたよね。そのあなたがいちばん最後になるなんて――スミシーだけはまだ独身ですけど、あの人は数には入っていません。それはそうと、ダグもわたしも、あなたに会いたくてたまりません。こうしてまた連絡がとれたんですから、あなたと旦那様がいつ会いにきてくださるか、知らせていただければ幸いです。週末ならいつでもかまいません。どの列車でいらっしゃるか教えてください。本当におめでとう。愛をこめて、ジョーニー。

この手紙には、どうしても返事が要《い》るわけではなかったが、ベンジャミン氏はともかく脇へのけておいた。それから三杯めのコーヒーを注ぎ、ゆっくりと飲みながら、恐ろしい記事ばかりの朝刊に重ねたデパートのちらしに目を通した。飲み干してしまうと立ちあがり、ちらしと新聞をまとめ、キッチンの入口にジェネヴィーヴが立っていたので声をかけた。「ごちそうさま、ジェネヴィーヴ。妻は目を覚ましたかね」

「今、朝食をお持ちしたところです、旦那様」

「そうか。わたしは十一時十五分の電車で仕事に出る。駅までは自分で運転していく。帰りは七時ごろになるだろう。留守のあいだ、カーターさんといっしょに妻のことをよろしく頼むよ」

「承知しました、旦那様」

「うん」新聞とちらしの小さな束を抱え、ベンジャミン氏は意を決して階段へ向かった。背後には朝食の皿と、コーヒーポットと、ジェネヴィーヴの無関心な視線が残された。

妻の部屋は階段を上り切ったところにあり、重々しいオーク材のドアに真鍮《しんちゅう》で縁《ふち》どられたノブと蝶番《ちょうつがい》がついていた。鍵は常にドアの横のフックにかかっている。ベンジャミン氏は鍵を下ろして、少しのあいだ手の中で重みを確かめながら、三度めのため息をついた。鍵をドアの鍵穴にさしこんだとき、ほんの一瞬、部屋の中はひっそりと静まり返り、次いで皿がガチャガチャと鳴る音が聞こえた。妻が朝食のトレーを片づけて、ドアがあくのを待っているのだ。ベンジャミン氏は、またため息をついて鍵をひねり、ドアをあけた。

「おはよう」ベンジャミン氏は妻を見ないようにしながら窓へと向かった。食堂から見えたのと同じ庭の風景が見える。同じ花が少し遠くに見え、同じ通りがその先にあり、同じ家々が並んでいる。「今朝《けさ》の調子はどうだね」

「元気です、ありがとう」

この角度から見ると、芝生を刈りこむ必要があるとはっきりわかった。ベンジャミン氏はつぶやいた。「あの男に連絡して、芝生の手入れをさせなければ」

「名前は小さい電話帳に書いてあります」妻が言った。

「洗濯屋や食料雑貨店の番号を書きとめている帳面に」コーヒーカップを動かす音がする。「書きとめていた」と妻は訂正した。

「今日もいい天気になりそうだ」なおも外をながめながら、ベンジャミン氏は言った。

「それは素敵ね。ゴルフをなさるの」

「月曜日にはゴルフをしないと知っているだろう」ベンジャミン氏は驚いて妻のほうをふり返った。意図せずとはいえ、顔を見てしまえば、それが難しいことではないとわかった。ここ最近、朝の彼女は常に変わらない。家じゅういたるところに、ベンジャミン氏が半分は思い出から、半分は願望から作りあげた妻のイメージがあふれているというのに、この部屋にいる彼女は、あいかわらず無力で影が薄いと毎朝気づくのは、彼にとってむしろ衝撃的なことだった。妻は青いガウンを着て卵の載ったトレーを前にしていることもあれば、髪を肩に垂らさず、櫛《くし》で頭の上にまとめていることもあり、窓辺の椅子に座っていることもあれば、彼が図書館から借りてきた本を読んでいることもあった。それでも、本質的な部分は変わらなかった。彼が結婚した女性、いつか彼が埋葬するかもしれない女性だ。

夫に話しかけるときの彼女の声は、何年も前から変わらなかったが、最近では低くて感情がこもっていなかった。最初のうちは、ジェネヴィーヴとカーター夫人に声を聞かれないために、そんなふうに話していたのだが、今では別の理由があった——夫に向かって叫んでも無駄なことで、たいていは夫が出ていくだけだとわかったからだ。「手紙は来ていました？」

「お母さんと、ジョーニーという女性から」

「ジョーニー」妻は顔をしかめた。「ジョーニーなんて人、知りません」

「ヘレン」ベンジャミン氏はいらいらと言った。「そういう口のきき方はやめてくれないか」

妻はためらい、またコーヒーカップを手にとった。何を言うつもりだったにしろ、もう話す理由はないと気づいた、というしぐさで。

「わたしも知らない人だが、手紙にそう署名してあった」夫は辛抱《しんぼう》強く言った。「スミティがまだ結婚していないとか、あなたが結婚したなんてすばらしいとか、ご主人といっしょに近いうちに訪ねてきてくれとか、そんなことが書いてあった」

「ジョーン・モリスね。最初からそう言ってくだされればよかったのに。わたしてっきり——」

妻は口をつぐんだ。

「ほかに手紙はなかった」夫はわざわざそう教えた。

「母以外から来るとは思っていませんでした」

「ファーガスン氏はきみを忘れてしまったのかな。でなければ、難しい仕事をあきらめてしまったのかな」

「ファーガスンさんなんて、知りませんわ」

「ずいぶん簡単にやる気をなくしたものだ……」ベンジャミン氏は続けた。「それほど……情熱的な恋ではなかったんだろうな」

「ファーガスンなんて名前の人は知りません」妻は例のごとく穏やかな声のままだったが、コーヒーカップをソーサーの上で軽く動かしては、しげしげと見つめ始めた。薄いカップがソーサーの上で小さく繊細な円を描いている。「恋なんてありませんでした」

夫もコーヒーカップを見つめながら、妻と同じくらい静かに続けたが、その声はどこか物足りなそうだった。「きみもあっさりしたものだったな。わたしがろくに何も言わないうちに、哀れなファーガスン氏を見捨ててしまったりして。そして彼は今、きみを救い出す努力をあきらめかけている」少し考えて、「一週間近く手紙は来ていないな」

「あの手紙を書いた人なんて知りません。ファーガスンなんて名前の人は知らないんです」

「そうかもしれない。ことによると、彼はきみをバスの中や、レストランの中で見初めて、その魔法の瞬間以来、きみに命を捧げたのかもしれない。いや、ひょっとすると、きみが窓からうまくメモを落としたとか、ジェネヴィーヴがきみに同情したとか……彼女の毛皮のコートはきみからの賄賂《わいろ》かね？」

「わたしにはもう、毛皮のコートなんて必要なさそうですもの」

「もともとはわたしが買ってやったものじゃないか。喜びなさい、ジェネヴィーヴはまっすぐわたしのところへ来て、コートを返すと言ったよ」

「受けとったんでしょうね」

「もちろん。きみがジェネヴィーヴに恩を着せるのは好ましくないからね」

今朝のベンジャミン氏はすでに、妻の相手をするのに飽きてしまっていた。コーヒーカップを離さないからまともな会話もできないし、コートや宝石を夫がジェネヴィーヴからとりもどしたことは、むろん彼女も知っていたのだろう。今のような状態の彼女が、本当に窓からメモを落としたり、なんとか外の人間に伝言を届けたりしたなどと、ベンジャミン氏が信じているはずもなかった。彼女が手を震わせ、不安げにドアをちらちら見ながら、だれかが鍵をあけて出してくれないかと、自分の境遇を手紙に書くことすらあり得ない――それは二人ともわかっていた。紙と鉛筆を与えられたり、口紅でハンカチに字が書けると気づいたりしても、今の彼女には、「夫に閉じこめられています。助けて」とか、「不当にも監禁されている哀れな女を救ってください」とか、「警察を呼んで」とか、単に「助けて」などと書く気力は残っていなかった。ドアがあくたびに、必死で外へ出ようとした時期もあったが、それは最初のうちだけで、やがて彼女はすっかり心を閉ざし、口もきかなくなった。ベンジャミン氏は、そういう状態の妻を油断なく見張っていた。（そのころは毎日のように届いていた）ファーガスンからの手紙は、彼女を救い出す方法をほのめかしていたし、彼女が母親と連絡をとろうとしているという疑いもあったからだ。けれど今では、妻は打って変わった態度をとるようになった。それはジェネヴィーヴに衣類を与えてしまい、一日じゅうベッドで過ごすようになり、ファーガスンからの手紙が以前ほど頻繁でなくなったころからだが、ベンジャミン氏はその様子を見て、あまり妻のことを心配しなくなった。本や雑誌も与えるようになったし、部屋に飾るように一ダースのバラを買って帰ったこともあった。ベンジャミン氏は一瞬たりとも、妻が逃亡を企てるほど、あるいは、あきらめたと見せかけ、夫の権威を受け容れたと思いこませるほど悪賢い女だと思ったことはなかった。「覚えているだろう」そんなことを考えながら彼は尋ねた。「いつだって普通の生活にもどれるんだよ。またきれいな服を着て、以前のような暮らしをして」

「覚えています」妻は笑い声を上げた。

夫は彼女に近づいていった。ベッドとコーヒーと青いガウンに近づいていき、頭の上の櫛と後れ毛がはっきり見える位置まで来た。「教えてくれ」せがむように話しかける。「教えてくれるだけでいい――二言、三言でかまわない――ファーガスンのことを話してくれ。どこで会って、何を――」ここで口をつぐんだ。「白状するんだ」厳しい声で言うと、妻は顔を上げて夫を見た。「ファーガスンという名前の人は知りません。だれ一人愛したことはありません。浮気などしたことはありませんし、白状することもありません。二度ときれいな服など着たくありません」

ベンジャミン氏はため息をつき、ドアのほうへ向かった。「なぜ話さない」

「鍵をかけるのを忘れないで」妻は言い、テーブルから本をとろうと背を向けた。

ベンジャミン氏はドアを出て鍵をかけ、しばらく鍵を握りしめてからフックにもどした。それからくたびれたようにきびすを返し、階段を下りていった。ジェネヴィーヴがリビングの掃除をしていたので、入口で立ち止まって声をかけた。「ジェネヴィーヴ、妻の昼食には軽いものを出してやってくれ。サラダか何か」

「かしこまりました、旦那様」

「今夜は家で食事はとらない。どうしようかと思っていたが、やはり町で食べてくることにした。妻のために図書館から新しい本を借りてこなくては。きみに頼んでもいいかね」

「かしこまりました、旦那様」ジェネヴィーヴはもう一度言った。

ベンジャミン氏は奇妙なためらいを感じた。書斎に入るより、その場でジェネヴィーヴと話していたいような気がしたのだ。ことによると、ジェネヴィーヴがきまって「はい、旦那様」と答えてくれるからかもしれない。けれども彼は、何も言えないままふいに歩き出し、書斎に入ってドアを閉め、鍵をかけた。かけながらこう考えていた。ふたつの部屋が施錠され、家のほかの部分から切り離されている。遠く離れた二部屋——そのあいだにある空間はいっさい使われていない。リビングも、食堂も、玄関ホールも、階段も、寝室もただそこにあり、施錠された二部屋を互いから隔《へだ》てている。ベンジャミン氏は乱暴にかぶりを振った。疲労が押し寄せてくる。彼は妻の寝室のとなりで寝《やす》んでいるが、ときどき夜中に妻の部屋の鍵をあけて中に入り、許してやると言いたくてたまらなくなる。幸い、そうせずに済んでいるのは、一度夜中に彼女の部屋の鍵をあけたとき、拳で殴られて追い払われ、中から鍵をかけられ、翌朝無言で鍵を返されたという恐ろしい記憶があるからだ。遠からず、日中でも妻の部屋に入れなくなるのでは、とベンジャミン氏は危惧《きぐ》していた。

机の前に座って、いらいらと額に片手を押しつけた。ともあれ、この仕事はやってしまわなくてはいけない。ベンジャミン氏は妻のイニシャルが入った便箋を一枚はぎとり、万年筆のキャップを外した。「母さんへ」と書き始める。「困ったことに、指がまだ痛くてうまく字が書けません。ジェイムズはただの突き指ではないかと言っていますが、たぶん口述筆記に飽きてきただけでしょう――ほかに大した用事があるわけでもないのに。二人とも残念でたまりませんが、やっぱりパリには行けないみたいです。もっとも、行かないほうが賢明だと思います。なにしろ七月にハネムーンから帰ってきたばかりですし、ジェイムズも少しは職場に顔を出さなくてはいけませんから。今年の冬は、行き先や帰国の日取りはだれにも内緒にして、何週間か南アメリカに旅行できるかもしれない、と彼が言っています。ともあれ、パリを楽しんできてください。素敵な服を山ほど買って、忘れずに手紙を書いてくださいね」ベンジャミン氏は手紙を読み返し、ため息をついてまたペンを手にとり、こう書き加えた。「愛をこめて、ヘレンとジェイムズより」それから手紙を封筒に入れ、宛名を書き、顔の前で両手を組んで静かに座ったまま、少しのあいだ考えにふけった。やがてふいに決意を固め、机のいちばん下の引き出しをあけると、薄く色づいた安物の便箋を一箱と、茶色いインクの入った万年筆をとり出した。冷ややかな表情のせいか、どことなく無気味なしぐさで、ベンジャミン氏は左手に万年筆を握りしめ、太い文字で書き始めた。「愛しい人。あの嫉妬深い男を出し抜く方法をやっと思いついたよ。図書館の女性と何度か話したんだが、彼女は自分がトラブルに巻きこまれないなら、手を貸してくれると思う。そこで、こうしようと思うんだ……」

ネズミ

十月一日にマルキン夫妻が引っ越したアパートは、広々としていて快適だった。薪《まき》を燃やす暖炉があり、大きなキッチンがあり、マルキン氏の職場にも近かった。マルキン夫人はリビングを淡いバラ色に、寝室を同じく淡いブルーに、キッチンを緑色に塗らせたのち、夫が一目見て書斎にしようと決めた部屋に目を向け、妻ならではのユーモア（ではないかと、マルキン氏は思った）をいきなり発揮して、そこの壁を灰色に――重苦しいネズミ色に塗らせた。保険会社に勤めるマルキン氏は、淡く明るい色こそ仕事に最適だとどこかで読んだことがあったが――管理職のマルキン氏のオフィスは、壁が黄褐色のしっくいで、背もたれのまっすぐな椅子も同じ色だ――マルキン夫人は譲ろうとせず、「だって、あなたは湿っぽいタイプですもの」などと容赦なく言ってよこした。オレンジ色のカーテンと、明るい色の敷物《ラグ》までは許されたものの、マルキン氏はどうしても、その書斎で仕事をする気になれなかった。日曜日には、妻がキッチンで楽しげに働いているあいだ、マルキン氏はネズミ色とオレンジ色の部屋に座って仕事するふりをしていたが、年末になったら壁の塗り直しを提案し、決定的な理由として、この部屋ではとても仕事などできなかったと訴えるつもりだった。だがマルキン夫人はきっと、あなたはそもそも、どんな場所でも仕事なんかしやしないじゃないの、と答えるだろう。

マルキン夫人はずっと前から、夫に本人の意図より大人びたふるまいをさせるのが自分の務めだと密《ひそ》かに思っていた。夫がゴルフを始めようとすれば躍起《やっき》になって阻止したし、彼女の目には保護者めいた態度に見える、年長の同僚との付き合いも許さなかった。そして二十九歳のマルキン氏が常にきちんと身なりを整え、礼儀正しくふるまい、子どもを持たず、無駄口をきかないように気を遣っていた。

マルキン氏は妻が好きだった——いや、おぞましいネズミの一件までは好きだった。

ネズミたちは二匹とも、アパートに棲みついていた。新居のキッチンに足を踏み入れ、前の住人が食器棚の奥に残していったネズミとりを見た瞬間、マルキン夫人は不快な目に遭いそうだと気がついた。「前の人たち、このネズミとりをずっと使ってたのよ」と夫に話しかける。「でも、効果がなかったみたい。キッチンじゅうに足跡がついてる」

「この罠がいけないんだ」マルキン氏はネズミとりのそばに膝をついて言った。「何回も同じ罠を使ってたんだろう。ネズミは仲間が罠にかかった場所をかぎ分けるから、一度使った罠には近寄らないんだ」

マルキン夫人は夫をじっと見た。「どうしてネズミに詳しいような口ぶりなの?」

「新しいネズミとりを買ってきなさい。つかまえてやるから」

マルキン夫人がネズミとりを買わなくてはと思い出したのは、ペンキ屋が作業を終えて、夫がカーテンや絵をかけてしまい、自分も新しいランプシェードを作らせてとりつけたあとだった。ある夜、タバコをとってこようと塗りたてのキッチンに入ったとき、マルキン夫人は、冷蔵庫の下に逃げこもうとしていたネズミの上に足を下ろしてしまったのだ。彼女は悲鳴を上げて、マルキン氏が本を読んでいたリビングに逃げ帰った。

「ネズミが怖いとは知らなかったな」マルキン氏はなだめるように声をかけた。

「怖くないわ。あんなふうにどきっとさせられるのが嫌いなだけ」

「明日の朝、ネズミとりを買っておいで。夜になったらつかまえてやるから」

マルキン夫人はあくる朝、ネズミとりを買ってきた。マルキン氏は夜にそれをしかけてネズミを捕獲した。しかしマルキン氏が「いいかい、古い罠が役に立たなかったのは、仲間がつかまった場所をネズミがかぎ分けてたからさ」と言っている最中、マルキン夫人はストーブの裏に積んだ新聞紙が怪しくガサガサと鳴るのを聞きつけ、翌朝には、シンク一面にネズミの足跡を発見した。

「駆除業者を呼ばなくちゃ」朝食をとりながら、彼女は夫に言った。「こんなのがまんできないわ。わたし、ネズミなんか怖くないの——知ってるでしょう——でも、いらいらするのよ」

「二、三匹いるくらいで駆除業者を呼ぶことはないよ。今日罠を買ってきてくれれば……」

マルキン夫人はうなずき、夫にコートを着せてやり、キスして送り出した。「罠を買うんだよ」マルキン氏は階段を下りていきながら言った。「夜になったら、ちゃんとつかまえてやるから」

昼前に、マルキン夫人は夫の職場に電話した。「罠は買ったかい?」マルキン氏はすぐに尋ねた。

「罠？」妻はぼんやりと答えた。

マルキン氏は、妻の声がどこかおかしいと感じた。「何かあったのかい？」

短い沈黙が流れた。それから「電話したのはね――」とマルキン夫人は言った。「あなたの机の中を見ていたら――」

マルキン氏は素速く考えを巡らせた。何かへまをしてしまったに違いない。といっても、妻が机の中から見つけて腹を立てそうなものなど、とっさには思い当たらなかった。「つまらないものをたくさんとってあるから――」

「知ってるわ。通帳が入ってた」

「通帳？」

「名義人は――ええと」マルキン夫人は通帳に目を落とすあいだ口をつぐんだ。「ドナルド・エメット・マルキン」

「ドナルド・エメット・マルキン」マルキン氏はくり返した。

「二十九ドル入ってる。六か月くらい前から週に一ドルずつ」

「二十九ドル」とマルキン氏。「そうだな」

「引き出せるかどうか、確かめてもらえる？」とマルキン夫人。「なにしろ三十ドル近いお金ですもの」

「ああ。通帳のことは忘れていたよ。金は引き出しておく」

「ドナルド・エメット・マルキンってだれ」

「ただの名前だ」マルキン氏は言葉を濁《にご》した。「そのとき思いついたジョークさ」

「ドナルドはあなたのお父さんの名前、エメットはわたしの父の名前。お金は引き出すと言ったわよね。じゃ、通帳は出しておきましょうか」

「ああ。なにしろただのジョークだからね」

「でしょうね。そういえば、ネズミを見かけたわ」

「怖かった?」

「ネズミは大嫌い。やけに太ってて、おかしな感じだった。この通帳、もう要《い》らないなら、お金を引き出したあとで処分してしまうわね」

「いいとも」マルキン氏は、どこかほっとして受話器を置いた。

その夜、家に帰ると、妻が玄関のところで出迎えてくれた。ワイン色の部屋着を着て、つややかな髪をまっすぐ背中にたらしている。

「ネズミがいるのよ」

「罠にかかって?」

「いいえ」マルキン夫人はそっと言った。「罠の外に。わたし、彼女より素早かったの」

「彼女?」マルキン氏は訊き返しながら、妻のあとから書斎に入った。ネズミは床の真ん中、白いタイプ用紙の上に横たわっていた。ちょうど壁と同じ色をしている。「彼女?」マルキン氏はさっきより力をこめて言った。

「フライパンを叩きつけたの」マルキン夫人は夫を見た。「わたし、とても勇敢だったのよ」

「そうだな」マルキン氏は心の底からそう言った。

「そのあとほうきで紙に載せて、ここまで運んできたの。どうしてあんなに太ってたのかわかったわ」

マルキン氏はネズミの上にかがみこみ、どうしてそんなに太って——腹が膨れているのか見てとった。それから妻の顔を見あげた。その顔に浮かんだ表情を見て、目の前にいるのが、見たこともないほど恐ろしい女だとマルキン氏は気がついた。

逢瀬

彼女が歌声を聞いたのは、偶然でもなければ夢でもなく、心の声がつかのま漏れたせいでもなさそうだった。ラジオはつけていないし、プレイヤーにレコードもかけていない。それなのに、甘く澄んだ、信じがたいほどはっきりした声が、優しく歌うのが聞こえてきたのだ。「未来はいまだ不確かで、急がなければ多くは得られぬ……」

こうして、長く孤独な恐ろしい夜が始まり、フィリスは夜通し冒険をして、ついには……いや、まずは始まりを語らねばならない。その夜はきちんとした形で始まった。フィリスは理知的な娘だからだ。彼女は新しい手袋をはめ、髪をひとつの髷《まげ》にまとめ、ハンドバッグにハンカチを入れた。だが、明かりはつけっぱなしで、ふり返らずにアパートの部屋をあとにした。

部屋を出たとき足音が聞こえたとしても、とりたてて意識はしなかったし、ことによるとその足音は、通路を進んでいく彼女自身のハイヒールの鋭い足音にすっかり紛《まぎ》れていたのかもしれない。いずれにせよ、人けのない通りに出て、何の迷いもなく堂々と歩き始めたとき、フィリスはようやく背後の足音に気がついた。彼女自身と同じくらいしっかりと街路を進み、あの歌の木霊《こだま》を運んでくる……「未来はいまだ不確かで……」

恐怖は感じたかもしれないが、驚きは覚えずにフィリスは歩き続けた。歩調を次第に速めていき、油断なく、気を張り詰めて。周囲ではほかの音もしているはずだが、そうとわかっていても何も聞こえなかった。耳に入るのは、あとからついてくる足音ばかり。フィリスは歌の木霊がずっと続いてくれることを願いながら、足を止めずに歩いていった。歌の歌詞は「不確か」だと言っているが、あれだけは確かだ——確かなはずだ。彼はちゃんと知っている。そこでフィリスは、人の多い通りを進んでいった。道行く人には個性がなく、聞こえてくるのは彼の足音ばかり。

彼がついてくるなら——心を落ち着かせ、頭を働かせようと努めながら思った——彼がついてくる、なんてことがあるなら、これからどうしたらいいか、わたしに教えようとしているのかしら？　わたしが間違ったことをしているとでも？　逃げるべき相手に向かって進んでいるとでも？　あるいは、彼から逃げたほうがいいのかしら？　考えにふけっていたフィリスは、街角でふいに立ち止まった。気づかずに通りすぎるところだったが、停車したタクシーの中から運転手が手を振り、「お嬢さん、お嬢さん」と呼びかけていたのだ。フィリスはさほど驚かなかった。

「はい」彼女はささやいた。「何かしら」唇が意識的に、注意深く、一音一音を発していく。ぎこちなく腰を屈めて相手の顔を見た。よく知っている顔。「ええ、おとう——」そのとき手がタクシーの冷たい車体に触れ、相手の顔はたちまち変化した。「こんな通りを一人で歩いちゃいけませんぜ」運転手は言った。そこでフィリスはふり向かずにタクシーに乗り、シートの真ん中に腰かけた。「バーへ」と声をかける。「どこのバーです」「あら、ザンジバーよ！　決まってるわ」

運転手はミラーの中のフィリスをちらっと見て、車の流れに視線をもどした。タクシーは通りの中央へ出ていき、住宅街《アップタウン》へ向かう流れに乗った。「お嬢さん」しばらくして運転手は言った。「別のとこへおつれしてもかまいませんか？　普通はお客さんがどこそこへ行きたいっておっしゃって、あたしがつれてくんですが」運転手はおもしろくもなさそうに、短い笑い声を上げた。「今回ばかりは、別のとこへおつれしたほうがよさそうだと思いまして。せめてあいつをふり切れないか、試してみてもいいですかね。まだあとからついてきますよ」

運転手の言葉はフィリスの中で、あの別の言葉とぶつかり合った。運転手の言葉はしっくりこなかった。その言葉が意味するのは――「やあ、フィリス、ハロー。待ってくれよ、おれ、ジャックだよ。いっしょにコンサートに行きたくてさ」などと言いそうな男がついてきている、ということ。だけどそれは違う。そんなはずはない。「……未来はいまだ不確かで」いいじゃない、とフィリスは自分に言い聞かせた。どうなるか見てみましょう。どっちが勝つか見てやりましょう。「運転手さん。行って。彼をふり切って。できたらふり切ってちょうだい」

「やってみましょう」タクシーはスピードを上げ、じわじわと縁石に寄っていき、唐突に赤信号を無視して道を曲がり、一方通行の通りを逆走し始めた。「これで違反切符を切られたら、お嬢さんに進呈しますよ」運転手がハンドルをぐいっと回すと、車はまた繁華街《ダウンタウン》へ向かい、背後の一方通行の道からは一台の車も追ってこなかった。後部座席のフィリスは、急な方向転換に体をゆすぶられながら、その状況に笑い出しそうになった。わたしと親切な運転手さんは……から逃げて……から逃げて――。「どうしてわたしが追われているとわかったの」ふいに尋ねると、運転手はまたミラーの中のフィリスをちらりと見て手短に答えた。「見ましたからね」「だれを」フィリスは訊いた。タクシーは縁石に近づいていって停まった。「もうだいじょうぶですよ、お嬢さん」と運転手。「ここで停めますぜ」フィリスが紙幣を差し出すと、運転手は手を振って断った。「お代は結構でさ。お嬢さんからは、何も頂戴したくないんでね」

つまりこの人は知っているのだ。フィリスはふたたび歩いていった。少しスキップして、鼻歌も歌った。「お手をどうぞ《ラ・チ・ダレム・ラ・マノ》……」（モーツァルトのオペラ『ドン・ジョバンニ』に出てくる歌）そのメロディもまた心の内のあの声と調和した。ああもう。ああもうああもうああもう。フィリスは歩調を乱した。もはやあれを止める方法はない。まもなくフィリスはあれを見つけるだろう。あれはおもちゃ屋みたいに彼女の前に開いていて、フィリスは中へ入っていき、群れ咲くライラックに包まれたような心地になるだろう。彼は甲冑を着ているだろう――地獄に堕ちればいい。フィリスは自分の大胆さに笑い声を上げた。と、目の前にドアがあった。ワインレッドのベルベットに身を包んだ背の高いドアマンが声をかけてくる。「おいくつになさいますか」フィリスは答えた。「ひとつ」

ひとつ。ふたつでも、七つでも、五十四でも買えばいいのに。明かりが灯《とも》り、言葉がひらめき、赤いベルベットを着た長身のドアマンが中へ入っていく彼女にお辞儀して慇懃《いんぎん》にほほえみかける、この大きな建物をまるごと買ってもいいのに。一人きりで暗い通路をさまよい、目に入らぬものも残らず手に入れればいいのに。突然、この場を離れなくてはならないと気がついた。家へ帰ることにしようか――とにかくここにいてはいけない。赤いベルベットを着た長身のドアマンは、出ていくフィリスにふたたびお辞儀してほほえみかけた。さっき彼女が入っていったのを見ていなかったというように……次いでドアマンはフィリスの肩に優しく手を伸ばし、彼女は背後の素早い動きを感じて軽くふり返った。「失礼ですが、マダム」ドアマンの声はとても穏やかで、録音された音の館の巨大な入口で一日じゅう立っている男にふさわしかった。「失礼ですが、お急ぎになったほうがよろしいかと。追われていらっしゃいますよ。よろしければ、横手の出口からお帰りください」ドアマンはお辞儀して、型通りの微笑を浮かべ、付け加えた。「ですが、お急ぎください。どうか、どうか、お急ぎください」

　フィリスはうなずいてドアマンの横を通りすぎた。ドアマンの目がずっと追いかけてくるのがわかった――フィリスが向きを変えて階段を上り、彼には姿が見えなくなるまで。そしてふたたび、足音が聞こえてきた。絨毯《じゅうたん》を踏む柔らかな足音だが、きわめてはっきりしている。歌も聞こえてくる。フィリスは今やゆっくり歩いていた。左手には老女の目のごとく曇った背の高い鏡。右手には茶目っ気たっぷりに彼女を見つめている男。「今ならぎりぎり間に合いますよ」と男は言った。「廊下の突き当たりまで行って、お待ちください」そこでフィリスは先へ進んでカーテンをくぐった。カーテンに包まれたとき、つかのま周囲が見えなくなり、声が聞こえてきた。「急いで、急いで、時間がない」

「急いで、急いで」巨大なスクリーンから聞こえる声が大きくなり、フィリスを嘲笑《あざわら》った。だがその声は正しくないし、歌も間違っている。フィリスは暗闇を気にせず、足早に通路を進んで、上に「出口」と赤い表示のあるドアをめざした。なんとかドアをあけて外へ抜け出し、ぎこちなく、だが急ぎ足で、後ろをふり返らず、スチールの外階段を下りていく。通りにたどり着くと小走りになった。足音が依然としてついてくるからだ。通りの角まで来たとき、ちょうどバスが停まり、運転手がドアをあけて、フィリスが乗りこもうとすると、身を乗り出して手を貸してくれた。「家に帰りたいの」フィリスが力なく言うと、運転手は彼女の顔も見ないでうなずいた。「そうでしょうとも。できるだけ急いで送ってあげますよ」フィリスはハンドバッグをあけて小銭を探したが、運転手は運賃箱に手を乗せて言った。「結構です。お代はいただきません」バスが発進すると、フィリスは後ろへ歩いていって席を探した。車内はほぼ満席だったので、フィリスは最後尾近くまで行き、膝に荷物をうずたかく載せた老女のとなりに腰を下ろした。老女は荷物ごしにほほえみかけてきた。「かわいそうに、みんなで見てましたよ」「家に帰りたいんです」フィリスが言うと、老女は答えた。「もちろんですよ。本当にひどい話ね。あの男、逮捕するべきだわ。ああいう手合いはね」老女は窓から外を見ようと荷物の上へ首を伸ばし、腹立たしげに舌打ちした。「まだあそこにいる。ずっと追いかけてくる」

フィリスは微笑のつもりで口元を引きつらせ、何も言わなかった。「やらせておきましょう」口の中でつぶやく。あれはもうわたしのもの。みんなそれを知っていて、わたしが怖がっていると思っている。みんなには、わたしを逃がす努力をしていてもらえばいい。家に着いて、静かに腰を下ろしたら、あれはわたしだけのもの。銅の笛吹ケトルみたいに、わたしのために歌を歌うだろう。

バスが停車すると、フィリスは側面のドアから素早く外へ出た。老女が身を乗り出して運転手に声をかけ、ほかの乗客は座席で腰を浮かせてフィリスを見送っている。フィリスは舗道の感触さえ意識せずに、家に向かった。

足音はまだついてくるだろうか？　フィリスは暗い街路を小走りでアパートに向かっていたが、ふいに立ち止まった。最後の足音は、わたしが立ち止まったあと聞こえてきたのでは？「未来はいまだ不確かで——」甘くはっきりした歌声が響いてきて、フィリスはまた走り出した。アパートのドアを押しあけてロビーを駆け抜け、エレベーターに向かおうとして考え直し、階段を使うことにする。階段を駆けあがり（大理石の階段を踏む足音が背後で聞こえたのでは？）、一階を過ぎて二階に向かい、三階にたどり着き、廊下を走って自分の部屋の前へ帰り着いた。もどかしげにバッグを探り、鍵を見つけて鍵穴にさしこみ、ドアをあけて叩きつけるように閉め、かんぬきをかけ、冷たく頼もしい木のドアに息を切らしてもたれかかる。フィリスの前方、部屋の反対側の窓の手前、暗がりの中で、どっしりした椅子から何かの影が立ちあがった。「たどり着くのに、ずいぶん時間がかかったのだな」彼は言った。

フィリスはうなずいて鏡に向かい、髪を下ろしてブラシを当てた。小瓶を手にとる。「小さな瓶ね」フィリスは言った。「多いくらいだ」と彼が答える。「得られるものは、得られるものは」歌が大きくなる。「お飲みなさい。急がなければ多くは得られぬ……急がなければ後悔ばかり……未来は甘く確かなもの……」

お決まりの話題

これはYとわたしのお決まりの話題、夜の静けさの中で語り合った話、夜の静かな時間、月光が差しこみ、移ろい、近づいてくる中、夜の中で、ささやき交わした……

わたしが――とYは言うのだ――先に行かなくちゃならなかった。Yの髪に月光が白い模様を落とし、Yはかぶりを振ってこう告げる。わたしが先に行かなくちゃならなかった――。覚えてるかしら、とYは言う。この家で。あの夜に。覚えてるかしら？　あの絵、月光、わたしたちの笑い声――。

わたしたちはあの夜、学校の寮で同室だったころのように、ベッドの足元に腰かけて語り合い、ときおり、Yの広い屋敷を包む悲しみを忘れて笑い声を上げた。Yの夫の葬儀から一月《ひとつき》ほどしかたっていなかったが、またそうして二人きりでいるだけで、Yはときどき笑顔を見せたし、たまに以前のような笑い声さえ響かせた。わたしもそう無神経ではなかったので、Yが夫と暮らした部屋部屋を閉め切り、古い屋敷の別の翼棟に移ったことを話題にはしなかった。それでもわたしは、Yの小さな寝室が気に入っていた。静かで、飾り気がなく、本を置く余地もなく、壁には絵が一枚だけかかっている。

「この屋敷の絵よ……」Yはわたしに言った。「ほら、この部屋の窓の端っこが見えるでしょう。夫の祖父が改装する前だから、新しい翼棟は描かれていないの」

「古くて美しいお屋敷ね」わたしは言った。「お祖父《じい》さんがこんなに変えてしまったのが残念なくらい」

「配管工事のためよ。水道管に罪はないわ」

「そうね。だけどあなたが古い翼棟をまたあけてくれて嬉しいわ……ここはさぞかし豪勢だったでしょうね――ほら――あなたの義理のお祖父さんの時代には」

わたしたちは古い古い屋敷の絵を見つめた。屋敷は空を背に黒々とそびえ、木々の奥でこの部屋の窓がかすかに輝き、急勾配の曲がりくねった道が門を抜けて、絵の端まで下ってきている。

「ガラスがあってよかった」わたしはくすくす笑った。「あの丘が地滑《じすべ》りを起こして、わたしたちの膝に押し寄せてきたら大変！」

「わたしのベッドにね」Yは言った。「古い屋敷があんなところに吊るしてあって眠れるかしら」

「まだ中にお祖父さんもいたりしてね。ナイトキャップをかぶって、蠟燭《ろうそく》を持って、古い家の中を歩き回っているの」

「改装をもくろみながらね」Yは横になり、顔の上まで毛布を引きあげた。

わたしはYに声をかけた。「神よ、改装マニアからわれらを救いたまえ」それから廊下を横切って自分の寝室へ行き、重いカーテンを引いて月光を閉め出し、ベッドに入った。

翌朝、Yが失踪していた。

わたしは遅く起きて、階下で朝食をとった。ファースト・アシスタント・フットマンとかいう召使が給仕してくれた（執事のいる家に嫁《とつ》いで四年たつYですら、どの召使に午後のお茶を運ばせたらいいか覚えられず、とうとう何もかもあきらめてシェリーを出すようになった。サイドボードのデカンターから自分で注げるからだ）。朝食のあとは、腰を落ち着けて本を読み始めた。その間《かん》ずっと、Yも寝坊していて、好きな時間に下りてくるのだろうと考えていた。

それでも、午後一時というのはいささか遅すぎた。山ほどいる召使の一人がそろそろ昼食の時間だと知らせにきたので、わたしはYを探しにいった。

Yは寝室にはいなかった。ベッドに寝た形跡はあったが、召使たちはだれもYの居所を知らなかった。そればかりか、わたしがゆうべYの部屋を出てからというもの、だれ一人Yの姿を見ておらず、様子も聞いていなかった。わたしと同じで、みんなYが寝坊していると思いこんでいたのだ。

午後遅く、わたしはYの家のお抱え弁護士であるジョンを呼ぼうと決めた。ジョンはこの屋敷のとなりに住んでおり、Yの夫の親友だったし、Yの相談にも快く乗ってくれていた。そして夕刻には、Yの弁護士は警察を呼ぼうと決めていた。

週末になっても、Yからも、Yについても何の知らせもなく、警察は誘拐という考えを捨て、自殺の線で捜査を始めていた。そのころ、ジョンが昼すぎにわたしを訪ねてきて、家を閉め切るという話をした。

「こんなことは言いたくないんだが、キャサリン――」とかぶりを振って、「彼女は亡くなったんじゃないかと思うんだ」

「どうしてそんなこと言うの」わたしは声高にまくし立てたのを覚えている。「あの夜はずっとYといっしょだったのよ。いろいろなことを話したし、Yは何週間もなかったくらい楽しそうだった――ご主人が亡くなってからというもの……」

「そうとも、だからYも亡くなったと思うんだ。Yはすっかり参っていた。生きる意欲をなくしていた」

「Yには計画があったわ……この家を売って旅行するって！　しばらく外国に住んで――いろんな人に会って、新しい人生を始めるって――わたしもいっしょに行くつもりだった！　あの晩そのことを話したのよ……それから屋敷の絵を見て笑ったわ……あの人、絵がベッドに落ちてくるって言ったのよ！」声は尻すぼみになった。月光が窓から差しこみ、枕の上のYの白っぽい髪を照らしていたあの夜、Yを残して部屋を出て以来、絵のことを思い出したのは、間違いなくそれが初めてだった。わたしは考えを巡らせ始めた。

「明日まで待って」わたしは頼みこんだ。「一日か二日、何もしないで。ねえ……Yは今夜にも戻ってくるかもしれないわ！」

ジョンはわたしに向かって、あきらめたようにかぶりを振ったが、わたしを一人家に残して出ていった。わたしは召使たちを呼び、身の回りのものをYの部屋に運ばせた。

満月だった月は、いびつな姿に変わっていたが、まだ月光は充分に差しこみ、室内を妖しく照らしていた。わたしはYのベッドに横たわり、描かれた屋敷の虚《うつ》ろな窓を見つめた。絵の中を老人がうろつき、改装をもくろんでいるというYの楽しげな言葉を思い出し、やるせない気分で眠りに落ちた。

夜中にふと目が覚めたとき、室内にはまだ月光が差しこんでいた。そして月光と同時に、年老いた女の姿が目に飛びこんできた。老女は絵のガラスの内側にへばりつき、わたしに向かって何やらわめき立てている。描かれた屋敷の手前に立っているため、背丈が二十フィートもあるように見える。わたしはベッドの上で身を起こし、できるだけ絵から遠ざかった。その光景に背筋が凍りつくより早く、一瞬頭が冴え、老女はガラスの内側にいて出てこられないと気がついていた。

と、老女がふいに横へ移動し、屋敷から下へ延びてくる道が目に入った。見つめていると、Yが門をくぐり、わたしに向かって必死に手を振りながら駆けてきた。自分の目がどんどん大きく見開かれ、うなじがどんどん冷たくなるのがわかり、やはり自分の直感は正しかったとわかった。Yは古い屋敷の悪意に囚われているのだ。手遅れにならないうちにYが見つけられたことが嬉しくて、わたしはすすり泣きを漏らした。

室内履きを手にとり、絵のガラスを打ち砕くと、Yに手を差し伸べ、早くこっちへと促した。そしてはっと気がついた――あの老女はもはやガラスの内側に張りついてはおらず、今や解き放たれて、わたしと同じ部屋の中で笑い声を響かせている。わたしは老女をがむしゃらに絵の中へ押しもどそうとしたが、力及ばず、ベッドへ仰向けに倒れこんだ。そのときYの姿がちらりと見えた。Yは打ちのめされたように両手を下げ、くるりと背を向けて、ゆっくりと屋敷へ引き返すところだった。次の瞬間、部屋がわたしの体の下から消え、絵を覆うガラスがわたしを閉じこめていた。

「手を振っていたのは、逃げてという意味だったのよ」Yの声が何度も何度もそう言っていた。「わたしを置いて逃げればよかったの。もう外へは出られないわ――わたしたち二人とも。あなたは逃げればよかったのよ」

わたしは目をあけて周囲を見た。そこは屋敷の食堂だったが、あまりにも現実の食堂とは違っていて、陰鬱な雰囲気だった。暗く、家具もなく、装飾もない。室内は静かで、じめじめしている。

「水道管もないわ」Yはわたしの顔に浮かんだ当惑を見て、そっけなく言った。「この絵が描かれたのは、改装する前だから」

「でも――」

「隠れて！」Yがささやき、部屋の隅《すみ》へわたしを押しこんだ。床に一本だけ立っている蠟燭の明かりもそこへは届かない。

「何なの」わたしはYの両手を握った。

老人が一人、扉をくぐって入ってきた。くすくす笑い、髭《ひげ》をひっぱっている。そのあとに例の老女が続いた。今は黙っているが、輝くような微笑を浮かべ、ワルツでも踊っているような足どりだ。

「お嬢さんがた！」老人はしわがれた甲高い声で呼びかけ、熱のこもった目で食堂を見回した。蠟燭をとりあげ、それを手に部屋の隅々を回り始める。「お嬢さんがた、出ておいで！　お祝いをしよう！　今夜は舞踏会だよ！」

「Y！」わたしは言った。老人が近づいてくる。

「そこかね、そこにいたのかね。きれいなお嬢さんがた、初めての舞踏会で照れているんだな！　出ておいで、お嬢さんがた！」

Yはわたしに一瞥《いちべつ》をくれ、ゆっくりと前へ出た。老人はわたしに向かって蠟燭を振った。

「ほらほら、そんなにおとなしくちゃ、お相手が見つからないぞ！」わたしはYに続いて出ていった。老人は老女に手を振って声をかけた。「楽団に音楽を始めさせよう」そうして、わたしたちの初めての舞踏会が始まった。音楽は聞こえてこなかったが、老人はまじめくさってダンスをした。最初はYと、それからわたしと。その間老女はうっとりした顔で片隅に座り、蠟燭をゆすって拍子をとっていた。

老人はYと踊るあいだ、わたしの前を通るたびに、いたずらっぽく手を振って、「壁の花！」と声をかけた。するとYの顔に、にやにや笑いに限りなく近い表情が浮かぶのだった。その後老人はわたしと踊り、床にしょんぼりと座るYの前を通りながら、容赦のない言葉を浴びせた。「そらそら、楽しそうな顔をしないか！　蜂蜜は酢よりもたくさんのハエを獲るんだぞ！」するとYは声を上げて笑い始めた。

初めての舞踏会は、間違っても楽しくなどなかった。それでもわたしはまだ、自分がYのベッドに横たわって、絵の中に入りこんだ夢を見ている、という考えを捨てていなかった。その後、老人がわたしたちの手に慇懃《いんぎん》なキスをして、よたよたとベッドへ引きあげると、Yとわたしは食堂の床に座りこみ、この状況について話し合った。老人の指の冷たい感触が手に残り、石の床は冷え切っていて、老女の笑い声が耳から離れなかったが、わたしたちは闇の中にとどまり、何もかも恐ろしい夢にすぎないと慰め合った。

Yは言った。「長いことここにいるの。どのくらいたったのかわからない。だけど毎晩舞踏会があるのよ」

わたしは震えあがった。「あのお爺さん、ダンスがうまいわね」

「それだけは確かね」Yがうなずく。「だれだか知ってるの」しばらくしてそう言った。「夫の祖父よ。この屋敷で亡くなったの――気が狂って」

「わたしがお屋敷を訪ねてくる前に、話しておいてくれればよかったのに」

「亡くなったままだと思っていたんですもの」

二人でその場に座って、言葉も交わさないでいると、ようやく部屋が明るくなってきて、薄暗い屋敷の中を日光が照らし出した。わたしは窓へ駆け寄ったが、Yは笑い声を上げた。「待って」と暗い声で言う。

窓の外には古い屋敷をとり巻く木々が見え、道が門へと続いていた。門の向こうには、木にさえぎられてよく見えないが、なんとか光と、色と……Yのベッドの輪郭が見分けられた。Yは窓辺へ来てとなりに立った。「これは夢だって、わたしが言い続けてる理由がわかったでしょう?」強い口調でいう。

「でも……」わたしはふり返ってYを見た。「でも、これは夢なんかじゃないわ」

「そうよ」少し間を置いてYは答えた。「違うわ」

わたしたちはそれから身を寄せ合い、木々と門の向こうへ、そして——馬鹿げたことに、気の狂いそうなことに——その先に見える、自由を意味する部屋のほうへ目をやった。

「Y」やがてわたしは言った。「こんなのあり得ないわ。これって——」とうとう笑い声を上げる。「めちゃくちゃじゃない!」わたしが叫ぶとYも笑い出した。

しばらくのあいだ、Yとわたしは、屋敷をとり巻く木々の中に身を隠し、脱出の計画を練った。「だれかが寝室に入ってこない限り、完全にお手上げよ」Yは言った。「そしてあの年寄りたちがうろついてる限り、完全にお手上げなの」

「そういえばあのとき、ガラスごしにあなたの声が聞こえなかったから、手を振ってわたしを呼んでると思いこんでしまったのよ」

「だけど、あのお婆さんさえ、あそこにいなかったら……」

わたしたちは顔を見合わせた。「あの人はどうしてここに?」しまいにわたしは訊いた。Yはかぶりを振った。「まだ死んでないってことはないわよね」わたしは言い、弱々しく付け加えた——「たぶん……」

その夜、老人が舞踏会のために部屋を整えているとき、Yは老人に向かって、あの老女は何者かと尋ねた。「おまえのおばさんだよ」老人は含み笑いして、Yの頬をつねった。「ついでに言うと、若いころは世にも美しい娘だった」悲しげに首を振って、「しかし、わしとここで暮らすようになって、ずいぶん年をとってしまった。今じゃもうそんなに美しくない、そうだろう、お婆さんや！」老人がいきなり声を上げ、老女に駆け寄って強く押したので、老女は体をぐらぐらさせ、狂ったようにくすくす笑い、首を縦に振った。

「その方、長いことここにいらっしゃるんですか？」Yはおずおずと訊いたが、老人は軽やかに跳ね回り、ことさら優雅にくるりと回ってみせた。「質問はなしだよ、お嬢さんがた、質問はなしだ！　かわいい頭は空《から》っぽでなくては！」

そのやりとりのおかげで、Yとわたしの心は決まった。翌日に計画を練り、すぐさま実行に移すことにした。自分たちのやったことを思い出したくはないし、Yも今ではすっかり忘れてしまったと言っているが、わたしはYと同じくらいよく覚えている——老人が寝ているあいだに、Yと二人で枕を顔に押しつけ、次いで首に縄をかけて木に吊るしたことを。憎しみのあまり恍惚としていたが、老人を片づけると気持ちが醒めてしまい、老女に向ける熱意はほとんど残っていなかった。それでも二人してやりとげ、屋敷の裏の森には二度と足を踏み入れなかった。たぶん今でも、ふたつの死体がぶら下がっているのだろう。Yがそのとき言ったように、「あの人たちを殺せるかどうかわからないけど、たとえ死んでいないとしても、身動きがとれないことは確かなはず」だ。

そのあとYとわたしは、快い疲労を覚え、ときおり笑い声を上げながら、一日じゅう門の近くの日向に寝そべり、だれかが寝室に入ってくるのを待っていた。

「ねえY、わたしたちがここに囚われてからどのくらいたつのかしら」

「一年とか――」くぐもった声だった。Yの顔は腕の下になっていたのだ。「それ以上かも」

「せいぜい一週間しかたっていないはずよ」

「何年もたったわ」

その後、どのくらい長く待ったのだろう。門のそばから見える寝室は、どこもかしこもむき出しになってしまった。そのありさまを目にして、わたしたちは過ぎ去った時間をどんなに惜しんだことだろう――部屋の絨毯《じゅうたん》がはがされ、ベッドからリネンやマットレスがとり去られ、カーテンが外され、埃《ほこり》だけを残して何もかも運び出されるあいだに失われた時間を！　わたしたちは一体どこにいるのだろう。今や空っぽの見捨てられた寝室に、だれが来てくれるというのだろう――。やがて、あることに気づいたのは、例によってYのほうだった。

「だけど、どうしてだれも絵を下ろさなかったのかしら。部屋を空っぽにしたくせに、絵は壁にかけたままなのよ！」

「何かに気づいたんだわ！　わたしたちの失踪に絵が関係あると思ってるのよ！」

「二人とも寝室から消えてしまったから、あの部屋に何かあると察したのね……」Yが言いかける。

「だとしたら、この先だれも寝室に入ってくるはずがないわね」わたしが引きとって言った。

わたしたちがそこにいるあいだに、屋敷の蔦《つた》が四分の一インチ伸び、それから助けがやってきた。

以前にはよく、だれが来てくれるかしらと考えていた。二人とも、知らない人が来るだろうと予想していた。顔も知らない人が、あの部屋の謎に挑むために、わざわざやってくるのだろうと。けれどもある夜、とうとう助けがやってきたとき、それはジョンだった。Yは眠っていて、わたしが先に気がついた。Yを起こして、ジョンが来たわよと告げると、Yはわたしたちが希望を捨てて以来初めて泣き声を上げた。わたしたちは門の前の草の上に横たわって待った——そのうち月が昇り、ジョンがわたしたちに気づいて、救い出してくれるだろう。

わたしたちの見守る前で、ジョンは空っぽのベッドに毛布を敷き、横になってまっすぐに絵を見つめた。月が出たという証拠の薄明かりの中、ジョンはその場に寝そべったまま、わたしたちの姿を求めて目を凝らしていた。月がゆっくりと昇り、絵に月光が近づいてくると、わたしたちは門のそばに立ち、きつく抱き合い、興奮に身を震わせた。

光がまともにわたしたちに当たるより早く、わたしたちは道を駆けおり、ジョンに近づいていった。ジョンに割ってもらうはずのガラスのほうへ。わたしは一度転び、よろよろと立ちあがって、ふたたび走り出した。手にも顔にも血をつけたまま、ジョンに向かって呼びかける。今にして思えば、立ちあがるために無駄にしたその瞬間、わたしははっきりと悟ったのだ。なぜならYが叫ぶのが聞こえてきたから。「来て、ジョン、来て、ジョン、こっちへ！」そして自分も叫んでいるのがわかった——精一杯声を張りあげているのが。

ジョンはベッドの上で身を起こしながら、やはり叫んでいた。足を上げ、ガラスを蹴って砕いてくれた——長い時間の果てに。

そうしてこれが、Yとわたしの語り合うこと——夜の静けさの中、夜の静かな時間、忍び寄る月光を浴びて。わたしたちは夜の秘密に包まれ、語り合いながら待ち、ジョンは絶え間なく屋敷の周囲を走り、悲鳴を上げ、壁を叩き続ける。なにしろわたしにはもう毎晩のパートナーがいないし、Yとジョンは二人きりで踊りたくないのだから。

なんでもない日にピーナツを持って

ジョン・フィリップ・ジョンスン氏は、玄関を出てドアを閉め、階段を下りて明るい朝の陽射しの中へ出ていった。こんな輝かしい日には、世界じゅうに悪いことなど何もないような気がする。陽射しは暖かで気持ちいいし、底を張り替えた靴は申し分ない履き心地だし、今朝《けさ》選んだネクタイは間違いなく、今日という日と、陽射しと、快適な足にぴったり合っている。結局のところ、世界とはすばらしい場所ではないだろうか？　体は小柄だし、ネクタイはいくぶん派手すぎたかもしれないが、汚い歩道へ下り立ったジョンスン氏は、幸せそうに顔を輝かせ、すれ違う人々にほほえみかけて、ときにはほほえみを返してもらった。やがて街角の新聞売店に立ち寄って新聞を買い求め、新聞売りと、ジョンスン氏が足どり軽く訪れたとき幸運にも居合わせた二、三人の客に、「いい朝ですね」と実感のこもった声をかけた。それからポケットいっぱいのキャンディとピーナツも忘れずに買い、おもむろに北へ向かって歩き出した。次いで花屋に立ち寄って襟のボタンホールに差すカーネーションを買い、直後に立ち止まって、その花を乳母車に乗った子どもに差し出した。子どもはきょとんとして見あげてきたが、すぐににっこりした。ジョンスン氏も笑顔を返し、子どもの母親はジョンスン氏をちょっと見て、やはりにっこりした。

何ブロックか北へ進むと、ジョンスン氏は街路を横切って、適当に選んだ横道に入った。毎朝同じ道を通ったりせず、何かおもしろいことを求めて大きく迂回するほうが好きだったのだ。その様子は仕事熱心な男性というより、むしろ仔犬が道を行くようだった。この朝はたまたま、そのブロックをいくらか進んだところに引っ越し用トラックが停まっていて、アパートの上階から運び出された家具類が、半分は歩道に、半分は玄関前の階段に置いてあった。野次馬が何人かうろうろして、テーブルの傷や、椅子のすり切れた箇所をながめており、くたびれた顔の女が、小さな子どもと、引っ越し業者と、家具類にいっぺんに目を配ろうとしている。女はどう見ても、荷物を見ている連中の目から私生活を隠したがっているようだった。ジョンスン氏は立ち止まって、しばし人の輪に加わったが、じきに前へ出て、慇懃《いんぎん》に帽子に触れながら言った。「失礼ですが、わたしが坊やの子守をしていましょうか?」

女はふり返って、胡散《うさん》臭そうな目でジョンスン氏を見た。ジョンスン氏は慌てて付け加えた。「ここの階段に座っていますから」こっちへおいでと手招きすると、男の子はためらったが、ジョンスン氏の優しげな笑顔を見て、安心したように近づいてきた。ジョンスン氏はポケットからピーナツをひとつかみ出して、男の子といっしょに階段に腰かけた。男の子は最初、知らない人から食べ物をもらっちゃだめって母さんに言われてるから、という理由でピーナツを断った。お母さんもピーナツは別だと思ってるんじゃないかな。だって、サーカスのゾウもピーナツを食べるだろう？　とジョンスン氏が言うと、男の子は考えこみ、まじめな口調で、そうだねと答えた。二人は仲良く階段に並んでピーナツの殻《から》を割った。「引っ越すんだね」とジョンスン氏は訊いた。

「うん」

「どこへ」

「ヴァーモント」

「いいところだ。雪がたくさん降るし、メイプルシュガーも採れる。メイプルシュガーは好きかい？」

「うん」

「ヴァーモントではメイプルシュガーがどっさり採れるんだよ。農場に住むのかい？」

「おじいちゃんとこに住むんだ」

「おじいちゃんはピーナツが好きかな」

「うん」

「少し持っていってあげるといいね」ジョンスン氏はポケットに手をつっこんだ。「引っ越すのはきみとお母さんだけかい？」

「うん」

「そうだ、列車の中で食べるために、もう少し持っていくといい」

男の子の母親は、最初のうち二人をちらちら見ていたが、この人は信用していいと思ったのか、そのうちに引っ越し業者から目を離さなくなった。業者が上等のテーブルの脚を折ったり、台所の椅子をランプの上に置いたりしないよう、目を光らせていたのだ。業者はめったにそんなことをしないが、どこの主婦も業者がそういうことをすると信じている。やがて家具があらかた積みこまれると、母親は何か荷作りし忘れたものがあるという、お決まりの不安に襲われて――クローゼットの奥に隠れているものとか、近所の人に貸したまま忘れてしまったものとか、洗濯ロープに干しっぱなしのものとか――それが何だったのかを必死で思い出そうとし始めた。

「これで全部ですか?」作業主任に訊かれて、母親はいよいようろたえてしまった。

彼女は自信なさそうにうなずいた。

「荷物といっしょにトラックに乗ってくかい、ぼうず?」主任は男の子に呼びかけて笑い声を上げた。男の子も笑い声を返してから、ジョンスン氏に向かって言った。「ヴァーモントに行ったら、楽しいと思うな」

「きっと楽しいだろうね」ジョンスン氏は立ちあがった。「行く前に、もうひとつピーナツをどうぞ」

男の子の母親がジョンスン氏に声をかけてきた。「ありがとうございました。とても助かりました」

「どういたしまして」ジョンスン氏は丁寧に答えた。「ヴァーモントのどのあたりに引っ越されるんですか」

母親は、大事な秘密を漏らしてしまったわね、という顔で息子をにらんでから、しぶしぶ返事をした。「グリニッチです」

「あそこは美しい町です」ジョンスン氏は言い、名刺をとり出すと裏に名前を書いた。「親友がグリニッチに住んでいます。お困りのときには訪ねていってください」男の子に向かって、まじめな顔で付け加える。「そこの奥さんが作るドーナツは、町いちばんなんだよ」

「すごいや」と男の子。

「では、ごきげんよう」

ジョンスン氏は直したての靴を履いた足で、楽しげに歩いていった。背中と頭のてっぺんが陽射しで温まっている。そのブロックをさらに進んだところで、野良犬に出くわしたので、ピーナツを一個食べさせてやった。

別の大通りにぶつかる角まで来たので、ふたたび北へ向かって進むことにした。少しのんびり歩いていくと、顔をしかめた人々がジョンスン氏の両側を足早に追い越していった。ジョンスン氏をかすめてすれ違い、コツコツと足音を立てて目的地へ急ぐ人もいる。ジョンスン氏は街角ごとに立ちどまって信号が変わるのを辛抱《しんぼう》強く待ち、とりわけ急いでいる様子の人が来ると脇へよけていたが、ある若い女性は、よけきれない勢いでやってきて、仔猫を撫でようとかがみこんでいたジョンスン氏とまともにぶつかってしまった。仔猫はアパートから歩道へ駆け出してきて、足早な人の波にはばまれ、もどるにもどれなくなっていたのだ。

「ごめんなさい」娘はジョンスン氏を助け起こすと同時に先を急ごうとして必死の形相になった。「本当に、ごめんなさい」

仔猫は今や危険を顧《かえり》みず、家へすっ飛んでいった。「かまいませんよ」ジョンスン氏は注意深く身なりを整えた。「お急ぎのようですね」

「ええ、急いでますとも。遅刻なんです」

娘はひどく不機嫌で、眉間に皺《しわ》が刻みこまれてしまいそうだった。どうやら寝坊してめかしこむ余裕もなかったのか、服装はシンプルで、ネックレスもブローチも着けていない。口紅は目に見えてゆがんでいる。娘はそばをすり抜けようとしたが、ジョンスン氏は娘が怪しみ、不快に思うのを承知の上で、腕をつかんで声をかけた。「待ってください」

「ええ、わかってます」娘は刺々《とげとげ》しい声を出した。「わたしはあなたにぶつかりました。ですから弁護士を立てて話し合いましょう。お怪我や何かがあったら賠償金《ばいしょうきん》はお支払いします。でも今は、とにかく行かせてください。遅れてるんです」

「何にですか」ジョンスン氏は人の心を捉える微笑を娘に向けてみたが、もう一度突き倒されるのを回避する程度の効果しかなかったようだった。

「仕事にです」娘は食いしばった歯のあいだから言った。「勤めに遅れてるんです。わたしには仕事があって、遅刻したらその分だけお給料を差し引かれるんです。ですから、あなたとおしゃべりするのがどんなに楽しくても、そんなことしてる余裕はないんです」

「わたしがその分をお支払いしますよ」ジョンスン氏は言った。それはまさに魔法の言葉だった。決して筋の通った発言とはいえなかったし、娘が金を払ってもらえると本気で信じたわけでもなかったが、皮肉など少しも含まない、その淡々とした言葉は、ジョンスン氏の口から出ると、りっぱで、誠実で、責任感の強い男の言葉としか聞こえなかったのだ。

「どういうことです」娘は訊いた。

「あなたの遅刻は、どう見てもわたしの責任ですから、その分をお支払いしましょう」

「ふざけないでください」娘は言い、初めて眉間の皺を消した。「あなたにお金を出してもらおうなんて思ってません――ほんの少し前、こっちがあなたにお金を払うって言ったばかりじゃないですか。とにかく」娘は微笑めいたものを浮かべて付け加えた。「悪いのはこっちなんですから」

「仕事に行かなかったらどうなりますか？」

娘は目を丸くした。「お給料がもらえません」

「まさしく」

「まさしくって、何が言いたいんです？　職場には二十分前に着くことになってたのに、遅れてしまったから、一時間につき一ドル二十セント、一分につき二セント差し引かれるんですよ」――ちょっと考えて――「あなたと話してたせいで、もう十セント近く損しています」

ジョンスン氏が笑い声を上げると、とうとう娘も笑い出した。「もう遅刻しているんですから、あと四セント分、わたしに時間をくださいませんか？」ジョンスン氏は言った。

「何のために？」

「すぐわかります」ジョンスン氏は請《う》け合った。娘を建物が並ぶ歩道の端へつれていき、「そこにいてください」と言い残すと、雑踏《ざっとう》の中へ足早に引き返す。それから一生に関わる選択でもしているように、通りすぎる人に目をつけては観察し、品定めしていった。一度、だれかのほうへ踏み出しかけたが、ぎりぎりのところで思い直してやめにした。やがて半ブロックほど先に求めるものが見つかった。ジョンスン氏は人波の真ん中へ進み出て、一人の若者をつかまえた。若者はいかにも朝寝坊したという格好で、顔をしかめて急いでいた。

「わっ」若者は声を上げた。というのもジョンスン氏は、相手をつかまえるに当たって、娘が先ほど意図せずして用いた方法しか思いつかなかったのだ。「おいおい、どっちへ行こうっていうんだ」歩道に倒れた若者はののしった。

「ちょっとお話があるんですが」ジョンスン氏は意味ありげに言った。

若者は不安そうに起きあがり、体の埃《ほこり》を払いながらジョンスン氏をじろじろ見た。「何だって？　ぼくが何をしたっていうんだ」

「近ごろの人というのは、そういうところがよくありません」ジョンスン氏は通りすぎる人々にも聞こえるように文句を言った。「何かしたという心当たりがあってもなくても、常にだれかに追われていると思っている。わたしがお話ししたいのは、あなたがこれからすることに関してです」

「あのさ」若者はジョンスン氏のそばをすり抜けようとした。「時間に遅れてるんだ。あんたの話、聞いてる暇なんかないんだよ。ほら、十セント進呈するから、どっかへ行ってくれよ」

「ありがとうございます」ジョンスン氏は十セントをポケットにしまった。「走るのをやめたらどうなります？」

「言っただろ、遅刻なんだってば」若者はなおもジョンスン氏のそばをすり抜けようとしたが、意外なことにジョンスン氏はその腕をつかんでいた。

「一時間にいくら稼いでらっしゃいます？」と尋ねる。

「共産主義者か？」と若者。「頼むから放して——」

「いいえ」ジョンスン氏は食い下がる。「いくらです」

「一ドル五十セントだよ。さあ、もういいだろ——」

「冒険はお好きですか？」

若者は目を見開いたが、気がつくとジョンスン氏の優しげな笑顔につりこまれていた。微笑を返しそうになって思いとどまり、腕をもぎはなそうとする。「急がなくちゃいけないんだ」

「不思議なことは？　驚きはお好きですか？　普段と違う、わくわくする出来事は？」

「何か売りつけようってのか？」

「そうです。思い切ってやってみたいと思いませんか？」

若者はためらい、めざす場所はそちらなのか、大通りの先へ焦がれるような目を向けたが、ジョンスン氏が持ち前の説得力のある口調で、「わたしがお金を出しましょう」と申し出ると、ふり返ってこう答えた。「いいだろう。でもまずは、ぼくが何を買うのか見せてくれ」

ジョンスン氏は息を切らしながら、若者を娘が立っている歩道の端へつれていった。娘はジョンスン氏が若者を捕えるのをおもしろそうに見物していたが、今はおずおずとほほえみながら、何が起きても驚かないわ、という目でジョンスン氏を見つめていた。

ジョンスン氏はポケットに手をつっこみ、財布をとり出した。「どうぞ」と娘に紙幣を差し出す。「一日分のお給料とだいたい同じ額です」

「あら、だって」娘は思わず驚きの声を上げた。「いただくわけには――」

「どうか口を挟まないでください」ジョンスン氏は娘に言った。「そして、こちらは」と若者に声をかける。「あなたの分です」若者は呆然として紙幣を受けとったが、「たぶん偽札だよ」と娘にささやきかけた。「さて」ジョンスン氏は若者を無視して話を続けた。「お名前は、お嬢さん？」

「ケントです」娘は困ったように答えた。「ミルドレッド・ケント」

「なるほど。あなたは？」

「アーサー・アダムズ」若者は硬い口調で言った。

「わかりました。さて、ケントさん、こちらはアダムズ氏。アダムズさん、こちらはケント嬢」

ケント嬢は目を見開き、落ち着かなげに唇を湿し、逃げ出したいようなそぶりを見せてからあいさつした。「はじめまして」

アダムズ氏は肩をそびやかし、ジョンスン氏をにらみつけ、こちらも逃げ出したいようなそぶりを見せてから言った。「はじめまして」

「さてと、これだけあれば」ジョンスン氏は財布から紙幣を数枚抜き出した。「二人で一日過ごすのに充分でしょう。お勧めは、そう、コニー・アイランドですかね――わたしとしては、あまり好きな場所ではありませんが。あるいは、どこかでおいしい昼食をとって、ダンスに行くのもいいし、マチネーも悪くない。映画もいいですが、よく気をつけて、まともな作品を選んでください。昨今《さっこん》はくだらない映画ばかりですから。もしくは」ふいにひらめきが訪れた。「ブロンクス動物園へ行くのもいいし、プラネタリウムもいいですね。ともかく、どこでもお好きな場所へいらしてください」と締めくくる。「どうか楽しい一日を」

ジョンスン氏が立ち去ろうとすると、アーサー・アダムズが、目を丸くし、口もきけない状態を脱して話しかけてきた。「だけど、こんなのいけないよ。だって——わからないだろ——ぼくたちにだってわからないんだ——つまり、ぼくたちが金だけ懐《ふところ》に入れて、あんたの言うとおりにしないかもしれないじゃないか」

「お金はもうあなたがたのものです」とジョンスン氏。「わたしの言うとおりにすることはありません。ご自分のお好みはわかってらっしゃるでしょう——博物館とか、そういう場所ですか?」

「だけどもし、ぼくがこの子を残して、金だけ持って逃げちまったら?」

「あなたはそんなことはしません」ジョンスン氏は優しく言った。「わたしにそう尋ねるくらいですから。では、ごきげんよう」あいさつして先へ進む。

頭に当たる陽射しと、履き心地のよい靴を意識しながら通りを歩いていくと、背後から若者の声が聞こえてきた。「ねえ、いやなら付き合わなくていいんだよ」娘はこう答えた。「でも、あなたがいやでなかったら……」ジョンスン氏はにっこりして、先を急いだほうがいいと考えた。その気になれば、彼はすこぶる速く歩くこともできるのだ。娘がついに「ええ、あなたがいいなら、わたしもかまわないわ」と答えたときには、ジョンスン氏は数ブロック先にいて、しかもそれまでに二回足を止めていた。一度は大きな荷物をいくつかタクシーに積みこもうとしているご婦人を手伝ったとき、一度はカモメにピーナツを与えたときだ。今ジョンスン氏がいるのは、大きな店が建ち並ぶ、ひときわ人通りの多い界隈《かいわい》だったため、通行人が両側からしょっちゅうぶつかってきた。だれもかれも遅刻しそうで機嫌が悪く、仏頂面で先を急いでいる。ジョンスン氏は、十セント恵んでくれという男にピーナツを与え、バスの運転手にも一粒差し出した。運転手は交差点でバスを停め、運転席の横の窓をあけて、新鮮な空気といくぶん静かな道を恋しがるように顔を突き出していたのだ。十セントをほしがった男はピーナツをおとなしく受けとった。ジョンスン氏が一ドル札でくるんで差し出したからだ。けれどもバスの運転手は、ピーナツをもらうと皮肉な声で言った。「乗り換え切符がほしいのかい、おやっさん」

にぎやかな街角で、ジョンスン氏は若いカップルに遭遇した——一瞬、ミルドレッド・ケントとアーサー・アダムズかと思った——二人は店の正面の壁に背中を押しつけて人波を避け、顔を寄せ合って熱心に新聞を見ていた。飽くなき好奇心の持ち主であるジョンスン氏は、二人のとなりへ行って店の壁にもたれ、男のほうの肩ごしにのぞきこんだ。二人が見ていたのは空《あき》アパートの欄だった。

ジョンスン氏は、さっきの通りで女と幼い息子がヴァーモントへ越すと言っていたのを思い出し、男の肩を軽く叩いて愛想よく言った。「西十七丁目へ行ってごらんなさい。ブロックの真ん中あたりです。今朝引っ越していった人がありましたよ」

「え、あんた、どういう——」男は言いかけたが、ジョンスン氏の顔をまともに見ると、「いや、ありがとう。どこですって？」と尋ねた。

「西十七丁目です。ブロックの真ん中あたりですよ」ジョンスン氏は、ここでもほほえんで付け加えた。「いい部屋が見つかるといいですね」

「ありがとう」男は言った。

「ありがとう」二人して歩き出しながら、娘のほうも言った。

「ごきげんよう」とジョンスン氏。

ジョンスン氏は居心地のよいレストランで一人で昼食をとった。その店の料理はいたって濃厚で、ジョンスン氏の優れた消化能力がなければ、チョコレート・ラムケーキのホイップクリーム添えをデザートに二皿たいらげるのは不可能だっただろう。ジョンスン氏はコーヒーを三杯飲み、ウェイターにチップをはずむと、また街路のすばらしい陽射しの中へ出ていった。靴はあいかわらずおろしたてのように履き心地がいい。今食事したレストランの窓をのぞきこんでいる物乞いがいたので、ポケットの金を念入りにあらためてから近づいていき、硬貨を数枚と紙幣を二枚握らせてやった。「これで仔牛のカツレツを食べて、チップも渡せますよ。ごきげんよう」

昼食のあとは休憩をとった。最寄りの公園まで歩いていき、ハトにピーナツをやった。南へ引き返す気になったのは午後も遅い時間で、それまでにチェッカーの審判を二試合分務め、小さな兄妹の子守をしてやっていた。兄妹の母親は眠りこんでおり、はっと目を覚まして不安げな顔をしたが、ジョンスン氏を見て口元をほころばせた。ジョンスン氏がキャンディをほとんど人にやってしまい、残ったピーナツをすっかりハトに与えてしまうと、もう家に帰る時間だった。夕刻前の陽射しは心地よく、靴はまだ快適そのものだったが、南へはタクシーでもどることにした。

タクシーはなかなかつかまらなかった。最初に通りかかった三、四台の空車を、自分より急いでいそうな人々に譲ってやったからだ。けれどもようやく一人きりになり、勢いよくはねる魚を網ですくうような気分で、躍起《やっき》になって手を振っていると、どうにか一台つかまえることができた。そのタクシーは、北へ向かって飛ばしていたのだが、意に反してジョンスン氏のほうへ引き寄せられた、というように見えた。

「旦那」ジョンスン氏が乗りこむと運転手は言った。「旦那のこと、お告げだと思って停まったんでさ。最初はお乗せするつもりじゃなかったんですがね」

「ご親切にどうも」ジョンスン氏は当惑気味に答えた。

「旦那をお乗せしなかったら、十ドル損するところでした」

「そうなんですか?」

「ええ。さっき降ろしたお客さんが、ふり返って十ドルくれましてね、この金をヴァルカンっていう名前の馬に大急ぎで賭けろっておっしゃるんでさ」

「ヴァルカン?」ジョンスン氏は怖れをなして言った。「水曜日に、火にゆかりの馬に?(ヴァルカンはローマ神話の火の神ウルカヌスの英語読み）」

「え？」と運転手。「とにかく、それで自分に言い聞かせたってわけです。ここからあそこまでのあいだにお客が見つからなかったら、その十ドルを馬に賭けよう。でも、だれかタクシーを拾いたがってる人がいたら、それをお告げってことにして、十ドルは女房に持って帰ろうって」

「正しいことをしましたね」ジョンスン氏は心から言った。「今日は水曜日ですから、金を損するところでしたよ。月曜日ならいいですし、土曜日でもかまいません。ですが、水曜日に火にゆかりの馬はいけません――絶対に。日曜日ならよかったでしょうが」

「ヴァルカンは日曜日には走らないんでさ」

「ほかの日まで待つことですよ。この通りに入ってください。次の角で降ります」

「でも、あのお客さん、ヴァルカンにしろって言ったんですがね」

「じゃあ、こうしましょう」ジョンスン氏はタクシーのドアを半開きにしたまま言った。「十ドルはとっておくんです。わたしがもう十ドル差しあげますから、合わせて二十ドルを木曜日に……そうだな、木曜日だから……穀物の名前がついた馬に賭けてください。いや、農作物なら何でもかまいません」

「穀物？　たとえば、小麦《ウィート》とか、そういう名前の馬ってことですかい？」

「そのとおり。いや、もっと簡単なことを言うなら、名前にC、R、Lが入ってる馬ならどれでもいいんです。実に簡単でしょう？」

「Tall Corn《トール・コーン》?」運転手は目を輝かせた。「たとえば、トール・コーンって名前の馬ってことですかね」

「そうです。さあ、とっておいてください」

「トール・コーンか。ありがとうございます、旦那」

「では、ごきげんよう」

アパートのそばに降り立ったジョンスン氏は、まっすぐに自宅へ向かった。中へ入って「ただいま」と声をかけると、ジョンスン夫人がキッチンから返事をした。「おかえりなさい。早かったのね」

「帰りはタクシーを使った。チーズケーキのことも思い出してね。夕飯は何だい?」

ジョンスン夫人はキッチンから出てきて夫にキスをした。感じのよい女性で、ジョンスン氏と同じく微笑を浮かべている。「今日は大変だった?」

「そうでもなかった」ジョンスン氏はクローゼットに上着をかけた。「きみのほうは?」

「まあまあってところ」ジョンスン夫人はキッチンの入口に立ち、ジョンスン氏は安楽椅子に落ち着いて、履き心地のよい靴を脱ぎ、今朝買った新聞をとり出した。「あちこち行ったわ」夫人が言った。

「ぼくのほうは、けっこううまくやった。若い二人の縁結びをしたよ」

「素敵ね」とジョンスン夫人「わたしは午後少しお昼寝をして、だいたい一日じゅう気楽にやってたわ。午前中はデパートに行って、となりにいた女の人が万引きしてるって訴えて、警備員につかまえてもらったし、野良犬を三匹、収容所送りにして——まあ、いつもどおりよ。ああ、それとね」と思い出して付け加える。

「なんだい」

「あのね、バスに乗って、運転手に乗り換え切符を頼んだの。そしたらほかのお客さんのあとまで待たされたから、あなた失礼よって言って喧嘩してやったの。どうして軍隊に入らないのって、みんなに聞こえるくらい大声で言ってやったわ。ナンバーを控えておいて、会社に苦情を言ったから、たぶんあの運転手、クビになったわね」

「よくやったな。でも、くたびれてるみたいだ。あしたは交替しようか」

「ええ、そうしてもらえる？　ぜひ交替してほしいわ」

「いいとも。夕飯は何だい」

「仔牛のカツレツ」

「お昼にも食べたんだけどな」とジョンスン氏は言った。


『ファンタジー・アンド・サイエンス・フィクション』一九五五年一月

悪の可能性

ミス・アデラ・ストレンジワースは、大通りを食料雑貨店に向かって上品に歩いていった。陽射しは明るく、前の晩に大雨が降ったため、空気はさわやかで澄み切っている。ミス・ストレンジワースの小さな町は、どこもかしこも雨に洗われて輝くようだった。彼女は深く息を吸いこみ、かぐわしい夏の一日ほどすばらしいものがこの世にあるだろうか、と思った。

むろん、ミス・ストレンジワースは町じゅうの人間と知り合いだった。よそから来た人に――ときたま町を通りかかり、彼女のバラに感心して足を止める旅行客に――言うことはいつも決まっている。ずいぶん長生きしましたけど、この町から一日以上離れていたことはないんですよ。ええ、今年で七十一になります、とミス・ストレンジワースは口元に愛らしい片えくぼを浮かべて旅人に打ち明ける。ときどき、この町が自分のものみたいな気がすることがあるんです。「祖父がプレザント通りで最初の家を建てましてね――」大したものでしょう、とばかりに青い目を見開き、「ここにあるこの家ですよ。うちの家族は百年以上もここで暮らしてるんです。祖母がこのバラを植えて、母が丹精《たんせい》して、わたしが受け継ぎました。わたしはこの町が大きくなっていくのを、ずっとこの目で見てきたわけです。ルイスさん――お父さんのほうが食料雑貨店を開いたときのことも覚えていますし、川が氾濫《はんらん》して町の下手のバラック街が水浸しになった年のことも、今じゃ新しい郵便局が建ってる場所の正面に、若い人たちが公園を移そうとしたときの騒ぎも覚えています。あの人たち、イーサン・アレン（米国独立戦争で活躍した軍人。ヴァーモントの市民軍隊長）の銅像を立てたいなんて言って」――ここでミス・ストレンジワースは少し眉をひそめて厳しい声を出す――「だけど、立てるとしたら、うちの祖父の銅像じゃないかしら。祖父の製材所がなかったら、ここに町なんかできやしなかったんですから」

　バラをくださいませんか、と旅行客から請《こ》われることも多かったが、ミス・ストレンジワースはだれにも分けてやろうとしなかった。バラはプレザント通りのもので、それをどこかへ持ち去りたい、知らない町の知らない通りへ持っていきたいと言われると、彼女は落ち着かない気分になるのだ。新しい牧師がやってきて、婦人たちが教会を飾る花を集めたときには、大きな籠いっぱいのグラジオラスを贈っておいた。ときにはバラを切ることもあったが、それは鉢や花瓶に生けて祖父が建てた家のあちこちに飾るためだった。

　夏の朝、大通りを歩きながら、ミス・ストレンジワースはおよそ一分ごとに足を止めて、道で会った人におはようと言ったり、体の具合を尋ねたりした。食料雑貨店に入ると、五、六人の客が棚やカウンターからふり返って彼女に手を振ったり、おはようございますと声をかけたりした。

「それと、ルイスさん、おはようございます」ミス・ストレンジワースは、一人一人にあいさつを返したあと、ようやくそう言った。ルイス家はストレンジワース家と同じくらい古くからこの町に住んでいたが、息子のほうのルイス氏がハイスクールを出て食料雑貨店で働き始めたときから、ミス・ストレンジワースは彼をトミーと呼ぶのをやめてルイスさんと呼び始め、ルイス氏のほうも彼女をアディと呼ぶのをやめてミス・ストレンジワースと呼び始めた。二人はハイスクールの同級生で、いっしょにピクニックに行ったり、ハイスクールのダンスやバスケットボールの試合に出かけたりする仲だった。けれど今では、ルイス氏は食料雑貨店のカウンターの中で働き、ミス・ストレンジワースはプレザント通りのストレンジワース邸に一人で暮らしている。

「おはよう」ルイス氏は答えて、慇懃《いんぎん》に付け加えた。「いい天気だね」

「ええ、いいお天気」ミス・ストレンジワースは、今まさに天気のよさを実感した、というような口調で答えた。「チョップをいただける？　小さめで脂の少ない仔牛のチョップを。あのイチゴはアーサー・パーカーの農園のもの？　今年は早いのね」

「今朝方《けさ》、アーサーが届けてくれたところだよ」

「一箱もらうわ」ミス・ストレンジワースはそう言ったあと、ルイス氏が浮かない顔をしているのに気づいて一瞬ためらったが、まさかイチゴのことを心配してるんじゃないわよね、と考え直した。ルイス氏はひどくくたびれているように見えた。いつもは潑剌《はつらつ》としているのに、と彼女は思い、もう少しでそれを口に出すところだったが、いきつけの店の主人にすぎないルイス氏に対して持ち出すには、あまりに個人的な話題だったため、ただこう言うにとどめた。

「それからキャットフードを一缶と、そうね、トマトを一個」

ルイス氏は言われたものを無言でカウンターに並べ、次の言葉を待っていた。ミス・ストレンジワースは相手の顔をしげしげと見てから言った。「今日は火曜日よ、ルイスさん。いつもなら、火曜日だからこれが要《い》るだろって言ってくれるのに」

「ああ、そうだっけ。そりゃ悪かった」

「わたしが毎週火曜日にお茶を買うってことを、あなたが忘れるなんてね」ミス・ストレンジワースは優しく言った。「お茶を四分の一ポンドお願い、ルイスさん」

「それで全部かい、ミス・ストレンジワース？」

「ええ、ありがとう、ルイスさん。今日は本当にいいお天気ね」

「ああ、気持ちがいいね」

ミス・ストレンジワースは少し脇へずれて、ハーパー夫人のためにカウンターの前をあけてやった。「おはよう、アデラ」とハーパー夫人はあいさつし、「おはよう、マーサ」とミス・ストレンジワースは答えた。

「いいお天気ね」とハーパー夫人は言い、「ええ、いいお天気」とミス・ストレンジワースはうなずいた。そしてルイス氏は、ハーパー夫人に視線を向けられて軽く頭を下げた。

「ケーキのアイシング用の砂糖を切らしちゃって」とハーパー夫人は言った。ハンドバッグをあけるとき、その手は軽く震えていた。ミス・ストレンジワースは、彼女の様子をちらりと見て、ちゃんと体に気をつけてるのかしら、と考えた。マーサ・ハーパーだって昔ほど若くはないんだから、強めの強壮剤でも飲んでみるといいかもしれないわ。

「ねえ、マーサ。何だか元気がないわね」

「いいえ、すこぶる元気よ」ハーパー夫人は言葉少なに答えると、ルイス氏にお金を渡し、砂糖とおつりを受けとって、それ以上何も言わずに店から出ていった。その後ろ姿を見送りながら、ミス・ストレンジワースは軽くかぶりを振った。マーサは確かに具合が悪そうだ。

食料品の小さな袋を抱えて、ミス・ストレンジワースは明るい陽射しの中へ出たが、すぐに立ち止まってクレーン家の赤ん坊にほほえみかけた。赤ん坊の帽子には繊細な刺繍《ししゅう》が施され、乳母車の幌《ほろ》はレースで縁取《ふちど》られている。ミス・ストレンジワースはそれを見て、ドン・クレーンと妻のヘレンほど赤ん坊に夢中の若い両親は見たことがないわ、と優しい気持ちで考えた。

「このお嬢さん、一生贅沢を当然だと思うようになってしまうわよ」とヘレン・クレーンに声をかける。

ヘレンは笑った。「あたしたち、この子にはそうなってほしいんです。王女様みたいに」

「王女様というのは手に負えないことがありますよ」ミス・ストレンジワースは真顔で答えた。「姫君はおいくつになられたの？」

「来週の火曜日で六か月です」ヘレン・クレーンは赤ん坊をうっとりと見ながら言った。「だけどあたし、この子のこと、ちょっと心配なんです。もっと活発でもいいと思いません？　たとえば、起きあがろうとするとか」

ミス・ストレンジワースは愉快そうに答えた。「お母さんになりたての人って、いろいろなことに悩んでしまうものね」

「でもこの子——ちょっと発育が遅いっていうか」

「何言ってるの。赤ちゃんも十人十色よ。発育が早い子もいれば遅い子もいるの」

「うちの母もそう言ってます」ヘレン・クレーンは少し恥ずかしそうに笑い声を上げた。

「この子はもう六か月なのに、まだダンスを覚えないなんて言って、ドンを困らせてるんでしょう」とミス・ストレンジワース。

「主人には何も言ってません。あたしたぶん、この子がすごく大切だから、心配ばかりしてしまうんです」

「それじゃ、今すぐこの子に謝らなくちゃね。この子のほうこそ心配してるはずよ。どうしてお母さんはいつもおろおろしてるんだろう、って」ミス・ストレンジワースは、一人ほほえみながら白髪《しらが》頭を振り、うららかな通りを歩いていった。途中で立ち止まって、ビリー・ムーア坊やに、どうしてお父さんのぴかぴかの新車でお出かけしないの、と尋ね、図書館の外では司書のミス・チャンドラーとしばらく立ち話をした。図書館の年間予算で購入すべき新刊小説について話したのだが、ミス・チャンドラーは上の空で、何かほかのことに気をとられている顔だった。ミス・ストレンジワースは、ミス・チャンドラーがその朝、髪にあまり手をかけていないことに気づいてため息をついた。だらしない姿が大嫌いなのだ。

　最近は悩みのある人が多いみたいね、とミス・ストレンジワースは思った。きのうもスチュアート家の十五歳になるリンダが、玄関前の小径から学校まで、人目もはばからず泣きながら走っていった。町の人々は、ハリス家の息子と喧嘩したんだろうと思っていたが、放課後、二人はいつものようにつれ立ってソーダショップにやってきた。二人ともむっつりした暗い顔だった。家で何かあったんだな、と町の人たちは思い、最近じゃ子どもをちゃんと育てるのは難しいから、とため息をついた。

家まであと半ブロックというところで、ミス・ストレンジワースは自宅のバラの濃厚な香りをかぎとり、少し足を速めた。バラの香りは家を表し、家とはプレザント通りのストレンジワース邸のことだ。ミス・ストレンジワースは、いつものように門のところで立ち止まって屋敷を見つめ、しみじみと喜びに浸った。赤とピンクと白のバラが細長い芝生に咲き乱れ、ポーチの柱にはつるバラが這っている。家そのものは洗ったように白く、ほっそりしていて、信じがたいほどきちんとした、小ぎれいな姿を見せている。どの窓も輝くばかりで、どのカーテンも張りがあってまっすぐに垂れ、庭の小径の石まできれいに掃き清められている。ミス・ストレンジワースはあの年でどうやって家をあんなにきれいに保っているんだろう、と町の人たちは常々不思議に思っていた。町の言い伝えによれば、あるとき旅行客がこの屋敷を地元の博物館と間違え、勘違いに気づかぬまま家じゅうを見て回ったのだという——。ともあれ町の人々は、ミス・ストレンジワースと、彼女のバラと、彼女の屋敷を誇りに思っていた。その三つはいっしょに育ってきたのだ。ミス・ストレンジワースは玄関前の階段を上り、玄関の鍵をあけ、キッチンに入って食料品をしまった。お茶を一杯飲もうかと考えたが、もうじき昼食なのでやめておくことにした。今お茶を飲んだら、チョップを食べる食欲がなくなってしまう。かわりに彼女は明るく美しい居間に入った。母と祖母の手で整えられたおかげで、その部屋は今なお輝きを保っている。母と祖母は光沢のあるインド更紗《さらさ》で椅子を覆い、窓にはカーテンを吊るした。家具はいずれも艶《つや》のあるとっておきの品で、床に敷いた円いフックドラグ（ウールのテープを鈎針でループ状に引き出し、土台布に模様を描いて作った敷物）は二人の手作りだった。赤いバラを生けた鉢が窓の前の低いテーブルに載せてあるので、部屋はその香りでいっぱいだった。

ミス・ストレンジワースは部屋の隅に置いた小さい机のところに行き、引き出しの鍵をあけた。いつ手紙を書きたくなるかわからないから、引き出しに便箋を入れて鍵をかけてあるのだ。ふだんの手紙に使うのはクリーム色の分厚い便箋で、上部に「ストレンジワース屋敷」の文字が浮きあがっているが、別の種類の手紙を書きたいときには、地元の新聞売店で買った四色の便箋を使っている。その便箋は、ピンクと緑と青と黄色の紙が何枚かずつ重なっていて、この町ではジョークの種のようになっていた。町じゅうの人間がそれを買って、ちょっとしたメモや買物リストを書くのに使っているからだ。青い紙に書かれたメモを受けとった者は、だれそれさんはそろそろ新しい便箋を買わなくちゃ、ほら、もう青い紙を使ってるから、と言うのが決まりだった。揃いの封筒もあって、だれもがレシピを入れたり、半端なものをしまったり、ときには学校のお弁当に添えるクッキーを入れたりしていた。ルイス氏はときどき、子どもたちにその封筒を渡して、量り売りの菓子を持ち帰らせていた。

机には祖父のものだった先を尖らせた羽根ペンや、父のものだった金の艶消しの万年筆もあったが、ミス・ストレンジワースはこの種の手紙には、尖っていないちびた鉛筆を使い、子どもっぽいブロック体で文字をしたためた。家に帰る道すがら、心の奥で手紙の文章を組み立てていたが、さらに少し考えたのち、ピンクの紙にこう書いた。「知的障害のある子どもを見たことがないのか？　世の中には、子どもを持つべきでない人間もいるのではないか？」

ミス・ストレンジワースは書きあがった手紙に満足した。彼女は何事もきっちりとやるのが好きだった。たまに書き損じをしたり、文字の間隔が不揃いだったりすると、反古《ほご》にした紙はキッチンストーブのところへ持っていき、ただちに燃やすようにしていた。ミス・ストレンジワースは、やるべきことを先延ばしにするような人間ではなかったのだ。

しばらく思案したのち、もう一通手紙を書くことにした。ハーパー夫人宛てに、今までに出した手紙に続けて送ってはどうだろう――。今回は緑の紙を選んでさらさらと書いた。「木曜日におまえがブリッジクラブを出たあと、みんなが何を笑っていたのかわかったか？　それとも、知らぬは女房ばかりなり、ということか？」

ミス・ストレンジワースは事実にはこだわらなかった。彼女の手紙はどれをとっても、いかにもありそうなことを書いているだけだった。ミス・ストレンジワースの手紙を受けとらなかったら、ルイス氏は一瞬たりとも、孫息子が店のレジから小銭をくすねているのでは、などとは思わなかっただろう。ミス・ストレンジワースが手紙を送って目を開かせてやらなかったら、司書のミス・チャンドラーも、リンダ・スチュアートの両親も、身近に潜む悪の可能性には気づかず、疑いさえ抱かずに暮らし続けたことだろう。リンダ・スチュアートとハリス家の息子のあいだに本当に何かあったとしたら、ミス・ストレンジワースは心からショックを受けたに違いない。けれども、この世に悪が野放しになっている以上、町じゅうの人々に悪への心構えをさせておくことこそ、ミス・ストレンジワースの使命なのだ。ミス・チャンドラーも、何も知らずに思い切った決断をするより、シェリー氏の前妻の本当の死因は何かと疑ったほうが、はるかに賢いに決まっている。世の中にはたくさんの悪人が存在し、町に残されたストレンジワースはもはや一人しかいない。そのうえ、ミス・ストレンジワースは手紙を書くのが好きだった。

あの人、この手紙を奥さんに見せるかしら、としばらく考えたのち、ミス・ストレンジワースはピンクの紙に合うピンクの封筒を選んで、ドン・クレーンの宛名を書いた。ふたつめの緑の封筒にはハーパー夫人の宛名を記した。それからふと思いついて青い便箋を選び、こんな手紙をしたためた。「医者について何も知らないだろう。彼らも人間にすぎず、われわれと同じように金を必要としていることを忘れるな。メスがうっかり滑ったとしたら？　バーンズ医師はおまえの甥《おい》から手術代に少し色をつけてもらうのだろうか」

青い封筒には、来月手術をすることになっている年配のフォスター夫人の宛名を書いた。もう一通、教育委員会の委員長宛てに手紙を書き、ビリー・ムーアの父親のような、しがない化学教師がどうして新しいコンバーチブルを買えたのか尋ねようかと思ったが、ふいに手紙を書くのに疲れてしまった。今書いた三通で一日分としては充分だろう。明日続きを書けるだろうし、一度に全部書いてしまう必要はないのだ。

ミス・ストレンジワースは、一年前からこうして手紙を書いてきた——一週間にわたり、毎日二、三通書くこともあれば、一か月に一通しか書かないこともある。もちろん返事を受けとったことはない。自分の名前は書かないからだ。もしも理由を尋ねられたら、アデラ・ストレンジワースの名前――長年この町で尊敬されてきた名前は、そんな紙屑に記すにはふさわしくないと答えただろう。彼女が住んでいる町は、いつまでも清潔で住みよいままであってほしいが、人間とは概して貪欲《どんよく》で邪悪で愚劣な生き物なのだから、よく目を光らせておかねばならない。世界はあまりに広く、残されたストレンジワースは一人きりなのだ。ミス・ストレンジワースはため息をついて引き出しに鍵をかけ、手紙を大きな黒革のハンドバッグに入れた。夕方の散歩のときに投函するつもりだ。

ミス・ストレンジワースは小さめのチョップを上手に焼き、スライスしたトマトとおいしいお茶を一杯用意して、昼食をとろうと食堂のテーブルについた。この食堂は、必要ならホールとつなげてもうひとつテーブルを据え、二十二人の客をもてなすことができる。食堂の背の高い窓から入る温かな陽射しの中、庭に群れ咲くバラをながめ、ずっしりした古い銀器と、上等の透けるような磁器を使っていると、胸の内に喜びが湧きあがってきた。これ以外の生き方などしたいとは思わない。人はやはりこういう優雅な暮らしをするべきなのだ――そう思いながらお茶を口に含む。その後、皿とカップとソーサーを洗って拭き、決まった棚にもどし、銀器をマホガニーの銀器入れにしまうと、ミス・ストレンジワースは美しい階段を上って寝室に入った。そこはバラを見おろす表側の部屋で、母も祖母もかつてはここを使っていた。祖母と母の〈クラウン・ダービー〉の化粧セットや毛皮類はここにしまわれ、二人の扇子や銀の背のブラシやバラを生ける鉢もここにあった。ミス・ストレンジワースは鉢に白いバラを生けてベッドサイドのテーブルに載せていた。

ミス・ストレンジワースは日よけを下ろし、ローズ色のサテンのベッドカバーをはがし、ワンピースと靴を脱いで、くたびれたように横たわった。呼び鈴や電話が鳴ることはないとわかっていた。ミス・ストレンジワースの午睡を邪魔しようとする者など、この町には一人もいるはずがない。彼女は馥郁《ふくいく》たるバラの香りに包まれて眠った。

午睡のあとは、暑かったので無理をしないようにして、庭でしばらく働いてから、中へ入って夕食をとった。庭でとれたアスパラガスに無塩バターのソースを添えたものと、半熟卵だ。夕食をとりながら、小さなラジオで夕方のニュースを聞き、続けてクラシック音楽の番組を聞いた。皿を洗ってキッチンを片づけてしまうと、帽子を手にとり――ミス・ストレンジワースの帽子は町では有名で、町の人々は、どの帽子も祖母や母から受け継いだものだと信じていた――玄関を出て鍵をかけ、ハンドバッグを小脇に抱えて夕方の散歩に出かけた。夕方の心地よい涼しさの中、リンダ・スチュアートの父親が車を洗っていたのでうなずきかける。スチュアート氏は何か悩みがある顔だった。

彼女が手紙を投函できる場所は町にひとつきり――色鮮やかな赤レンガに銀の文字が輝く新しい郵便局だ。自分ではあまり意識していないが、ミス・ストレンジワースはいつも手紙をこっそり投函していた。むろん投函するところをだれかに見られるのは賢いやり方ではない。だから彼女はちょうどよい速さで歩いて、木々の輪郭や人の顔立ちが夕闇に紛《まぎ》れるころ郵便局に着くようにした。といっても、優雅な歩き方と衣擦《きぬず》れを立てるスカートを見れば、それがミス・ストレンジワースであることは、だれの目にも明らかだったのだが。

郵便局の周りにはいつも若者がたむろしている。最年少の子たちは、郵便局の私道でローラースケートに興じている。建物をぐるりととり巻くその道は、町で唯一の凹凸のない道なのだ。もう少し年長の者は、すでに何人かずつ寄り集まることを覚え、しゃべったり、笑ったり、あと一、二分したら道を渡ってソーダショップに行くという楽しい計画を立てたりしている。ミス・ストレンジワースは、若者たちの前を通る際に気後《きおく》れしたことなどなかった。このときも、若者がじろじろ見てくるとか、自分を笑いたがっていると感じたりはしなかった。プレザント通りのミス・ストレンジワースを馬鹿にする子どもがいるとしたら、それを許しておく両親はとんでもない不届き者だ。ミス・ストレンジワースが通りすぎるとき、たいていの子はうやうやしく後ろへ下がって口をつぐみ、年かさの子の中には、まじめな声で「こんばんは、ストレンジワースさん」とあいさつする者もいた。

ミス・ストレンジワースは彼らにほほえみかけて、足早に進んでいった。町じゅうの子どもの名前を彼女が覚えていたのは、もはや遠い昔のことだ。手紙の投函口は郵便局のドアについている。ミス・ストレンジワースがそっちへ近づいていくのを、若者たちは離れた場所からながめていた。郵便局が夜になって閉まり、若者のための場所になったあと、手紙を出しにくる人がいるなんて、と驚いているようだ。ミス・ストレンジワースがドアの前に立ち、手紙をとり出そうと黒いハンドバッグをあけたとき、だれかの話し声が聞こえてきた——リンダ・スチュアートの声だ。かわいそうに、また泣いているらしい。ミス・ストレンジワースは聞き耳を立てた。なんといってもここは彼女の町であり、住んでいるのは彼女の人々なのだ。その一人が困っているなら、彼女は事情を知らなくてはならない。

「あなたには言えないわ、デイヴ」リンダは言っていた――思ったとおり、ハリス家の息子と話しているのだ――「とても言えない。とにかくいやらしい話なの」

「でも、お父さんはどうして、もう家に来るなって言うんだい？　ぼくが何したって言うのさ」

「言えないわ。絶対に言えない。心がすごく汚い人でなきゃ、あんなこと思いつかないわ」

「でも、何かあったんだろ？　きみはずっと泣いてるし、お父さんはすっかり頭に血が昇ってる。どうしてぼくに教えてくれないんだ？　ぼくはきみの家族も同然だっていうのに」

「もうそうじゃないの、デイヴ、もうそうじゃない。二度とうちに近づいちゃいけないって、お父さんが言ってるの。姿を見かけたら鞭《むち》で追い払うって。あたしに言えるのはこれだけ――二度とうちに近づいちゃだめよ」

「だってぼく、何もしてないじゃないか」

「それでも、お父さんが……」

ミス・ストレンジワースはため息をついて背中を向けた。人々のあいだには邪悪なものが大量にはびこっている。こんなにも小さく魅力的な町でさえ、人々のあいだには邪悪なものがおびただしく潜んでいるのだ。

手紙を投函すると、一通は中へ落ちた。二通めは投函口にひっかかり、外へ落ちた――ミス・ストレンジワースの足元に。彼女はそれに気づかなかった。ハリス家の父親宛てに手紙を出せば、この潜在的な悪を拭い去るのに役立たないだろうか、と考えていたからだ。彼女は重い足取りで向きを変え、美しい家の静かなベッドめざして歩き始めた。ハリス家の息子が、何か落としましたよ、と呼びかけたのも耳に入らなかった。

「ストレンジワースのお婆さん、耳が遠くなりかけてるな」少年は拾いあげた手紙を手に、彼女の背中を見送りながら言った。

「そんなこと、どうでもいいわ」とリンダ。「ほんと、どうだっていいじゃない」

「ドン・クレーンさん宛てだよ、この手紙。クレーンさん宛ての手紙を落としていったんだ。届けてやったほうがいいかな。どうせ帰り道だし」ハリス家の息子は笑い声を上げた。「中身は小切手か何かかもしれない。明日じゃなくて今夜届いたら、クレーンさんも喜ぶんじゃないかな」

「ストレンジワースのお婆さんが人に小切手を送るはずないでしょ」とリンダ。「投函口から放りこんでおいたら？　人に親切にしてどうなるっていうのよ？」と洟《はな》をすする。「このへんの人たち、だれもあたしたちのこと気にかけてくれないのよ。だったら、あたしたちも気にすることないでしょ」

「でもまあ、届けてやるよ。クレーンさんにとっては、いい知らせかもしれない。あの人たちも、今夜は何かいいことがないかと思ってるかもしれない。ぼくたちみたいにさ」

悲しげに手をつないで、二人は暗い通りを歩き始めた。ハリス家の息子はミス・ストレンジワースのピンクの封筒を手にしていた。

翌朝、ミス・ストレンジワースはとびきり幸せな気分で目を覚まし、一瞬、どうしてだったかしらと考えたが、すぐに記憶が蘇った。今朝は三人の人間が彼女の手紙を読むはずなのだ。最初はちょっと厳しく思えるかもしれないが、悪を追い払うのはたやすいことではないし、清らかな心とは容赦なく磨かれた心のことだ。彼女は老いてなおふくよかな顔を洗い、七十一歳になっても健康な歯を磨いた。それから柔らかな美しい服とボタン留めの靴をきちんと身に着けた。そのあと、日の当たる食堂でとる朝食は小さめのワッフルがいいかしら、と思いながら階下へ下り、ホールの床に郵便物が落ちていたので屈みこんで拾いあげた。請求書、朝刊、やけに見覚えのある緑の封筒に入った手紙。ミス・ストレンジワースはしばらく凍りついたように立ちすくみ、ブロック体の文字が鉛筆で記された緑の封筒を見つめていた。わたしの手紙にそっくりだわ。送り返されてきたのかしら？　まさか。だれも返送先を知るはずがないもの。どうしてこれがここに？

ミス・ストレンジワースはプレザント通りにただ一人残ったストレンジワースだ。封筒をあけて緑の便箋を開くあいだ、彼女の手は震えなかった。けれども手紙の文面を読んだとき、彼女は世の中の邪悪さにひっそりと涙を流し始めた。「外を見ろ。おまえのバラだったものを見るがいい」

『サタデー・イブニング・ポスト』一九六八年十二月

行方不明の少女

ルームメイトは単調なメロディをハミングし、部屋の中を歩き回って、何かをがさごそいじっている。片時もハミングをやめない。ベッツィは肩をこわばらせて机に向かい、当てつけがましくノートに顔を近づけていた。こうして集中しているところを見せつければ、静かにしてよ、という気持ちがどうにか伝わらないかと思ったのだ。けれどもハミングはやまなかった。もしここで思い切った真似をしてみせたら――ノートを床に叩きつけたり、怒りの悲鳴を上げたりしたら――そんな考えも浮かんできたが、同時にベッツィはいつもと同じことを感じていた。この子に腹を立てることはできない。どうしてもできない。そこでますますノートに顔を近づけた。

「ベッツィ?」

「え?」ベッツィは勉強しているふりを続けようとしたが、実をいうと、それまで部屋の中で起きたあらゆる動きを描写できそうなくらいだった。

「ねえ、出かけてくるわ」

「どこへ? こんな夜中に?」

「とにかく出かけてくるわ。やることがあるの」

「行ってらっしゃい」ベッツィは言った。腹を立てられないからといって、興味を持たねばならないとは限らない。

「行ってきます」

ドアがバタンと閉まり、ベッツィはほっとして、気分も新たに勉強にもどった。

実際のところ、ルームメイトはどこへ行ったの、とベッツィが訊かれたのは、次の日の夜になってからだった。そのときも、相手がのんびりした口調だったので、ベッツィはあまり深くは考えなかった。「今夜は一人きりなの？」とだれかに訊かれたのだ。「あの子、出かけたの？」

「朝から見てないの」とベッツィは言った。

その翌日、ベッツィは少しおかしいと思い始めた。なにしろ、部屋のもうひとつのベッドはあいかわらず寝た形跡がないのだ。キャンプ・マザーのところへ行くという恐るべき考えが頭に浮かんだ。（「ベッツィの話、聞いた？　オールド・ジェーンのところへすっ飛んでいって、ルームメイトが行方不明です、って訴えたんだって。ところがそのルームメイト、どこにいたと思う……？」）あの子いったいどうしたのかな、と思いながら、ベッツィはことさらさりげない調子で何人かに尋ねてみた。ルームメイトがベッツィに「行ってきます」と声をかけて出かけた月曜の夜以来、彼女を見かけた者は一人もいないとわかった。

「オールド・ジェーンに話したほうがいいかな」三日めにベッツィはそう訊いた。

「うーん……」訊かれた相手は考えこんだ。「あのね、あの子がほんとに行方不明だとしたら、い、い、あんたがまずいことになるんじゃない？」

キャンプ・マザーは、人当たりがよく、辛抱《しんぼう》強く、ユーモアがあり、どの指導員とも親子くらい年が離れていて、思慮深いふるまいに経験の深さがにじみ出ている女性だった。彼女は注意深く耳を傾けてから訊いた。「月曜の夜から行方がわからないのね。今日は木曜日ですよ」

「どうしたらいいか、わからなかったんです」ベッツィは正直に打ち明けた。「家に帰ったのかもしれないし、でなきゃ……」

「でなきゃ……？」

「することがあるって言ってました」

オールド・ジェーンは電話を引き寄せた。「名前は何と言いましたっけ？　アルバート？」

「アレグザンダーです。マーサ・アレグザンダー」

「マーサ・アレグザンダーの自宅へつないで」オールド・ジェーンは受話器に向かって言った。

キャンプの事務室は美しく羽目板を張った建物の中にあり、反対側がキッチンと、食堂と、レクリエーション室になっている。その建物内の離れた部屋にいる、オールド・ジェーンの助手のミス・ミルズのいらいらした声が電話から聞こえてきた。「アレグザンダー、アレグザンダー」と書類をめくり、ファイルの入った引き出しをあけている。「ジェーン？」といきなり呼びかけてきた。「マーサ・アレグザンダーって、どこから来てる子？」

「ニューヨークです」とベッツィ。「たぶん……」

「ニューヨークよ」オールド・ジェーンが受話器に向かって言う。

「わかった」別室からミス・ミルズが答えた。

「月曜日から行方不明」オールド・ジェーンは卓上の帳面に書いたメモを見ながら確認した。「することがあると言っていたのね。その子の写真は持ってる？」

「ないと思います」ベッツィはおぼつかなげに言った。「どこかにスナップくらいあるかも」

「年齢は？」

「〝森の精〟です、たぶん。わたしは森の精で、えっと、森の精はふつう森の精と同室にされて、〝ゴブリン〟はゴブリンと、〝上級狩人〟は――」机の上の電話が鳴ったので、ベッツィは口をつぐんだ。オールド・ジェーンは受話器を上げてきびきびと言った。「もしもし？　ミセス・アレグザンダーですか？　こちら、〈十二歳から十六歳までの少女のためのフィリップス教育キャンプ〉のミス・ニコラスです。ええ。そうです……おかげさまで。そちらは？……それは何よりですわ。アレグザンダーさん、こうしてお電話したのは、娘さんについて確かめたいと……娘さんのマーサです……ええ、そう、マーサです」ベッツィに向かって眉をつりあげてから続ける。「ご自宅へもどっているか、あるいは、そちらで居場所をご存じかどうか、確かめたいと思いまして……ええ、居場所です。月曜の夜、メインデスクの外出票に名前も書かずに、いきなりキャンプを出ていったんですが、むろんわたしどもでは、娘さんが家に帰っただけだとしても、責任上――」口をつぐみ、ふいに向こうの壁をじっと見つめる。「帰っていない？」オールド・ジェーンは尋ねた。「では、居場所をご存じですか……お友だちのところは？……居場所を知っていそうな人は？」

本名はヒルダ・スカーレットだが、ウィルと呼ばれているキャンプの看護婦によれば、マーサ・アレグザンダーの記録は医務室にはなかった。彼女はオールド・ジェーンの机の真向かいに座って、不安げに手をもみ合わせながら、いま医務室にいるのはウルシにかぶれたゴブリンと、ヒステリーを起こした森の精だけだと伝えた。「わかってると思うけど」声高にベッツィに言う。「その子が出ていったとき、あなたがすぐだれかに伝えていたら……」

「だって、知らなかったんです」ベッツィは困り果てて言った。「いなくなったなんて」

「残念ながら」オールド・ジェーンは重々しい口調で言い、無用な厄介事を押しつけられた、という表情を浮かべて、ベッツィのほうをふり返った。「残念ながら、警察に届けなくてはいけません」

心優しい家庭人であるフックという名の警察署長が、ガールズキャンプに来てくれと要請されたのは初めてのことだった。署長の娘たちはその手の活動にあまり興味がなかったし、フック夫人は夜の空気は体によくないと思っていたのだ。ことの真相をつきとめてくれ、と署長が言われたのも初めてのことだった。フック署長が長年その職に就いてこられたのは、彼の家族が町じゅうで好かれていて、彼自身も地元の酒場に入り浸る若者たちに慕われていたからであり、酔っ払いを留置所に入れたり、自白したこそ泥を逮捕したりといった、二十年にわたる勤務記録に傷ひとつなかったからだ。〈十二歳から十六歳までの少女のためのフィリップス教育キャンプ〉の近くにある小さな町では、犯罪も住民の気質に応じた形をとり、普段ならセンセーショナルな事件といっても、せいぜい犬がさらわれたり、だれかが鼻を折られたりするくらいだった。キャンプから少女が失踪した、などという事件が、フック署長の手に負えると考える者は一人もいなかった。

「マーサはどこかへ行くと言っていたんだね」署長はキャンプの看護婦の手前、葉巻の火を消してからベッツィに尋ねたが、こんな質問をしたらオールド・ジェーンに馬鹿にされるのでは、という不安が顔にはっきり表れていた。葉巻をくわえてしゃべるのに慣れているため、葉巻なしの声は妙な感じで、震えているようにも聞こえる。

「することがあるって言ってました」

「どんな口ぶりだった？　本気でそう言っていたのかな？　それとも嘘だと思った？」

「ただそう言ってただけです」ベッツィは、大人がわけのわからないことを意味もなく並べ立てている、と感じたときの十三歳の少女にありがちな、かたくなな態度になっていた。「もう八回もそう言いましたけど」

フック署長は目をしばたたいて咳払いした。「楽しそうだったかね」

「とっても楽しそうでした。わたしが自然観察帳を書こうとしてたのに、夕方からずっと歌ってましたから」

「歌ってた？」とフック署長。これから失踪しようという少女が、歌など歌うとは考えられなかったのだ。

「歌ってた？」とオールド・ジェーン。

「歌ってた？」とウィル・スカーレット。「初めて聞いたわ」

「軽くハミングしてただけです」

「どんな曲だね」とフック署長。

「ただのハミングです。そう言いましたよね、ただのハミングです。自然観察帳が書けなくて、すっごくいらいらしました」

「マーサの行き先に心当たりは？」

「ありません」

フック署長はふと思いついた。「マーサが興味を持っていたものは？」といきなり尋ねる。

「ほら、スポーツとか、男の子とか、何でもいいんだが」

「〈少女のためのフィリップス教育キャンプ〉に男の子はいません」オールド・ジェーンが堅苦しい口調で言った。

「それでも、男の子に興味はあったかもしれない」とフック署長。「あるいは――そう、本とか？　読書は好きじゃなかった？　でなきゃ、野球とか」

「彼女の活動計画表が見つからないんです」看護婦が言った。「ベッツィ、マーサはどのレクリエーション・グループに入っていたの？」

「えっと」ベッツィは考えこんだ。「演劇、だったかな。演劇グループに入ってたと思います」

「自然研究のグループはどっちだった？　リトル・ジョン？　イーヨー？」

「リトル・ジョンです、たぶん」ベッツィは自信なさそうに言った。「でも、あの子が演劇グループに入ってたのは確かだと思います。『そら豆の煮えるまで』（スチュアート・ウォーカー作の児童劇）のこと、話してましたから」

「じゃあ、演劇グループね」とオールド・ジェーン。「間違いないわ」

どうもこの聞きとりは、わけのわからん言葉がやたらと出てくるな、とフック署長は思い始めていた。「歌について何か心当たりは？」

「『そら豆の煮えるまで』には歌が出てきますけど」とウィル・スカーレット。

「男の子についてはどうかね」

ベッツィはまた考えこみ、なるべくちゃんと思い出そうとした——同室のベッドで眠る姿、床に放り出された洗濯前の衣類、あけっぱなしのスーツケース、缶入りのクッキー、フェイスタオル、ハンドタオル、石けん、鉛筆……。「あの子、自分の時計を持ってました」と自発的に教えようとする。

「あなたたち、いつから同室だったかしら」オールド・ジェーンの声には、ごくわずかに皮肉な調子が混ざっていた。フック署長の前だから、もっと辛辣《しんらつ》な部分は言わずにおかねば、とでもいうように。

「去年と今年です。二人とも同じ時期に申しこみをしたから、また同じ部屋にされたんです。わたしの友だちはほとんど上級狩人で、いっしょの部屋にはなれませんから。上級狩人と同室になれるのは——」

「わかってます」オールド・ジェーンの声は甲高くなりかけていた。「マーサのところに手紙は来ていた？」

「わかりません。自分宛ての手紙を読むのに気をとられていて」

「いなくなったときには、どんな服装をしていた？」フック署長は訊いた。

「わかりません。あの子が出ていくとき、ふり返らなかったから」ベッツィは少しうんざりした顔で、フック署長からウィル・スカーレットへ、次いでオールド・ジェーンへと視線を移した。「自然観察帳、書こうとしてたんです」

ベッツィの立ち会いは抜きで、オールド・ジェーンとウィル・スカーレットは熱意たっぷりに、フック署長は少々気後《きおく》れしつつ室内を捜索したが、ごたごたした私物の山の中から、ベッツィのものを差し引いてしまうと、残されたものは驚くほど少なかった。タイプで打った『そら豆の煮えるまで』の台本、キャンプ地の一角にあるエコー湖のへたくそな絵。ノートも一冊あった。ベッツィのと同じく、「自然観察帳」とラベルが貼ってあるが、中は白紙で、押し花も、カケスの青い羽根も貼られていない。キャンプの図書室から借りた『ガリバー旅行記』もあり、オールド・ジェーンは重要な手がかりかもしれないと考えた。マーサがキャンプでどんな服を着ていたのか、だれにもよくわからなかった。クローゼット内の服はほとんどベッツィのものか、ベッツィの友人が忘れていった上着やオーバーシューズだったからだ。ふたつめのドレッサーの引き出しには、下着がほんの少しと、分厚い靴下一足、赤いセーターが入っていたが、そのセーターはキャンプの反対側の部屋に滞在している森の精のものだと、ベッツィが証言した。

レクリエーション活動の名簿を念入りに調べたところ、マーサの名は演劇と自然研究と水泳の名簿に載っていたが、活動に参加していたかは確認できなかった。指導員の大半はいい加減な出席記録しかつけておらず、そんな少女が出席したことがあるかどうか、一人として思い出せなかったのだ。

「でも、その子のこと、覚えてるような気はします」リトル・ジョンはフック署長にそう言った。べっこう縁《ぶち》のメガネをかけた二十七歳の生き生きした女性で、顔にかかった髪を感じよくかきあげるしぐさから、冬にはピンできちんとアップにしていることがうかがえた。「人の顔を覚えるのはすごく得意なんです。ラビットの友だちか親戚だったと思います。ええ、覚えてます。人の顔はよく覚えてるんです」

「そうですねえ」と司書は言った。オールド・ジェーンの秘書を務めるときにはミス・ミルズと呼ばれ、図書室ではスナークと呼ばれている女性だ。「あの年ごろの女の子って、みんな似たり寄ったりでしょう？　心も体もできあがってなくて、ちょっとした失敗をやらかして。わたしたちだって、昔は若かったじゃないですか、署長さん」

「冗談じゃないわ」水泳を教えているためターザンと呼ばれている、がっちりした若い女性は言った。「白い水泳帽をかぶった五十人の女の子を、いっぺんに見たことあります？」

「ニレですか？」通称をブルーバードという自然研究の指導員は言った。「つまり、ニレの子じゃありませんか？　ニレの立ち枯れ病に関するすばらしいレポートを書いた子。それともあれは、別の子――マイケルズだったかしら？　どちらが書いたかはともかく、すばらしいレポートでした。このキャンプでは並外れた出来でした。そのことはよく覚えてますけど、どちらの子についても、とりたてて言うほどのことは――ほんとにいなくなったとしたら、羊歯《しだ》を探しにスモーキー小径に行ったのかもしれませんね。子どもたちには羊歯や茸のことを気にかけてほしいと思ってるんです」彼女は口をつぐんでまばたきした。クロロフィルを新たに摂取しているのだろう。「羊歯っていうのは、知れば知るほどおもしろいんですよ」

「とにかく、才能のある子はほとんどいません」絵画の指導員は言った。「進歩的な学校では、この手のことなんか――」彼女は切り株に立てかけたり、岩の上に重ねたりしたキャンヴァスを疲れたように指差し、真新しい青と黄のチェックのシャツに包まれた肩を神経質に動かした。「むろん、心理学的には興味深い素材ですが」と慌てて付け加える。「わたしの記憶にある子だとしたら、やる気のなさそうな、ぼんやりした絵を描いていました。落第点をつけたくなるくらいの――絵が見つかれば、どういう意味かおわかりになるでしょうけど」指導員は岩に重ねたキャンヴァスをいい加減にいじってから手を引っこめた。「ほんと、どうしてわたし――」と言いながら、手についた絵具をジーンズで拭う。「おかしいわね。あの子はたしか、このへんにキャンヴァスを置いてたはずなんだけど。とにかく、ぼんやりした絵でした――デザインのセンスもなければ、観察力もありません」

「ただの一度も」フック署長はベッツィに訊いた。「ほんの一言でも、行きたい場所のことを言っていなかったかね？　どこか外国とか」

オールド・ジェーンの声には奇妙な響きがあった。「ご両親が明日、到着されます」

フック署長はそわそわと額をこすって、「去年の秋、バッド山で猟師が亡くなりましてね」と切り出した。

バッド山の捜索を行うことが決定し、その山に至る道沿いの家々に聞きこみを行ったところ、意外にも信頼できる手がかりが見つかった。ある家の主婦が、ポーカーに出かけた夫が帰ってこないかと窓の外をのぞいたとき、道を歩いていく少女を見かけたような気がすると証言したのだ。少女の姿は通りすぎる車のヘッドライトにときおり照らされていた。

「でも、女の子だったかどうか、はっきりしないんです」主婦はおどおどした口調で訴えた。「ジムがポーカーに出かける夜は、いつも先に寝てしまうんです。あの夜起きてたのは、夕ご飯にハマグリのフライを食べたからで、わたし、ハマグリが大好きなんですけど、ハマグリって――」

「その子はどんな服装でしたか」フック署長は訊いた。

主婦は考えこんだ。「そうねえ」としばらくして言う。「キャンプに来てる子だなって思ったのは、ズボンを穿いてたからです。でも、それなら男の人だったかもしれないし、男の子だったかもしれないでしょう？　なんとなく女の子みたいな気がした――それだけなんです」

「上着は着てましたか？　帽子は？」

「上着は着てたと思います。上着っていうか、はやりの短いジャケットを着てました。ジョーンズ山道に向かって歩いていきました」

ジョーンズ山道はバッド山に通じている。少女の写真は手に入らなかった。キャンプの申込書の写真はひどくぼやけていて、キャンプに来ている百人もの女の子に似通っていた。しかしその写真を見る限り、少女は黒っぽい髪をしていると思われた。まもなく、ジョーンズ山道に至る道でヒッチハイクしていた少女を車に乗せてやった、という男が現れた。少女は黒っぽい髪で、ジーンズと、短い黄褐色のレザージャケットを着ていたという。

「でも、キャンプの子じゃなかったと思うよ」男はむきになって言った。「しゃべり方を聞きゃ、フィリップス・キャンプの子じゃないってわかった。あの子は違ったね」男はフック署長を見た。「なあ、ビル、ベン・ハートのとこのいちばん下の子、覚えてるだろ？」フック署長はため息をついた。「ほかに走ってる車はなかったかね」男は力強くかぶりを振った。

ピグレットという名で通っている下級指導員の一人が、当日の夜遅く、町から車でもどってきたとき、ジョーンズ山道付近の道で、だれかが木の後ろの陰の中へさっと隠れたような気がした、と証言した。ピグレットには、それが女の子だったかどうか、いや、人だったかどうかもわからなかったが、フック署長は容赦なく彼女に質問を浴びせた。

「その子の両親と顔を合わせて、彼女を助けるために何もしなかったと正直に言えますか？」とピグレットにきつい口調で訊く。「何の罪もない少女を助けようとしなかったと」

ウィル・スカーレットは医務室に閉じこもって鎮静剤を手放さなくなり、そっとしておくようにというお触れが出た。キャンプの広報係がすべての電話を受け、捜索の段取りを整えた。

新聞記者たちは奮い立ったが、新事実をつかむ機会を最初に与えられたのは地元新聞の社主の十七歳の息子だった。この若者は、ヘリコプターでバッド山を上空から捜索しなくちゃと思いつき、キャンプ側は莫大な費用を払ってヘリコプターをチャーターしたが、六日間かけてヘリで山岳地帯を回っても何も見つからなかった。社主の息子はその後、新聞社を継ぐより飛行機がほしいな、と父親にねだったため、新聞社は遠縁の親戚のものになった。一方、七十五マイル離れた町に少女が姿を現したという噂も流れてきた。酩酊して靴屋を訪れ、雇ってくれと言ったそうだが、靴屋の店主は写真を見ても同じ子かどうかわからず、のちに問題の少女はその町の町長の娘だったと判明した。失踪した少女の母親は未亡人で、悲しみに打ちのめされて医者にかかっていたが、少女の叔父が代わりにキャンプにやって来て、自ら捜索をとりしきった。キャンプの少女たちはすでに、自然研究の指導員と上級狩人に率いられ、岩についたしるしや折れた小枝はないかと山の中を捜索していた。町のボーイスカウトとガールスカウトの中から選ばれたメンバーも協力したが、何の成果も上がらなかった。しばらくして、このときのことが噂になった——革ゲートルと縞模様のバンダナに勇ましく身を固めたオールド・ジェーンが、苦手な寒さを和らげようとしたのか、泥酔してフック署長の前で倒れ、ボーイスカウトが急いで作った担架で帰ってきたため、それを見た多くの人々が、少女の遺体が見つかったと思いこんだのだという。

町の人々はみな、少女は殺されて（ほら、そういうことだよ）、遺体はジョーンズ山道の東の森に浅く埋められたのだろう、と思っていた。そのあたりは森がいちばん深く、マディ川に沿って何マイルも下り勾配になっている。山道とバッド山を捜索した町の事情通の言葉も人々の口の端に上った。あの森じゃ死体なんかどうしたって見つかりっこない。山道から十フィートも逸れたら迷っちまうし、そのあたりじゃもう、ぬかるみがうんと深いんだから——。町民の信じるところによれば、少女は暗闇の中、キャンプの指導員——それもおとなしいタイプの——にあとをつけられ、だれの目にも触れず、だれの耳にも助けを求める声が届かないあたりで災難に遭ったのだ。じいさんの時代にはそうやって始末されたやつもいたのだと彼らは言い合ったが、実際にそういう話を聞いたことがある者はいなかった。

キャンプの人々は、町の下等な人間の一人が——あれほど下品で傲慢な連中がいるだろうか。何世代も身内同士で結婚を重ねた結果、どの一族も半分は愚か者、残りは悪党になってしまっている——山で会おうと少女を誘い出し、何かにかっとなって殺害し、遺体を埋めたのだろうと考えていた。遺体は石灰で覆えば処理できるはずだから——こんな田舎の農民は、死体を一ダースでも処理できるほどの石灰を納屋に置いているではないか——捜索が始まったころには、ほとんど溶けてしまって見つからなかったのだろう。世間から隔絶された時代遅れの町では、そのくらいのことは起こるだろうし、あれ以上低俗で愚かな人々にはなかなかお目にかかれるものではない——。キャンプの人々は、夏の初めに町民を招いて行った演芸大会が珍しく失敗に終わったことを得意になって指摘した。

捜索の十一日め、フック署長は、どうやら職を失いそうだとはっきり自覚しつつ、少女の叔父、オールド・ジェーン、ウィル・スカーレットとの話し合いの席に静かに座っていた。ウィル・スカーレットは九日めに医務室から出てきたかと思うと、こう宣言したのだ——自分は以前から、ちょっとした降霊術師兼透視者として名を知られているので、少女の捜索に霊能力がお役に立ちそうなら、喜んで力をお貸しする、と。

「どうやら」フック署長は力なく口を開いた。「あきらめたほうがよさそうですな。ボーイスカウトは一週間前に引き揚げ、ガールスカウトも今日、引き揚げました」

少女の叔父がうなずいた。叔父はフック夫人の手料理のおかげで体重が増え、フック署長と同じくらいベルトを緩めるようになっていた。「確かに、今のところ何の進展もありませんな」

「枯れたオークの木から四つめの、屋根つきの橋の下を探せと言ったでしょう」ウィル・スカーレットはむっつりして言った。「そう言ったのに」

「ミス・スカーレット、枯れたオークなど見つからなかったのですよ」フック署長は答えた。

「血眼《ちまなこ》になって探したんですが——この地方にはそもそもオークの木がないのです」と少女の叔父に説明する。

「でも、探し続けろと言ったでしょ」透視者が言う。「それと、エクセターに向かう道の左側を探せとも言ったわ」

「そちらも探しました」とフック署長。「何も出てきませんでした」

「あの」少女の叔父が言い、これでちゃんとした発言をしたとばかりに口をつぐんだ。くたびれたように額をこすり、フック署長を真顔でじっと見つめ、書類を手に無言で机に向かっているオールド・ジェーンを真顔でじっと見つめる。「あの」ともう一度言い、それからオールド・ジェーンに向かって早口で続けた。「姉から今日、手紙が届きました。姉はひどくとり乱していますす。当然ですが」と付け加え、オールド・ジェーンの、ウィル・スカーレットの、フック署長の顔を次々に見た。全員が、そうでしょうとも、というようにうなずいた。「けれども――」と彼は先を続けた。「姉の手紙にはこう書いてありました。わたしはもちろんマーサのことを愛しているし、こんなふうに行方不明になって、おそらくひどい目に遭った子のことを、とやかく言おうとする者はいないだろう……」叔父はもう一度全員を見回し、全員がふたたびうなずいた。「けれども姉はこう言うのです――だからといって……その……つまり、姉は〈少女のためのフィリップス教育キャンプ〉の方針に反対したいと言っておるのです。すなわち……」また全員を見回して、「彼女には、姉には娘が三人と、息子が一人いて、姉もわたしもむろん身を切られる思いですし、謝礼金などの負担分はきちんとお支払いしますが、要するに……」再度額をこすって、「……要するにこういうことです。姉の長女は、ヘレンといいますが、彼女は結婚してサンフランシスコに住んでいます。そして――あとで姉の手紙をお見せしますが――次女はジェーンといい、結婚してテキサスのどこかに住んでいて、二歳くらいの男の子がおります。三番めは――メイベルといい、母親といっしょに暮らして、家事の手伝いや何かをしています。あの――どういうことがおわかりでしょうか?」

今度はだれもうなずかなかった。少女の叔父は落ち着きなく続けた。「姉の息子はデンヴァーにおります。名前は――」

「もう結構ですよ」フック署長はくたびれたように立ちあがり、ポケットの葉巻を探った。

「もうじき夕食の時間ですな」だれにともなくそう言った。

オールド・ジェーンはうなずいて、手にした書類をめくった。「ここにすべての記録があります。マーサ・アレグザンダーという名前の少女は、〈十二歳から十六歳までの少女のためのフィリップス教育キャンプ〉に参加を申しこみましたが、申込書は『受け入れ不許可の可能性あり』というファイルに入れられていました。彼女がキャンプに来たという記録は残っていません。彼女の名前はさまざまなクラスの名簿に登録されていますが、どの活動にも参加したという記録はありません。わたしどもの知る限り、彼女は食券も、クリーニングやバスの優待サービスも利用していませんし、フォークダンスも行《おこな》っていません。ゴルフコースも、テニスコートも使っていませんし、乗馬のために馬をつれ出したこともありません。わたしどもの記録によれば、そして記録にはほとんど漏れがないのですが、彼女は地元の教会の礼拝にも出席しておらず――」

「医務室も利用していません」とウィル・スカーレット。「カウンセリングも」

「おわかりですな」少女の叔父はフック署長に言った。

「それと」オールド・ジェーンが静かに締めくくった。「彼女は予防接種を受けたことも、ビタミン欠乏の検査を受けたこともありません」

一年あまりたって、当然のごとく、マーサ・アレグザンダーのものと思われる遺体が発見された。初雪がちらほらと舞い始めた晩秋のことだった。遺体は茨《いばら》の茂みの中に押しこまれていた。捜索中はだれも探す気になれなかった場所だが、ある日、二人の幼い少年が、カウボーイの隠れ家を求めて茨の中を這い進んでいったのだ。少女がどうやって殺されたのかは、もちろん判断できなかったが——少なくとも、職を失わなかったフック署長は判断できないと思ったが——彼女が黒いコーデュロイのスカートと、リバーシブルのレインコートと、青いスカーフを身に着けていたことは確認された。

彼女は地元の墓地に静かに埋葬された。その夏は上級狩人だったがルームメイトのいなかったベッツィは、墓穴のそばにしばらく立っていた。けれども、服にも遺体にもまったく見覚えがなかった。オールド・ジェーンもキャンプ長という立場上、葬儀に参列した。彼女とベッツィの二人だけが墓のそばにたたずんでいた。オールド・ジェーンは、亡くなった少女を思って泣いたりしなかったが、ときおり真っ白なハンカチで目頭を押さえていた。なにしろ彼女は葬儀のためにわざわざニューヨークからやってきたのだから。

『ファンタジー・アンド・サイエンス・フィクション』一九五七年十二月

偉大な声も静まりぬ

　白く塗られて静まり返り、音が長く木霊《こだま》する広い病院の中、待合室だけが効率とは程遠い場所だった。待合室には灰皿と、座るときしむ籐椅子と、ゆがんだ茶色い木のベンチが置かれ、隅《すみ》のほうには埃がたまっていた。不安げに待たされている部外者など、病院の業務とは何の関わりもなかったし、どの翼棟のどのベッドも患者で埋まっている以上、経営者側としては、待合室の籐椅子や木のベンチに人影がなく、スペースを無駄にしていようとまったく問題なかったのだ。キャサリン・アシュトンは、病院には近寄るのもいやだったし、こんな薄暗い日曜の午後にはアパートにいたかった。一人きりで少し泣いたあと、小さくて目立たないレストランで食事をとり――膵臓《すいぞう》料理がおいしいあの店がいいだろうか――ブランデーを傾けながら憂いに浸りたかった。彼女は夫のあとから待合室に入りながら言った。「来なければよかったわ。病院も、臨終に立ち会うのも大嫌い。それに、あの人が今日亡くなるって、どうしてわかるのよ」

「来なかったら、いつまでも後悔したと思うよ」マーティンは言った。待合室にだれもいないと知ってふり返り、期待に満ちた目で廊下を探るように見わたす。「今すぐ上に行ってもいいかな」

「絶対にだめって言われるわよ。絶対にね」

「ぼくたちは一番に着いたんだ」マーティンが理屈を述べる。「上に行かせてもらえるとしたら、一番はぼくたちだよ。ほかの連中より先に着いたんだから」

「あたしたち、間抜けなことをしてるのかも。もしあの人が亡くならなかったら？　もしほかにだれも来なかったら？」

「いいかい」窓とドアのあいだをうろうろしていたマーティンは、向きを変えてキャサリンの前まで来た。ちょうど生徒に講義を聞かせるときのように。「亡くなるに決まってるよ。エンジェルがボストンから飛行機でここへ向かってるし、『ドーマント・レビュー』のスタッフがほぼ全員、徹夜で死亡記事と追悼記事を用意してるし、アメリカの出版社も記念論文集を編み始めてる。奥さんもマジョルカからこっちへ向かってる――だれにも止められなかったらの話だけど。それとウィーゼルが、ここからカリフォルニアのあいだに住んでる大物文芸評論家に片っ端から電話して、間に合うように来いって言ってる。ここまでされて死なないほど、彼が無神経な人間だと思うかい？」

「でも、医者と電話で話そうとしたら――」

「ぼくの仕事のためにも、きみには正しいときに正しい場所にいてもらいたいな。ちょうどセールスマンみたいに。たとえば、ここにいるだけで、ぼくはエンジェルに会えるかもしれないんだよ――こんなときじゃなかったら、会おうと思ってもなかなか会える相手じゃないのに。

しかも、うまく立ち回れば、『ドーマント』が——」

「ジョーンが来たわ。まだ泣いてる」

マーティンは素早くドアのほうへ向かった。「ああ、ジョーン、彼の容態は?」

「あまり……よくないわ」とジョーン。「こんにちは、キャサリン」

「こんにちは、ジョーン」

「ようやく先生をつかまえたの。何度も何度も電話して、やっと話をしてもらったのよ。どうやらもう……だめみたい」ジョーンは唇の震えを止めたいかのように、片手を口に当てた。

「時間の問題じゃないかしら」

「そうか」とマーティン。

「お気の毒に」とキャサリン。

「エンジェルがボストンから向かってるって、もう聞いてる?」ジョーンはベンチの端にとりあえず腰を下ろした。「だれか上で彼に付き添ってるの?」

「上にはだれも行かせてもらえないのよ」とキャサリン。

「風呂に入れたりしてるのかもしれない。だけど、時間の問題だとしたら、わざわざそんなことしないかな……」

「どうかしら」キャサリンが言い、ジョーンはすすり泣いた。

「とにかく、今日じゅうなのは間違いないだろ?」マーティンは仕方なく気を遣うような口ぶりで訊いた。

「医者がどんな話し方するか、知ってるでしょ？」ジョーンはまたすすり泣いた。「あたし、お昼前に家につれていかれて、鎮静剤を飲まされたの。あんまりひどく泣いてたから──。きのうから寝てないし、何も食べてないのよ。午前中に家に帰されて、鎮静剤を飲まされるまで、ずっとここにいたの」

「感心だな」とマーティン。「キャサリンとぼくは、周りに大勢いないほうがいいと思って、今日まで来なかったんだ」

「ジョン・ウィーゼルがあとでサンドイッチや何かを持ってくるって言ってた。あたしもう、最期までここにいるつもりよ」

「ぼくたちもだ」マーティンは断固として言った。

「アンダースンさんたちもこっちに向かってるし、先週の末に彼が訪ねていった人たちも、たぶんコネチカットから来てくれると思う。それに──あたしたち、ほんとにありがたいと思ってるんだけど──彼が発作を起こしたバーの人たちが、お花を贈ってくれるんですって。すごく優しい人たちでしょう？」

「ほんとね」とキャサリン。

「とにかくエンジェルが間に合うといいんだけど。ウィーゼルがスミスさんたちに車で空港まで迎えにいってもらったの。ウィーゼルは警察にも電話して、エンジェルを送り届けてくれって頼んだんだけど、もちろん警察はわかっちゃくれなかったわ。あたしやっぱり泣けてきて、止められないの。きのうからずっと泣いてるのよ」

「だれか来た」マーティンが言い、ジョーンはすすり泣いた。「ウィーゼルだ」とマーティン。

「やあ、ウィーゼル。何かニュースは？」

「医者に電話したんだけどね。やあ、キャサリン。ああ、ジョーン、こんなとこにいちゃいけないよ。絶対にいけないってば。休むってぼくに約束したじゃないか。ぼくを怒らせたいのかい？」

「ごめんなさい」ジョーンは涙ながらに顔を上げた。「彼の近くにいないなんて、耐えられなくて」

「大変な一日だったよ」ウィーゼルはため息をついてベンチに腰かけ、くたびれたように両手を垂らした。「警察の連中ときたら！　いくら言っても聞いてくれないんだ。文壇の光がここで消えようとしてて、彼の最期の言葉を聞いたり、彼の目を閉じたりするために、国内随一の文芸評論家が空港からやってくるから、送り届けてほしいって頼んだんだけど、はっきり言って、プレーリードッグの群れに話しかけるようなものだったな。ぼくのこと『サー』なんて呼んで、どちら様でしょう、なんて尋ねやがって。それと」――身を起こしてピシャリと額を叩く――「彼の奥さんがまた！　ああ、まったくもう、奥さんのことは訊かないでくれ！　きのうは一日じゅうマジョルカに電報を打ったり、ワシントンに電話したり、格安航空券をとったりしてたんだけど、奥さんの親戚連中は、だれもかれも何か企んでるし、奥さんときたら、手ぶらで到着しようとしてるんだ！」

「奥さんがいらっしゃるの？」ジョーンはぽかんと口をあけて、目を見開いた。

「そうとも、もういつ着いてもおかしくない。言っとくけど、ぼくはずっと奥さんを説得してたんだよ、お願いだから、って言ってさ――奥さんを泊める場所はないし、だれも手があいてないから世話できないし、何もかもこっちでちゃんとやりますからって。だけどあの奥さん、まったく聞く耳持たないいんだ。ぼくの話なんか一言も聞きゃしなかった。きみが腹を立てるのは、わかってたんだけど」とジョーンに言う。

ジョーンは泣きながら言った。「もちろん遺体は奥さんのところへ送るつもりだったけど」

マーティンはまた、ドアと窓のあいだをうろうろし始めた。「いつになったら上へ行かせてもらえるんだ」いらいらした声で訊く。

ジョーンは目を丸くしてマーティンを見た。「上に行くつもり?」

「ぼくらが最初に着いたんだからね」

「でもあなた、彼のこと知りもしないじゃない」

「キャサリンはきみと同じくらい彼のことを知ってた」マーティンはきっぱりと言った。「それに火曜の夜、ぼくたちは彼とディナーをとった」

「キャサリンはあたしほど彼のことを知らないわ」とジョーン。

「彼はきみたちとディナーをとったりしてないよ」とウィーゼル。「火曜日にはね。火曜日には――」

「知ってますとも」とキャサリン。「みんなの前で張り合いたいなら――」

ジョーンは口を挟もうとしたが、すすり泣きながらふり返った。待合室にさらに人が入ってきたのだ。「『ドーマント』のフィリップスだ」マーティンがキャサリンにささやきかける。「あの女は、マーサ何とかっていうんだ。底意地の悪い書評を書いてる。もう一人の男は知らない顔だな」マーティンは、ウィーゼルに自分を紹介させようと前へ出たが、続けて何人かが入ってきたため、いきなり人の群れに巻きこまれてしまった。だれもが低い声でささやき、あとどのくらいかなと尋ね合い、室内にいる人の名前を教え合っている。静かな話し声を縫って、ジョーンの押し殺した、うめくような泣き声が聞こえてきた。

キャサリンは座っていたベンチから立つこともできず、となりに腰かけた見知らぬ男のほうを向いて話しかけた。「だれかから聞いたことがあるんです。拷問に耐えられるようになるには、どういう方法を身に着ければいいかって」

「それを話したのは、ニールスンでは？」と男は言った。「拷問に関する優れた作品を書いたことがありますから」

「だれか別の人の身に起こってることだと思いこむんですって」とキャサリン。「心をどこかへ引っこめてしまって、体だけをあとに残すんだとか」

「ご存じでしたか」男は指差しながら言った。「上にいる彼を」

「ええ。とてもよく知っていました」

だれかがウォッカをいっぱいに入れた牛乳の紙パックを持ちこんだようだった。別のだれかが廊下に出ていって、紙コップを何個か持ってきた。マーティンは人の群れをかき分けてきて、キャサリンにウォッカ入り紙コップを差し出した。「エンジェルが着いた。なんとか間に合ったな。だれも奥さんについては知らない。ドアの横の青いスーツの男はアーサー・B・アーサーで、その横の黒髪の女は、彼が結婚した小娘だよ」

キャサリンの近くで、ウィーゼルがだれかに話していた。「――礼拝堂に寄って祈ってたんです。そもそも彼は、改宗を考えてますからね」

キャサリンのとなりの男が身を傾けてきて訊いた。「メモリアル基金のことはだれが世話しているんですか」

「ウィーゼルでしょう」

「ぼくに訊かないでくれ」かたわらでウィーゼルの声がした。「たのむから訊かないでくれ。今度あの口やかましい奥さんに関わったら、ぼくまで死んでしまいそうだよ。何もかも終わったら、ブロンクスヴィルに帰ってゆっくり休みたいな。金曜の朝からずっと、まったくひどい思いをしてるんだから。彼が発作を起こして以来、家に帰ってないんだ。ブロンクスヴィルからまっすぐこっちへ来て、ウェストサイドのアンダースンのところに泊まってるんだけど、とにかく大変な目に遭ってる」

ドアのそばの小さなグループから、押し殺した短い笑い声がくすくすと聞こえた。

「メモリアル基金のことは、エンジェルにやってもらいたいな」ウィーゼルが言った。「そういうことは、彼の名前でやるほうがずっと聞こえがいいからね」

ジョーンは今や大声で泣きながら、青いスーツを着た背の高い男の腕の中でもがいていた。「彼のところに行きたいの」と叫んでいる。彼女の紙コップから、待合室の床にウォッカがこぼれた。

「看護婦だ」とだれかが言った。「彼女にはだれも酒を勧めないよな」別の声がした。「みんな静かに」ウィーゼルが混雑の中、ドアのほうへ行こうと四苦八苦しながら言った。

「亡くなったんですか？」となりの男がキャサリンに訊いた。「看護婦は彼が死んだと？」

「三分くらい前に」だれかが言った。「三分くらい前に、亡くなったそうだよ」

「何もかも逃しちまったっていうのか？」ウィーゼルが悲痛な声を上げた。「これでもう、どうしようもないんだものな。ぼくらを呼ぶって約束してたじゃないか」激しく看護婦に詰め寄る。「こんな下劣なやり方があるかい？」

「あの人のところに行かせてくれなかった」ジョーンが看護婦に言った。深く傷ついた声だった。「行かせてくれなかったわね」

「ぼくらは立ち会うこともできなかった」とウィーゼル。「かわいそうに……」優しくジョーンを抱きしめる。

「ジョーンズ夫人が付き添っていました」と看護婦。

「え？」ウィーゼルが大げさにあとずさった。「こっそり彼女を入れたのか？　ぼくに断りもなく？　彼女、ここに着いてたのか？」

「とにかく、もう上に行ってもいいかな」とマーティン。

「ジョーンズ夫人が付き添っています」と看護婦。「皆さんには、またの機会にお礼を申しあげたいそうです。さあ……」彼女はかすかだが、見間違えようのない身振りをした。病院の出口に通じる廊下を指差している。

「あのさ」ウィーゼルは唇を引き結んだ。「葬儀はどうしたらいいんだ？　ジョーンズ夫人は葬儀のほうもとりしきりたいんだろう？　彼の作品なんか、もちろん一語も読んでないくせに――。ぼくは彼の『邪悪な男』の中から、死に関する一節を読みたいと思ってたんだ」エンジェルに向かって説明する。「覚えてるだろ。ハエのすばらしい描写から始まる一節だよ。彼は酔うとあの部分を暗誦《あんしょう》したものだった。とにかく、ジョーンズ夫人にここへ来てもらいたいな」と看護婦に言う。「これじゃ何ひとつ決められないから」

「ジョーンズ夫人からは、のちほどご連絡があると思います」看護婦は少し後ろへ下がった。今回、彼女の身振りはさっきより心もち大きかった。

一瞬、ためらうような沈黙があり、すぐにエンジェルが口を開いた。「『夕闇迫る部屋の中、白い〈死〉の影がたちまち広がり、扉では目に見えぬ〈腐敗〉が待ち受け……』」

「偉大な声も静まりぬ」ウィーゼルがうやうやしく言った。

「心から愛してた、あの人だけを」ジョーンが悲嘆の声を上げる。

「今では黄金のペンで書いてる」

「偉大な作家とは、ものを書く偉大な男だ」

「来てよかったな」マーティンがやってきて、キャサリンの腕をとりながら言った。「エンジェルと少し話せた。あした彼に電話するってさ」もはやこの場に用はないとばかりに、キャサリンの手を引いて混雑の中をドアへ向かい、廊下に出る。

「お疲れ様でした」と看護婦が言った。

ほかの人々は待合室でぐずぐずし、今では軽い笑い声を上げ、ジョーンの周りに集まり、ウィーゼルの話を聞いている。彼らより一足先に、キャサリンとマーティンはゆっくりと病院の廊下を歩いていった。「あの連続講義、ぼくにも受け持たせてくれるかもしれないって」マーティンはそう言って上を指差した。「もう亡くなったんだから、彼の作品のことを話してもかまわないよな。個人的な悲劇についてとか」

「中は暑かったわ」

ウィーゼルが二人に追いついてきて、早口に言った。「これからみんなでジョーンのところへ行くんだ。今は一人にしちゃいけないと思って。きみたちも来るかい」

「ありがとう。でも、キャサリンも参ってでね。まっすぐ家につれて帰るよ」

ウィーゼルはちらりとキャサリンのほうを見て言った。「何から何まで、まったく悲しい話だね、そうじゃないかい？　彼が亡くなったと聞いたときには、ぼくまでショックで死にそうになったよ。だけど、あの場にいる連中はだれ一人気にしてなかった！　ほんとに気にしてるやつは一人もいなかった」

「ぼくたちは彼に精一杯の敬意を表した」とマーティン。

「知識人の責任てやつだな」ウィーゼルはぼんやりと言った。「できたらあとでジョーンのところへ来てくれよ」

ウィーゼルはバタバタと足音を立てて、廊下をジョーンのほうへもどっていった。マーティンとキャサリンは病院の玄関前の階段を下り、予想以上に暗い午後の中へ出ていった。

「心から愛してた、あの人だけを」キャサリンはつぶやいた。

「え?」とマーティン。「何か訊いた?」

「いいえ」キャサリンは笑い声を上げた。

「どっかディナーを食べたい店、ある?」

「ええ。膵臓料理を出す、小さな店があるの。さっきその店のこと、考えてたのよ」

『プレイボーイ』一九六〇年三月

夏の日の午後

ロザベル・ジマイマ・ヘンダースンは、目をあけたり閉じたりできるし、本物の髪が生えていて、カールさせたり三つ編みにしたりできる。彼女は今、人形用バギーの中で、ピンクの枕に具合よく体をもたせかけていた。その横の人形用乳母車で眠っているのは、アミーリア・マリアン・ドースンだ。両手を持ってやればちゃんと歩くことができて、ボタンを押せば「ママ」や「ダダ」と言葉を話せる。人形用乳母車の幌《ほろ》の下、長いまつげが淡く色づいた頬に影を落としている。ドースン家の玄関前の階段では、人形たちの母親が子どもの世話を一時中断していた。ジーニー・ドースンとキャリー・ヘンダースンは、まじめな顔でしゃがみこみ、二番めに好きな遊びをしているところだ。その遊びは二人のあいだでは〈フラワー・ピープル〉と呼ばれていた。ジーニーは金髪をポニーテールにしてピンクのリボンで結び、キャリーは黒髪をおかっぱにして、赤いシャツを着ている。ジーニーのお母さんは世界じゅうで二番めに素敵なお母さんだとキャリーは思っているし、キャリーのお父さんが滑稽《こっけい》な顔をすると、ジーニーはいつもヒーヒーいうほど笑ってしまう。

〈フラワー・ピープル〉の遊びをするとき、二人は草や葉で小さな〈うち〉をこしらえ、ジーニーニーの家のフロントポーチの脇にある茂みから、ツリガネソウの花を摘みとって、ピンクと白の上品なご婦人にする。ジーニーの家の横には低木が生えていて、そこから採った緑の莢《さや》が花の赤ちゃんのゆりかごになる。ジーニーの〈うち〉には木の実の殻《から》でできたテーブルがあり、キャリーは銀紙の切れ端を〈うち〉の敷物にしている。「あたしのご婦人が、キャリーのご婦人のとこに行くわよ」とジーニーが言い、ピンクの花をキャリーの〈うち〉のほうへちょこまかと歩かせた。「はじめまして、ブラウンさん」ピンクのご婦人があいさつする。「お昼ごはんをよばれにきました」

「はじめまして、スミスさん」キャリーの白いご婦人が答えて、〈うち〉の玄関前にひょいと飛び乗った。「中に入って、銀色のカーペットを敷いた居間に座っててください。お昼をこしらえますから」

ピンクのご婦人と白いご婦人は木の葉の椅子に腰かけ、キャリーが二人のあいだに二つの赤い実を載せたバラの花びらを置いた。「アイスクリームはいかが?」白いご婦人が訊く。「ケーキとクッキーは? あたしが作ったんです」

「まあ、ほんとにほんとにありがとう」とピンクのご婦人。「とってもとってもおいしいわ」

「ねえ」キャリーが白いご婦人を宙に浮かせたまま言った。「今日、母さんがほんとにクッキーを焼いたのよ」

「じゃあ、キャリーんちに行こう」とジーニー。

「クッキーとミルクをちょうだいって、母さんに頼んでみよう」とキャリー。

ピンクと白のご婦人たちには食事をさせておき、ロザベルとアミーリアは階段の脇でぐっすり眠らせておいて、二人は前庭の小径を通り、一度立ち止まって小さな虫をしげしげとながめ（たぶんザトウムシだとキャリーは思い、きっと赤ちゃん毛虫だとジーニーは思った）、歩道へ出てからもう一度立ち止まって、こっちへ走ってくるあの引っ越し用トラック、このブロックで停まるのかな、と考えた。けれどもトラックは通りすぎてしまったので、二人はキャリーの家の小径に入り、のんびりと歩いていった。二軒の家のあいだには生垣を貫く小径もあって、ジーニーの両親もキャリーの両親も、そっちの道を通って行き来していたが、キャリーとジーニーは前庭の小径を使うことにしていた。いつだって時間はたっぷりあったからだ。

キャリーの母親のお手製クッキーは確かにあったが、もうじき夕食の時間だったので、一人に一枚ずつしかもらえなかった。そこで、クッキーが長くもつように、端っこをちびちびかじりながら、二人はキャリーの家を出て、また歩道をぶらぶら歩き始めた。

「もう〈フラワー・ピープル〉はやりたくない」とジーニー。

「あたしも」とキャリー。「石けりしようか」

「ほんとはあたし、石けりは十五番めくらいにしか好きじゃない。なわとびしない？」

「あたし、なわとびは百番めくらいにしか好きじゃない。ダンスして遊ぼう」

「クレヨンで塗り絵は？」

「くるみの木に登るのは？」

「ダンスするのは？」

キャリーが思いついた。「ティッピーに会いにいくのは？」

「うん」ジーニーがうなずくと、長い髪がぱさっと顔にかかった。「ティッピーに会いにいこう」

ちょうど同じ背丈の二人は、クッキーをかじりながら、ゆっくりと行儀よく歩道を歩いていった。「すごくすごく長いあいだ、ティッピーに会いにいってない」ジーニーが言った。

「会いにきてほしいと思ってたかも」

「会いにいかないから、寂しがってたかも」

「最後に会ったのは、何日も何日も前」

申し合わせたわけではないが、二人とも同じタイミングでスキップを始めた。このあたりでスキップしたらどうかな、などと声をかけ合うまでもなかった。二人はきまってその場所でスキップを始め、ブラウン家の私道の先の、歩道が崩れている箇所までスキップを続けるのだから。そこまで来ると、二人は普通の歩き方にもどり、まじめな顔で縦に並んで崩れた箇所のそばをすり抜け、また横に並んで角まで進み、そこを曲がって空地の前を通りすぎた。その空地では、いつかの晩、近所の大きな男の子たちがボーイスカウトのキャンプファイアをして、ジャガイモを焼いていた。キャリーとジーニーは歩道から興味津々で見守り、焼いたマシュマロを一人一個ずつもらった。マシュマロはべとべとだったが、おいしかった。空地はブラウン家のものだったが、近所の大きな子たちはみんなそこで遊んだ。一度、男の子たちが小屋みたいなものを建てて、女の子たちを締め出したこともあった。ジーニーとキャリーは、小さいから空地で遊んではいけないと言われていたが、車道へ一歩も出さないなら――足の先っぽも出さないなら、このブロックを歩き回ることは許されていた。雨が降って、雨水が側溝を猛烈な勢いで流れ、大きな子たちがダムを作ったり、葉っぱの船を水に浮かべたりするときも、ジーニーとキャリーは歩道から車道へ足の先っぽさえ出してはいけなかった。けれどもそれは、完全にフェアな取り決めだった。そのうち大きな子になったら、ジーニーとキャリーも雨が降ったときには側溝で遊べるし、一日じゅう学校へ行き、空地で雪の砦《とりで》を作ることもできるのだ。二人が小さいあいだは――それは完全にフェアな取り決めだった――このブロックじゅうを歩き回っていいし、そうしたいなら人形の乳母車を押していってもいいが、車道には足の先っぽさえ出してはいけない。

一度、ハリス家の息子が、最初はキャリーを、それからジーニーをキックスケーターにいっしょに乗せて、このブロックを空地の先まで走ってくれた。またときには、夕食を済ませたあと――空がまだ緑色で、人の声が妙に遠くから聞こえる夕暮れどきに、二人とも許しをもらって曲がり角の先まで行き、大きな子たちが車道での缶けりや、街灯周辺でのかくれんぼや、陣取り遊びをするのをながめることもあった。よく陣取り遊びをしている大きな女の子たちの一人は、ジーニーかキャリーの両親が夜に出かけるとき、たまにベビーシッターをしにきてくれる。そういうときには、お話の本を読んでくれたり、紙を切り抜いて人形を作ってくれたりする。

その次の角を曲がると、キャリーもジーニーもあまり好きではない通りに出るが、ティッピーはこの通りに住んでいた。家々の奥の木々を透かして、自分たちの住んでいる家の裏側が目に入る。自分の家を裏側から見るのは——しかも家にはこっちが見えないというのは、なんだか妙な気のするものだ。二人がこの通りを好きになれないのは、ひとつにはブランスン夫人の庭のせいだった。庭は細長く、枝を垂らした大きな木々が薄暗い影を作っていて、ただでさえよい遊び場とはいえないが、たまにブランスン夫人が家から出てきて、芝生の上を走り回るなら警察を呼ぶわよ、と脅《おど》したりするのだった。

「ティッピーは、あたしたちのこと探してるかな?」ジーニーはまたスキップしながら言った。ブランスン夫人の庭の前はさっさと通りすぎてしまいたいので、二人ともスキップで通るようにしているのだ。「あたしたちが来るのを、ずっとずっとずっと待ってたはずよ」

「あたしたちに電話していい? って、お母さんにしょっちゅう訊いてたはずよ」キャリーも言った。

ティッピーの家は通りの角にあった。ブロックの反対側を回って、向こうから来たほうが近道だったはずだ。けれどもキャリーとジーニーは毎回、空地があるほうの道を通ってティッピーの家を訪れた——いつだって時間はたっぷりあったからだ。反対側の道は家へと帰る道で、ティッピーの家を通りすぎたら、あとはもう自宅に帰るしかない。それにこちら側から来ると、近づいていきながらティッピーの部屋の窓を見あげることができた。

「今日は家にいるかな」キャリーが歩道に立ち止まって二階の窓を見あげた。「ティッピーのドールハウスが見える」

二人は食い入るような目で窓を見つめた。ときには窓が日光を反射して中の様子がぜんぜん見えないこともあるが、ちょうど今日のように、窓が午後の陽射しの中、曇りひとつなく透き通っていることもある。

「ティッピーのテディベアとキリンが見える」とジーニー。

「あの子きっと、おもちゃの棚を窓の下に置いてるのよ」キャリーは今までに何回も言った言葉をくり返した。「そうすれば、みんなにおもちゃが見せられるし、うちに帰ってきたとき、上を見たらおもちゃが待ってるのが見えるから。テディベアとか、ドールハウスとか」

「ノアの方舟がなくなってる。今日はノアの方舟で遊んでるのね」

「それと、青いドレスのかわいい人形もなくなってる。ティッピーが持ってって、お人形遊びしてるのね。そのあとノアの方舟で遊ぶんだと思う」

「手を振るとか、してくれないかな」とジーニー。

「窓のとこへ来て、あたしたちを見て、手を振ってくれないかな」とキャリー。

「たまには外へ出て、いっしょに遊んでくれたらいいのに」

「何か悪いことして、一日じゅう部屋にいなさいってお母さんに言われたのかも」キャリーは今までに何回も言った言葉をくり返した。

「病気になっちゃって、熱が下がるまで寝てなさいってお母さんに言われたのかも」ジーニーも今までに何回も言った言葉をくり返した。

「毎日、お昼ごはんのあとに、友だちが遊びにくるのかも」

「仔猫がいて、放っておけないのかも」

「たまには手を振ってくれたらいいのに」

「でも、あたしたちが会いにくるのは嬉しいと思う」

キャリーはため息をついて目を落とした。「今日もあたしたちとは遊びたくないみたい」

二人はしばらく窓を見あげて立っていた。「バイバイ、ティッピー」ジーニーが小さな声で言った。「バイバイ、ティッピー」キャリーも言った。

それから二人はスキップで歩道を進んでいき、角を曲がって、次の通りでもずっとスキップを続けた。これは二人がするいちばん長いスキップだった。この通りはちっともおもしろくなくて、アンドーヴァーさんちの小さな赤ちゃんを除いたら、子どものいない家が並んでいるばかりだったからだ。せめてその赤ちゃんが乳母車に乗って外に出ていれば、忍び足でそっとそっと近づいていってのぞきこみ、嘘みたいにちっちゃな手や、ちっちゃなピンクの寝顔をにこにこしながらながめることもできただろう。だけど今日はアンドーヴァーさんちの赤ちゃんさえ外にはいなかったので、二人は曲がり角までスキップしていき、そのまま角を曲がって、ジーニーの家の階段までもどってきた。階段では花のご婦人たちがあいかわらずおいしいお昼を食べていて、ロザベルとアミーリアは眠り続けていた。

「どうしてティッピーは外へ出て遊べないのって、母さんに訊いてみる」ジーニーがいきなり言った。

「そしたらジーニーのお母さんがティッピーのお母さんに電話して、ティッピーちゃんも遊びにきませんか、って誘えるよね」キャリーも言った。「うちの母さんにも訊いてみる。ティッピーをお誕生会に呼んでもいい？　って」

「あしたティッピーをうちに呼んじゃだめ？　って母さんに訊いてみる」

「ティッピーを呼んでいっしょに暮らしちゃだめ？　って母さんに訊いてみる」二人して笑い転げながら、歩道をよたよた歩いていくと、ちょうどキャリーの家の勝手口があいて、キャリーの母親が声を上げた。「キャリー？　キャリー？　もうおうちへ入りなさい」


ジーニーはキッチンのカウンターの前のハイスツールに座って、母親のミセス・ドースンがジャガイモをむくのを見ながら鼻歌を歌っていた。外は暗くなってきている。木の葉の色も変わりかけている――もうじき夏が終わって、大きな子たちは学校へもどるのだろう。あと一年したら、ジーニーとキャリーも入学し、毎朝大きな子たちと歩いて学校へ行くのだろう。ひょっとすると、本やペンケースや紙袋に入ったお弁当を持っていくのかもしれない。「母さん」ジーニーはぼんやりと言った。「いつかティッピーも学校に行く？」

「たぶんね。ティッピーってだれ？」

「ちっちゃい女の子」

「だとしたら、きっと学校に入るわね。どこに住んでるの？」

「角を曲がったところ。いつも会いにいってるの。キャリーといっしょに」

ミセス・ドースンは顔をしかめて、ちょっと黙っていた。「小さい女の子？　この近所に？」と尋ね、それから心配そうに訊いた。「ベイビー、キャリーと車道を渡ってるの？」

「ううん、そんなことしてない。足の先っぽも」ジーニーはくすくす笑った。「ティッピーはこのブロックに住んでるの。角を曲がったところ。ブランスンさんの暗い庭を通りすぎたところ」

「どのおうち？」

「曲がり角に建ってるの。ブランスンさんの庭の向こう。うちの庭の小径から出発して、角まで行って、曲がって、空地を通りすぎて、次の角を曲がって、ブランスンさんちを通りすぎると、その次の角にティッピーのうちがあるの」

ミセス・ドースンはむいていたジャガイモを下に置き、ジーニーの向かい側まで来てカウンターにもたれた。指を一本立ててジーニーの鼻をつつくと、二人とも笑い出した。「お馬鹿さん」とミセス・ドースン。「あそこはアーチャーさんちよ」

「ティッピーはそこに住んでるの。そばまで行って窓を見ると、ティッピーが遊んでるのがわかるんだけど、絶対外には出てこないの。いつも行って見てるのよ」

ミセス・ドースンは笑うのをやめ、カウンターの端を回って出てくると、ジーニーをスツールから抱きあげ、膝に乗せて座った。ジーニーは丸くなって満足そうにため息をついた。「ベイビー」とミセス・ドースン。「だれかからアーチャー夫人《さん》と娘さんのことを聞いたの？　ヘレンがベビーシッターに来たときかしら」

「ううん」ジーニーは不思議そうに言った。「でも、アーチャーさんに電話して、ティッピーがいつか遊びにこられないか訊いてみてくれる?」

「ベイビー」ミセス・ドースンは言いかけて口をつぐんだ。それから一呼吸置いてゆっくりと尋ねた。「人が死ぬって、聞いたことある?」

「あたりまえでしょ」ジーニーはびっくりして答えた。「ひいおばあちゃんは死んじゃったし、キャリーの金魚も死んじゃったわ」

「アーチャーさんには小さな娘さんがいて、その子は死んでしまったのよ」ミセス・ドースンは注意深い口調のまま言った。「だれかがその話をするのを聞いたんでしょ? そんなに昔のことじゃないから」

「ティッピーはいつも部屋にいるの。おもちゃを窓のとこに置いたり、持っていったりしてるのよ。ノアの方舟と、青いドレスの人形と、黄色いキリンを持ってるの」

「ジーニー」ミセス・ドースンは娘を軽くゆすった。「アーチャーさんちに小さい女の子はいないのよ。今では子どもは一人もいないの」そう言ってジーニーをきつく抱き寄せた。「おもちゃだってあるはずないわ」また少し黙ってから「母さんが箱に詰めたんだから」と続けた。

「アーチャーさんちでは、おもちゃを全部、人にあげてしまったの」

「アーチャーさんの娘さんのものだったのに、どうして母さんが箱に詰めたの? どうしてアーチャーさんが自分でやらなかったの?」

「アーチャーさんは具合がよくなかったの。キャリーのお母さんと、ブラウンさんと、母さんと三人で行ってお手伝いしたのよ」

「とっても親切ね」ジーニーは気持ちよさそうにもぞもぞした。「具合のよくない人のお手伝いをしたんだもの」

「でもね、約束してちょうだい。ちっちゃい女の子が見えるふりをしてるなんて、アーチャーさんには絶対に、絶対に言っちゃだめよ」

ジーニーはむっとして顔を上げた。「ふりじゃないもん。いつもあのうちまで行って、ティッピーのこと見てるんだから。あたしたちの三番めに好きな遊び」

ミセス・ドースンは何か言いかけてためらい、ジーニーの金髪の頭に頬を寄せた。「どうしてティッピーって呼んでるの？」しばらくしてから訊いた。

ジーニーはくすくす笑った。「ときどき、あの子の頭のてっぺん《ティップ》とか、振ってる手の端っこ《ティップ》が見えたって思うの。だからティッピーって呼んでる。キャリーとあたしで考えた名前」

「なるほどね」ミセス・ドースンは言って、明るい声で続けた。「ほらほら、お嬢さん、今すぐジャガイモの皮をむいてしまわないと、父さんが帰ってきて『夕ごはんはどこだ！』って叫ぶでしょ？　そのときに夕ごはんがなかったら、父さんはどうすると思う？」

「あたしたちのお尻、ピシャッてぶつ」ジーニーは大喜びで言った。「二人ともお尻ぶたれちゃう」

ジーニーは母親の膝から滑って下りると、笑いながら床に座った。「母さん、あたしがティッピーみたいに死んじゃったら悲しい？」

ミセス・ドースンは手を伸ばして、ジーニーの鼻に素早くちょっと触れた。「あたりまえでしょ。すごく悲しいわ」

「あれ？」ジーニーは慌てて立ちあがりながら言った。「キャリーが呼んでる。どうして夕ごはんの前にまたやってきたんだと思う？」

ジーニーは小走りに食堂を通り、玄関ホールを抜けて、扉を引っぱってあけた。「ハイ、キャリー」

「ロザベル・ジマイマを忘れちゃったの。こんな遅い時間に外にいたら風邪ひいちゃうから迎えにきたの」

「ティッピーを呼んでもいいか、お母さんに訊いてみた？」

「うん。でもだめだって」とキャリー。「ジーニーは訊いてみた？」

「うん。でもだめだって。あしたお昼ごはんに行ってもいいか、お母さんに訊いてみて」

「訊いてみる。あたしがあしたお昼ごはんに行ってもいいか、ジーニーもお母さんに訊いてみて。あとで電話して、どうだったか話そう」

「わかった。ロザベル・ジマイマが風邪ひいてなかったら、つれてきていいからね」

「わかった。じゃあね、ジーニー」

「じゃあね、キャリー」

キャリーは人形用バギーの向きを変えて小径を歩き始めた。「ねえ」ジーニーは呼びかけた。

「ちゃんとお母さんに訊いてね」

「うん。ジーニーも訊いてね」

「忘れないで」
「ジーニーも忘れないで」
「じゃあね、キャリー」
「じゃあね、ジーニー」
「またあした」
「またあした」
「またね、ロザベル・ジマイマ」
「またね、アミーリア・マリアン」
「じゃあね」
「じゃあね」

おつらいときには

ガーデン夫人は家具つきアパートの一室で、ふかふかした椅子に座ってタバコを吸っていた。まだ若く、せいぜい二十三、四といったところだ。小柄で、ほっそりしていて、ライトブルーのコールテンの部屋着を身に着け、髪にカーラーを巻いている。朝の十一時で、彼女はちょうど、電気保温器の上のポットから注いだ三杯めのコーヒーを飲み終えるところだった。かたわらの小さなテーブルには手紙が一通載っている。ガーデン夫人はカップを置くと、一枚きりの罫《けい》入りの便箋をとりあげて、ふたたび目を通した。「親愛なるガーデンさん、あなたには今、友人が必要だと思えてなりません。お会いしたときのあなたは、大変なご苦労にもかかわらず、たいそう健気に、勇敢にふるまっておいででした。あなたの若々しい心はきっと、どんな重荷にも耐えられることでしょう。何かおつらいことがあったら、あなたのことを考え、幸せを祈っている友人たちがいると思い出してください」署名は「A・H」となっていた。しばらくして、ガーデン夫人は手紙をテーブルに置き、鏡台に近づいていった。引き出しからハンドバッグを出して、中をかき回し、ブックマッチを見つける。ブックマッチの内側には、「ミセス・アミーリア・ホープ　ブルックリン・ハイツ、モーティマー・ストリート一一一番地」と書いてあった。
　ガーデン夫人は少しのあいだ鏡台の前に立ち、鏡に映る自分の姿を見つめていた。体型の変化はしばらく目立たないだろう。黙っていれば、だれにもわからないはずだ。横を向いて腕を高く上げ、横から見た姿を確かめる。そのあと部屋を横切り、手紙を手にとって、ブックマッチといっしょにハンドバッグに入れた。次にクローゼットへ行って、ダークブルーのスーツと白いブラウスをとり出した。まだどの服も着ることができる。素敵な服をたくさん買ったのに、いずれ着られなくなるなんて――。彼女は念入りに身なりを整え、歩兵隊の小さな徽章《きしょう》を襟に留め、クローゼットからダークブルーの帽子を引っぱり出した。着替えを済ませると、部屋をぐるりと見回してから、ドアに鍵をかけた。ガーデン夫人は上品でおとなしそうな女性だが、今、その顔には不安が浮かんでいた。彼女は廊下に出て、鍵をハンドバッグに入れると、階段を下りた。

　地下鉄に乗っているあいだじゅう、ガーデン夫人はハンドバッグを膝に抱えて、窓の外の暗闇を静かに見つめていた。地下鉄警備員から教えてもらった降車駅に着くと、立ちあがって通りへ出ていき、新聞売店に寄って、くだんの住所までの行き方を訊いた。そして相変わらずハンドバッグをきつく抱えたまま、モーティマー・ストリート一一一番地へと歩いていった。そこに建っていたのは、見るからに下宿屋風の古い家で、朽ちかけた外観が見苦しかった。ガーデン夫人は玄関前の階段を上って呼び鈴を押し、大家がドアをあけるとこう告げた。「ミセス・アミーリア・ホープにお会いしたいんですが」

大家は後ろへ下がって言った。「二階のいちばん奥の部屋ですよ」

ガーデン夫人は幅の広い階段を上っていった。古く美しい屋敷にあるような階段だ。二階の廊下は天井が高く、壁との境目に漆喰の装飾が施されていた。長い廊下を奥まで進むと、ドアがひとつあったので、ノックした。

「どうぞ」老女の声が聞こえた。ガーデン夫人はドアをあけて一歩中へ入ったが、一瞬、まぶしくてあたりがよく見えなかった。長い茶色のカーテンを両側に垂らした、縦に細長い窓が正面にあったからだ。けれどもすぐ、窓の手前に、スピンドル脚（木工旋盤で装飾を施した円柱型の脚）のついた古風な小机が据えられ、ホープ夫人が座っているとわかった。

「あの、わたし、ガーデンです。覚えてらっしゃいます？」

ホープ夫人は立ちあがって、一、二歩前へ出た。「ガーデンさん？」

ガーデン夫人はハンドバッグをあけて手紙を出し、ホープ夫人に差し出して言った。「これについて、お尋ねしたくって」

ホープ夫人は手紙に目を落とし、それからガーデン夫人を見た。「お座りにならない？」と机のそばの、金めっきした小さな椅子を指差す。「ちらかっていてごめんなさい。この部屋を掃除してくれる人、日増しに来る時間が遅くなるみたいなの。わたしね――」ホープ夫人は身を乗り出して、ガーデン夫人の膝に触れた。「部屋をきれいに――ちゃんときれいにしてもらうために、毎週少しだけ余分にお金を払ってるの。だけどそろそろ苦情を言わなくちゃね。ちっともきちんとしてくれないんだから」

ガーデン夫人はあたりを見回した。片隅にある幅の狭いベッドは、一見ほとんど乱れていないようだったが、よく見ると、その朝はまだベッドメーキングされていないとわかった。机にはソーサーにティーバッグを載せたカップがあって、その横に罫入りの便箋が一綴《つづ》り置いてある。ガーデン夫人のところに届いた手紙の便箋とよく似ていた。

「おとりこみ中でなかったならいいんですけど」ガーデン夫人は言った。

「だいじょうぶよ」ホープ夫人が立ちあがると、信じられないくらい小柄だとわかった。黒い無地のワンピースに赤いベルトを締め、首にはいい香りのシダービーズを長く連ねたネックレスをかけている。「キャンディはいかが?」ホープ夫人はベッド脇のテーブルのところへ行って、キャンディコーン(トウモロコシの粒に似せたキャンディ)の入った小さなガラス皿を持ってくると、ガーデン夫人の手が届くように机に載せた。「ちょうど手紙を書いていたところなの」

「変ですね。またお会いすることになるとは思いませんでした」

「ええ、あなたのお顔は確かに覚えているんだけど、どこでお会いしたんだったかしら」ホープ夫人は嬉しそうに身を乗り出して、しげしげと見つめてきた。

ガーデン夫人はびっくりして顔を上げた。「あら、バスの中ですわ。とても親切にしていただいて」

ホープ夫人は机の上の手紙をちらりと見た。「ああ、思い出したわ。お子さんがいらっしゃる方ね」

「いいえ」とガーデン夫人。「あれは夫が外国へ出征した直後でした。ホープさん、どうか相談に乗っていただきたいんです」

「考えてみたら、お子さんじゃなかったわ。病気のお母さんね。女って、病気のときは気難しくなるものよね」

「お手紙をいただいたときに思ったんです」ガーデン夫人は口ごもりながら言った。「あなたをお訪ねして、相談に乗ってもらえないかって。ジムとは結婚したばかりなのに、あの人が帰ってきたら、わたしたち、赤ん坊を育てなくちゃいけないんです。また二人きりの暮らしを始めて、ダンスに出かけたり、楽しく過ごしたりするかわりに、責任だの何だのをしょいこまなくちゃいけない。どうしたらいいか、あなたなら教えてくれるんじゃないかと思って――」

「そうだったのね」とホープ夫人は言い、「わたし、たくさんの人と知り合いになるけれど」と付け加えて机に目を落とした。「会いにきてくれたのは、あなたが初めてだわ」

「よく言うじゃないですか、『ひとつを得れば、ひとつを失う』って」とガーデン夫人。「ジムの身に何かあったら、わたし、どうしたらいいか」

「愛ってとても大切なものよ」

「まだジムに話してもいないんです」ガーデン夫人は続けた。「手紙を書くたびに、そのことを、赤ん坊のことを伝えようと思うんですけど、あの人がどんなにショックを受けるかと思うと」

ホープ夫人は椅子にもたれて、ビーズのネックレスをつまんだ。「ねえ、あなた、世の中にどれほどの苦しみがあるかを知ったら、きっとびっくりすると思うわ。わたし、あちこちで不幸な方と出会うんだけど、そういう方の気持ちを少しでも軽くしてあげられたら、人生の目的は果たせたと思っているの」

「あなたが何か助言をくださるんじゃないかと思ったんです。あの日、あなたはとても親切でしたし、わたし、ほかに知り合いがいませんから――ニューヨークには、ってことですけど。だから、だれかとお話がしたかったんです」

「それじゃ、わたしのささやかな手紙は慰めになったのね？」ホープ夫人は物問いたげにほほえんだ。「自分がいいことをしてるって、初めてちゃんと知ることができたわ。わたしね、いろいろなところで人とおしゃべりして、名前と住所を訊いて、その人に優しい言葉が必要だと感じたら、元気を出してっていうささやかな手紙を書くの」

「ええ。あの日もバスでそうおっしゃってました」

「バスの中でも、どんな場所でも。どこへ行ってもだれかと知り合いになるのよ」

「わたしのこと、助けてくださいますよね」

　ホープ夫人はにっこりして、ガーデン夫人の手に自分の手を重ねた。「見せてあげるわ」とふたたび立ちあがり、ベッド脇のテーブルのところへ歩いていく。テーブルの引き出しからとり出したのは、大きなスクラップブックだった。「手紙は全部写しをとってあるの。必要とされてると感じたら、同じ人に続けて出せるように」ホープ夫人は大きなスクラップブックをガーデン夫人に渡し、机の前の椅子を彼女のほうへ近づけた。「とにかく、見てごらんなさい」と、スクラップブックの片側を自分の膝に載せる。最初のページには、「賢者には一言でこと足れり」と、ホープ夫人の丁寧な字で書かれた紙が貼ってあった。「これが一通めの手紙——転職したがっていた男の子に宛てて書いたの。ほらね、決断するときは慎重に、って書いてあるでしょう？」

「わたしのこと、不平ばっかり言ってる人間だと思わないでください」ガーデン夫人はホープ夫人に向き直って言った。「だけど、ジムとわたしは、二人でいろんなことをしようって考えていたんです」

「あら、ふしぎね」ホープ夫人はページをめくった。「これをごらんなさい。あなたと同じ立場の女の人への手紙よ。どれどれ、わたし、その人に何て書いてるかしら？」身を乗り出して手紙を読む。

「ジムには一日おきに手紙を書いてるんです。今日は手紙を書く日だから、ちゃんと心を決めたいと思って」

「そうでしょうとも。これはわたしがアドルフ・ヒトラーに宛てて書いた手紙よ。あの人が暴れ回って人を殺し始めたときに送ったの。心の中を見つめて愛を見つけなさい、って伝えたのよ」ホープ夫人はページに貼った手紙に触れた。「そういう手紙はあんまり書かないんだけど、思慮深い言葉がどうしても必要な人も中にはいますからね」

ガーデン夫人は唇を震わせ、手を口元に当てた。「だれでもときには、目の前が真っ暗になるものですよね」

「だれでもそうよ」ホープ夫人はしばらく待ってからスクラップブックを閉じ、テーブルのところへもどって、そっと引き出しに収めた。「キャンディを食べなかったのね」と皿を持ちあげて渡そうとしたが、ガーデン夫人はかぶりを振った。「昼食までいらして、とお誘いしたいところだけど」とホープ夫人。「今この部屋には一人分のサンドイッチとお茶しかないの」

「朝食を食べたばかりですから」とガーデン夫人は言い、立ちあがってハンドバッグを手にとった。「ありがとうございました」

「また会えて嬉しかったわ。いつかもう一度、バスの中で会えるかもしれないわね」

「楽しみにしています」ガーデン夫人はドアへと向かった。

ホープ夫人があとからついてきた。「どんなにほっとしたか、口では言えないくらいよ。わたしのささやかな手紙が役に立っていると わかって」

ガーデン夫人はドアをあけた。「役に立っていますとも。それじゃ、さようなら」

「ちょっと待って」ホープ夫人は机まで走っていき、ガーデン夫人宛ての手紙を手にしてもどってきた。「これを忘れちゃいけないわ。いつも身近に置いて、つらいことがあったら読み返してちょうだい。それじゃ、ごきげんよう」ガーデン夫人が外へ出てドアを閉めるまで、ホープ夫人は礼儀正しくドアのそばに立っていた。

ドアの外に出ると、ガーデン夫人はしばらくその場でハンドバッグの中の手袋を探した。ホープ夫人が小さくハミングしながら部屋を横切るのが聞こえてくる。それから椅子を引きずる音が聞こえた。部屋を片づけてるんだわ、と思いながら、ガーデン夫人はぼんやりと手袋をはめた。シダービーズが何かに――たぶん机だろう――当たってカチカチと鳴っている。そのあと少し静寂があった。そしてガーデン夫人の耳に、ホープ夫人のペンが紙にこすれる音がかすかに聞こえてきた。ガーデン夫人は手袋を片方しかはめず、ハンドバッグが後ろへ跳ねあがるほどの勢いできびすを返して、階段を駆けおり、暖かな昼の陽射しの中へと出ていった。

『ニューヨーカー』一九四四年十二月三十日

アンダースン夫人

アンダースン氏は、妻が朝食のコーヒーのお代わりを注いでくれるのを見ながら、タバコの箱をとり出して、一本口にくわえた。それからポケットをひとつひとつ探り、椅子の下をのぞきこみ、皿を動かし、ついに立ちあがってガス台まで行き、マッチを見つけてタバコに火をつけた。「またライター二階に忘れちゃったよ」

アンダースン夫人はコーヒーポットを置いてため息をついた。「言ってくれてよかった」

「何だって？」アンダースン氏は椅子へもどって腰を下ろした。「何を言うって？」

「ライターのこと。すごく心配したのよ」

「ライターのことを？」アンダースン氏は顔をしかめて、コーヒーカップにさっと目を走らせた。妻がライターのことを心配し出したら、次はコーヒーに毒を入れるに違いない、とでもいうように。

「あなたが今朝もライターを二階に忘れて、そのことを口に出すかしらって」アンダースン夫人はテーブルの向こうから砂糖入れを押してよこし、先を続けた。「夢を見たのよ――あなたが――」

「悪いんだが」アンダースン氏は用心深く言った。「今はきみの夢の話を聞いてる時間はなさそうだ。もう――」

「でもね、その夢――」アンダースン夫人はかまわず話し続けた。「その夢のせいで、ずっと不安な気持ちなの。あなたがいつも言ってる三つか四つのことを――三つだわね――口に出さないっていう夢。夢の中のわたしは、三通りの場面で、あなたがいつもどおりのことを言うのを延々と待つはめになったの。たとえば、ライター二階に忘れちゃった、とかね」彼女は少し考えてから続けた。「要するに、あなたはしょっちゅう同じことを言ってるのに、夢の中では言わなかったっていうこと」

「おいおい、クララ」とアンダースン氏。「何だい、それ」

「たとえば、ライターを――」

「だけどぼくは、毎朝ライターを二階に忘れてくるわけじゃないだろ」

「いいえ。毎朝タバコを出してからライターを探して、ガス台のところへ行って、マッチを見つけて、またライター二階に忘れちゃったよ、って言ってるわ。毎朝よ」

アンダースン氏は言い返そうとして考え直した。「もう八時十五分になる」代わりにそう言った。

「車を出してくるわね」とアンダースン夫人。

駅まで行く途中、アンダースン夫人は話の続きを始めた。「あなたが夢の中で言わなかったこと、あとふたつ思い出せるといいんだけど。たとえばあなた、この交差点では毎朝『あの信号、永遠に青にならないのか』って言うでしょう？」

「あの信号――」まで言いかけていたアンダースン氏は、横を向いて妻を見た。「毎朝は言ってない」

「それはいいとして」とアンダースン夫人。「わたしが不安なのは、そのふたつの言葉を思い出せないせいなの。あなたが言わなかった言葉を」

「夢の中では」アンダースン氏は律儀に尋ねてやった。「ぼくがその言葉を言わなかったせいで、どうなったんだい」

アンダースン夫人は顔をしかめ、思い出そうとしてから、「何も起きなかったと思うわ」と答えた。「夢の中でずっと心配してたら、目覚まし時計が鳴って、目が覚めたときも、まだナイフを握ってるような気がして――」

「へえ、そう」アンダースン氏は身を乗り出して、フロントガラスの外をながめた。「新聞を買う時間はたっぷりあるな」

「わたしが忘れちゃった言葉、それじゃないわ」アンダースン夫人は嬉しそうに言った。「新聞うんぬん、は覚えてた」

「行ってくるよ」アンダースン氏はふいにそう言って車から降りた。足早にプラットフォームまで行くと、ふり返って妻に手を振り、新聞売店に入った。「ぼくの新聞あるかな」と愛想よく訊いてから、口をつぐんで考えこんだ。

「はい、いつものですよ、アンダースンさん」と売店の娘は言った。「いいお天気ですね」

「そうだね」アンダースン氏はぼんやりと答えて新聞を小脇に挟み、またプラットフォームに出た。「やあ」顔は知っているが、名前を思い出せない相手にあいさつする。「おはよう」「おはよう、アンディ。今日の調子はどうだい」「上々だよ、ありがとう」アンダースン氏は言った。「きみは?」それから口をつぐんで考えこんだ。電車が来たので上の空でドアをくぐり、つまずいて転びそうになり、乗りこんだあとは、何も考えずに日の当たらない左側の席に向かい、腰を下ろしてコートを置くと、新聞を開いて、そこで初めて電車に乗っていると意識した。切符を差し出し、気がつくとこう言っていた。「やあ、ジェリー、今日も元気かい」

「まあまあです」車掌は言った。「アンダースンさんは?」

「年より十歳若い気分だよ」アンダースン氏はそう答えてから口をつぐみ、考えこんだ。

電車が町に入るころには、今夜家に帰ったら妻に何と言うか、ちゃんと心を決めていた。「ぼくがしょっちゅう同じことを言ってる、とかいう話だけど」そう言ってやるのだ。「きみが夢を見たっていう話だよ。たぶんきみ、疲れが溜まってるんじゃないかな」そう言ってやるのだ。「しばらくどっかへ出かけたらどうだい? ちょっと休暇をとって、一週間くらい旅行するんだ。ぼくもいっしょに行けるかもしれない。きみもぼくも、型にはまりすぎてるんだ」そう言ってやるのだ。「毎日同じことのくり返し。しばらく息抜きしたほうがいいと思うよ」そう言ってやるのだ。

妻は疲れていると結論を出してしまうと、アンダースン氏は楽な気持ちでオフィスに入ることができた。「最高の朝だね」と受付嬢に声をかけ、「やあ、おはよう」と秘書に声をかけ、「またしてもつらい一日の始まりだ」とジョー・フィールドに声をかける。

「毎日あくせく、たまらんね」とジョー・フィールドが返事をする。

アンダースン氏はまた口をつぐんで考えこんだ。ジョーはたびたびそう言っている。毎朝と言ってもいいくらいだ。実際のところ、ここ五年くらい毎朝、ぼくは「またしてもつらい一日の始まりだ」とジョー・フィールドに言い、ジョーは「毎日あくせく、たまらんね」と返している——。アンダースン氏は真剣に悩み始めた。

お昼ごろ、アンダースン氏はいきなり秘書に話しかけた。「ぼくが同じことをしょっちゅう言ってると思うかい」

秘書はきょとんとして顔を上げた。「そうですね、お手紙は必ず『敬具』と結んでらっしゃいます」

「違うんだ。しゃべるときに同じことをくり返してるかな」

「こちらが『すみません、何とおっしゃいました?』と訊き返したときのことですか」秘書は目をぱちぱちさせながら訊いた。

「いいんだ、気にしないでくれ。どうも頭痛がするみたいだ」

昼休みには、ジョー・フィールドといっしょに、五年ばかり毎日二人で食事しているレストランに行った。「やれやれ」腰を下ろすと、ジョーは深いため息をついた。「少し外に出られるのはありがたいな」

「ここのところ、あまり食欲がなくてね」アンダースン氏はメニューを見ながら言った。

「今日もレンズ豆のスープかな」とジョー・フィールド。

「なあ、ジョー」アンダースン氏はふいに言った。「自分がしょっちゅう同じことを言ってると気がつくことはないか？」

「あるよ」ジョーは面食らった顔で答えた。「それどころか、毎日同じことをやってる、、、」

「自分が型にはまってるとは思わないか？」

「思うよ。型にはまってるとも。それこそぼくが望んでたことだ。型にはまった生き方」

「女房が朝、こう言ったんだ」アンダースン氏は憂鬱《ゆううつ》そうな声を出した。「毎朝、朝食のあとで、ぼくがきまって『ライター二階に忘れちゃったよ』って言うって」

「え？」

「毎朝、朝食のあとで、ぼくが同じことを言ってるって」アンダースン氏は力なく続けた。「毎朝、駅へ行く途中でも、『あの信号、永遠に青にならないのか』とか、『新聞を買う時間はたっぷりあるな』とか、同じことばかり」

「レンズ豆のスープ」ジョーはウェイトレスに注文を伝えていた。「スパニッシュオムレツとコーヒー」

「家に帰るよ」アンダースン氏は言った。

電車に乗る前に電話したので、妻は家の近くの駅まで迎えにきていた。車に乗りこむとアンダースン氏は言った。「もう一言もしゃべりたくない」

「お仕事で何かあったの」

「いいや」

「具合が悪いの？」アンダースン夫人は夫のほうを見た。「熱があるみたい」

「あるんだ」とアンダースン氏。「さっきの角、もっとゆっくり曲がれないのか」

アンダースン夫人は少したじろぎ、アンダースン氏は口を固くつぐみ、腕を組んで、まっすぐ前を見つめた。しばらくしてから言った。「きみは疲れてるんだよ、クララ。型にはまりすぎてる。しばらくどっかへ出かけたらどうかな」

「わたし、考えてたんだけど――」アンダースン夫人は答えた。「人が毎日話してることについてよ。ひょっとすると、みんなああいうふうに、同じことばかりくり返す必要があるんじゃないかしら。そうすれば何も考えなくても、他人とうまくやっていけるから」口をつぐんで考えこむ。「どうしてわたしが不安だったかっていうと、人がしょっちゅう同じことを言わなくなったら、お互いに何も話さなくなるかもしれないからよ」

「どこか静かなところ」アンダースン氏は熱をこめて言った。「日光浴をして、だらだら過ごして、ちょっとテニスをやって」

「そんなお金ないわ」アンダースン夫人は家の正面で車を停め、アンダースン氏はくたびれた顔で車を降りた。妻のあとについて玄関前の小径を抜け、玄関をくぐり、コートと帽子を置いてリビングに入り、ため息をついて腰を下ろす。妻がバタンと戸を閉めた。「わたし、ぜんぜんしゃべらない男と暮らすなんて、お断りよ」声の調子が今までとどこか違っている。「あなたが話すようなことでも、何も会話がないよりましだもの」

「具合が悪いって言っただろう」

「わたしが旅行するお金はないって言ったとき、あなた『命短し、くよくよするな』って答えなかったわよね」アンダースン夫人は刺々《とげとげ》しい声で言った。

アンダースン氏はため息をついた。「命短し、くよくよするな」

「今ごろ言っても遅いわ」とアンダースン夫人。「しかも電車から降りたとき、車のオイル交換の時期じゃないのか、って訊かなかったし」その声は泣き出さんばかりだった。

「頭痛がするって言っただろ。そのナイフ、いじるのやめてくれないか」

「朝、出かけるときも」もはや泣き叫ぶような声。「わたしずっとずっとずっと待ってたのに、あなたってば、行ってくるよ、としか言わずに電車に乗ってしまった」

「クララ、落ち着いてくれ」アンダースン氏は鋭い声で言った。それが最後の言葉になった。

城の主《あるじ》

父が首を縊《くく》られたのは、薄暗い冬の日だった。わたしは十五歳だったが、誇り高さゆえに、周囲にひしめく村人どもに怯えた顔は見せられず、敬愛する父が絞首台に上り、愛する空を、木々を、山々を、これを限りとながめるのを見守っていた。

無知な連中の暮らす小村では、魔術に手を染めた者は死罪と決まっており、山頂の城の主《あるじ》といえど、迷信と恐怖の法に抗し得るほどの権威は持たなかった。かくして父はこの日、村人たちの目に宿る憎悪にさらされ、雄々しく死へと向かっていったのだ。

わたしは一人きりでその場に佇み、つきまとう密《ひそ》かな視線を感じていた。ささやき声さえ聞こえるような気がする――「あれが倅《せがれ》だ」――「息子だよ」――「悪魔の知恵を受け継いだ子が通る」――彼らの無知と恐怖ゆえに、わたしは彼らを憎んだ。そして父が処刑場へ引き出されたときには、絞首台に上ろうとする父のそばへ駆け寄った。父の黒い瞳は、かつていかなる人間も目にしたことのない、ある光景にとり憑《つ》かれていた。わたしはその目を深くのぞきこみ、可能な限り背筋を伸ばし、はっきりした声で父に話しかけた。「父上を告発した者どもは間違っています。この手で父上の仇をとってくれましょう」

だが父はわたしを見てほほえんだ。「死をもって死に報いてはいけない、倅よ。むしろわしが安らかに眠ることを祈り、心穏やかに暮らすがよい」そしてわたしの頭に触れ、指から大きな印章指輪を抜いて、わたしの指にはめた。その後わたしは父が台の上にあがるのを見守った。近くにいた男が父に向かって「悪魔のところへ、おまえの主人のところへ帰れ！」と叫んだとき、わたしは「黙れ！」と叱りつけ、手にした鞭《むち》でその男を打った。すると村人どもは、不機嫌そうな顔でぶつぶつ言いながら、ゆっくりとあとずさり、わたし一人が絞首台のそばに残された。父が死ぬとき、わたしは目を背けるわけにはいかなかった。この連中の目の前で臆病なところを見せるくらいなら、自分も死んだほうがましだったからだ。

処刑ののち、わたしは一人で馬に乗り、山頂に暗くそびえる城へと引き返した。この城は今やわがもの、わが住まい、わが復讐の家だ。十五歳にして、わたしは山の主、莫大な富の所有者となったのだ。これだけの黄金と、土地と、古くからの財宝があれば、世界じゅうどこの都を訪れても成功をつかむことができるだろう。だがわたしはどの都を訪れる気もなかった。わが心が、わが情熱が、わが名に宿る長く荒々しい歴史が、わたしをこの家に、父が暮らし、死んだ土地に結びつけている。山頂の城が空を背に、長く黒い線を描く光景を、わたしは手放したくなかった。そしてまた、父の仇をとるという誓いも、わたしをこの地に縛りつけていた。

何日も何夜も、わたしは一人きりで過ごし、父の書を読み、父の知識を学ぼうと努めた。口のきけない老人一人がそばに仕え、暗がりの中を静かに動き回り（口のきけない者以上に静かに動き得る者があろうか)、必要なものを運び、外の世界を締め出してくれていた。わたしが求めているのは、復讐とその方法にまつわる知識だった。というのも、わたしはほかでもない、父を死に導いた悪魔の知恵に執着し、その知恵を利用して、父を殺した者どもを処罰するつもりでいたのだ。またたく間に一年近くが過ぎたが、わたしは依然として何も知らず、心からの願いは相変わらず手の届かぬところにあった。

ちょうど一年が過ぎた日、わたしは山頂近くの庭園に腰を下ろしていた。分厚い石塀に隠された姿は、だれの目にも触れぬはずだった。書物を読んでいる最中で、それを邪魔する足音など聞こえなかったが、ふいに傍らから話しかける声があった。

「この庭の一部は俺のものでは?」わたしはさっと立ちあがった。本が地面に落ちる。目の前にいるのは、ほっそりとした背の高い若者だ。襤褸《ぼろ》をまとい、くたびれた顔だが、まぶたを軽く伏せた目に、わが一族の面影がある。

「何者だ」見知らぬ相手に問うと、相手は笑い声を上げた。

「あんたの身内さ」

それを聞いて、今度はわたしのほうが笑い声を上げたが、相手の目つきに気づいてあとずさった。父の目と酷似している――ゆえにわたしは彼を恐れた。

「あんたの父親には、息子が一人きりではなかった」若者は言い、指先でわたしの手の印章指輪に触れた。わたしが手を引っこめると、若者はふたたび笑った。

けれどもすぐに真顔にもどり、優しげな目をこちらへ向けた。「俺たちの父親は、あんたにその指輪を与えた。残念ながら、俺にはそれを受け継ぐ資格がないからな……今のところは」

わたしはようやく理解した。「おまえの母親は、どこぞの哀れな田舎娘か。父上が手をつけ……」言いにくいことだったため、口をつぐんだが、相手はまたしても笑った。

「そのとおり」

この不運な若者を思いやる気持ちが、わたしの中で膨れあがった。「ならばわたしは、償《つぐな》いをしなくては」そう言うと、相手はものうげにうなずいた。

わたしは一日か二日、城に逗留しろと相手に勧めた。そのあいだに、父のせいで不遇の身となった若者にどうやって償ったらよいか決めるつもりだった。われわれ二人は、腕を組まんばかりに身を寄せ合って庭から城へと入り、城の主たるわたしと、援助を求める貧しい若者は、ともに暗い玄関の間を抜け、長い廊下を進んでいった。廊下の両側の壁からは、暗い色調の巨大な肖像画の列が見下ろしている。二人を生み、二人を慈しみ、この地上での日々を二人に与えた者たちの肖像画が。

それから、老ジョゼフが火を熾《おこ》し、夕食を準備した部屋で、わたしは連れをふり返り、座っていっしょに食事をとろうと告げた。

「まずは教えてくれ。名は何というのだ」

長いこと、伏せたまぶたの下から若者はこちらを見つめていた。火影《ほかげ》がその目をきらめかせる。「ニコラス」

「そうか」わたしは彼に手を振り、椅子を火に近づけろと勧めた。

初めて食事を共にするあいだ、ニコラスはわたしに珍しい話を聞かせてくれた。放浪と探求の話、はるかな田園や人里の話を。そうした場所は、ニコラスの活気あふれる心という国にのみ存在するのだろう、とわたしは確信していた。ニコラスは自分が見た不思議、出会った王子や女王のことを語った。わたしは彼が話すに任せ、なかば耳を傾け、なかば思案を巡らせていた――この風変わりな異母兄弟は、わたしが立てている計画の中で、いかなる役割を果たし得るのかと。なにしろわたしに助けが必要なことは疑う余地がなかったし、ニコラスこそは、いわば、死せる父自身がわたしに送った助っ人ではないかと思われたのだ。

そこで、ついに火の勢いが衰え、ニコラスが話をやめたとき、わたしはこう尋ねた。「父上の死に様を知っているか」

「首を縊られた」

「あの場にいたのか」

「見ていた」ニコラスはそう言いながら、長々と火を見つめていた。あの光景をふたたび見ているかのように。

「わたしは父上を殺したやつらに復讐すると誓った。連中を苦しめてやると、死に向かう父に約束した」

ニコラスはふいにこちらを見た。「だが親父は、自分の死を忘れて穏やかに暮らせとあんたに告げた」

わたしはかぶりを振り、今度は自分が火を見つめた。その夜の火は、わたしたち二人が胸に秘めていた、いかなる思いを聞かされたことか！「父上の研究は死によって中断され、未完のままとなった。父上の仇を討つことで、わたしはその研究を蘇らせ、父上が抱いていた夢を追いかけたいのだ」

ニコラスは顔をしかめた。「とはいえ、無知な村人を何人か傷つけたところで、いや、村そのものを消し去ったとしても、親父の研究を進めることにはなるまい」

「一年前、そうしようと思えば、村に火を放ち、村人たちを地の底に叩きこむこともできた。だが、連中が父上を殺したのではない。悪と闇と恐怖の力のせいで、父上は村人たちの手に落ち、父上を縛り首にする絞首台は用意されたのだ」

そのとき、ニコラスは顔をのけぞらせ、今まで以上に長く大声で笑った。「なら、あんたは、悪の力を打ち破りたいのか」

わたしは立ちあがった。「打ち破ってみせる。そのためにおまえの力を借りたい」

「あんたはいずれ、悪魔自身の力を借りると言い出すだろうな」ニコラスは言った。

こうしてニコラスは城にとどまり、わたしたちは二人して暗い廊下を歩き、古い書物に目を通すようになった。ニコラスがいたからこそ、わたしは求めていた復讐の道に至ることができたのだ。

「村の連中は、何を恐れているんだ」ある日ニコラスはわたしに訊いた。

「悪霊が城にとり憑き、この土地を暗く血塗られたものにしている——連中はそう信じている。

城主が悪霊の鉤爪《かぎづめ》に囚われている限り、この土地には死と破滅がはびこり続けるだろう、と。父上は善良で優しい人間だったが、この山の悪霊を探し出し、打ち負かそうとして、逆に打ち負かされてしまったのだ」

「それで、あんたは?」

「わたしがその悪霊を見出して滅ぼせば、父上の復讐を果たせるだろう」

「策はあるのか」

「探し出し、滅ぼすのみだ」

「だが、あんたが敗れたら、だれが仇をとる? 万一あんたが死ねば、悪霊はのさばり、この地に悪を解き放ち、思うさま害をもたらすだろう」

「ならば、わたしは妻《めと》を娶らねば」わたしは断固とした口調で言ったが、ニコラスは笑った。

「まったく、あんたは目的を果たすためなら、どんなことでもするのだな」


やがてわたしは、父の死後初めて馬で村へ下りていった。陽光の当たる家々の窓から、女たちが通りすぎるわたしを見つめ、道で会う男たちは目を細くして、わたしの行く手に唾を吐いた。もうじき村を抜けるというところで、わたしは馬を下りた。そこに父を死に追いやった男の家族が住んでいる。大柄で鈍重で野蛮なその男は、ある日父の前に立ちはだかり、山の悪霊を退治してくれると挑んできた。父の剣が男の命を奪ったとき、村人たちは、城主が魔法の力を借りたのだと騒ぎ立てた。父の腕力も、力強い声も、彼らの叫びの前では何の役にも立たなかった。今、わたしの目の前には、その男が住んでいた田舎家があり、男が父を待ち伏せしていた道があり、男が倒れて死んだ地面がある。わたしは何を求めているのかわからぬまま、その場に立ち尽くしていたが、そのとき、澄んだ冷たい笑い声が家の庭から聞こえてきた。

笑っていたのは金髪の娘で、バラの木の向こうからこちらを見つめていた。

「小石でも数えてるの？ そんなに静かに目を凝《こ》らして」と呼びかけてくる。

わたしは顔をしかめた。「こちらへ来い」娘は生意気な顔で膝を曲げてお辞儀し、慌てるそぶりも見せず、庭の門をくぐってのんびりとこちらへやってきた。

「名前は」

「エリザベス」すました声で娘は答えた。

「なぜここに住んでいる」わたしは父を殺した男の家を指差した。

「いやだわ」娘の頰にえくぼが浮かぶ。「ここは父さんと母さんの家よ。ほかに住むところなんてありませんもの」

「父親？」

「もう死にましたけど」

「おまえは、先代の山の城主の前で死んだ男の娘か」

「ええ」

「わたしを知っているのか」

彼女は睫毛《まつげ》の下からわたしを見あげた。「城の若殿様、しかも、見るからにごりっぱな方」

そう言うと、笑いながら背を向け、走り去っていった。

わたしはしばしその姿を目で追っていたが、また馬に乗って村の中を引き返し、山頂へもどった。城でニコラスと出くわしたので、エリザベスのことを話した。

そして、「つれてこい」と続けた。

ニコラスは笑い声を上げた。

「確かに妻を娶る気になったぞ」わたしは言い、いっしょになって笑った。

こうしてエリザベスは山頂の城にやってきた。ニコラスがどうやって彼女をつれてきたのか、わたしは尋ねなかったし、ニコラスも何をしたかは話さなかった。ただ、ある日、広い書斎の戸が開いて、エリザベスが目の前に立っていたのだ。そのときは笑っておらず、つんとして、頑《かたく》なで、愛らしかった。

「結局やってきたのだな」わたしは純粋な勝利の喜びを覚えて言った。

「仕方ありませんでした」

「この城の一族の美しき一員となるわけだ」

それを聞いて、激しい怒りに駆られたのか、エリザベスはわたしに向かって叫んだ。「あたしがここに来たのは、あんたの悪魔につれてこられたから——だけど、あんたなんか怖くないわ。あんたの悪魔は父さんを殺したけど、父さんは怖がってなかった。あんたの父親が縛り首になって、あたしはほんとに嬉しかったのよ、わかった？　あたしが何より望んでいたのは、あんたの汚らわしい血筋が途絶えるのをこの目で見ること。でもあたしは女に過ぎないから、あんたにも、そのよこしまな血筋にも復讐なんてできなかった。だけど今なら――あたしはここにいるんだから、あんたを殺す機会だってあるかもしれない。あんたにも、あんたの城にも、あんたの悪魔にも、負けるもんですか！」

「少なくとも、そのご婦人の祈りは、あんたの仕事の役に立つだろうな」ニコラスがそっと部屋に入ってきながら言った。「悪魔というのは、俺の知る限り、美しい女に反抗されると、ことさら速《すみ》やかに姿を現すものだ」

そこでわたしはジョゼフを呼び、エリザベスが城の主人にもっと礼儀正しく接する気になるまで、高い塔に閉じこめておけと命令した。

その後、ニコラスとわたしは突如として探究に熱を入れ、希望を抱くようになった。というのも、わたしはそのころ、父が読んでいた書物を理解できるようになり、書物に記された秘密もやすやすと読みとれるようになっていたのだ。そこである夜、いよいよ悪魔とその意志に立ち向かってやろうと心に決めた。わたしはエリザベスを正餐の席に呼び出したが、彼女がむっつりと黙りこくっていたので、この場から下がらせろと命じた。涙は塔の牢獄で流すがいい、と。

その一件のせいで、わたしは荒々しい気分になり、その夜、悪魔が何をもたらそうと、立ち向かう覚悟だった。

ニコラスとわたしは正餐のあと、言葉を交わさずに座っていたが、やがてわたしはこう言った。「ニコラス、わたしは今夜、悪魔に裁きを下そうと思う」

ニコラスは例のごとく笑い声を上げた。「ならば気をつけてやるのだな。親父の幽霊が見守ってくれるだろう」

「手を貸してくれるか」

ニコラスはかぶりを振った。「異母兄弟《きょうだい》よ、この手のことは、一人でやったほうがよい場合もある。俺は勝利の報告を待っているとしよう」

そこでわたしは、父のものだった書斎に一人で座り、目の前のテーブルに父の大きな書物を広げ、書物の命ずるままに無気味な図を描き、秘薬を混ぜ合わせ、悪魔を目の前に呼び出すおぞましい呪文を唱えた。

「イン・ノミノ・ルテリス、サタヌス、エト・スピリトゥス・アケロンティス……」

書物にはこう唱えよと書いてあった。わたしの唇が動いて邪悪な音を生み出すにつれ、部屋が揺れ、壁と天井から雷鳴に似た轟《とどろ》きが聞こえ、毒薬を垂らした暖炉の前に煙が立ちこめて、中から見たこともないほど美しい女が現れた。

わたしは啞然として本から手を下ろし、歓喜と驚嘆を覚えつつ、女の艶《あで》やかな姿を見つめた。エリザベス？　彼女のことなど忘れ、父のことも、復讐のことも、悪魔その人のことも忘れ果てていた。復讐や愛がもたらすより、はるかに大きな喜びを得る道を見出したのだから。わたしはこちらを見ながら静かに佇む姿に引き寄せられるのを感じ、軽く足を踏み出した。と、女が警告するように片手を上げた。

「用心なさって。わたくしに近づきすぎてはいけません」

わたしは向こうみずに女に駆け寄り、その手をとった。「抱き締めては危険だとでもいうのか」と尋ね、さらに身を寄せた。これに対して女は笑い、顔を上げてわたしを見つめた。「本当に、勇敢なお方……」

炎の貴婦人のことはこれ以上語るまい。ただこう付け加えるにとどめよう――その後何夜も、熱心なことだとニコラスに笑われつつ、わたしは広い書斎に閉じこもり、父の書物を開き、最初に彼女を呼び出した呪文をくり返した。彼女のような者の愛が、男にいかなる影響を及ぼすのか、わたしには見当もつかない。わかるのはただ、わたしが狂っていたということ、狂っていながら狂気を意識し、あえてそれを求めていたということ。そのころには、ニコラスを相手に父の話をすることもなくなっていた――炎の中からわたしの前に現れる女、夢のごときその姿の前に、すべては忘れ去られたのだ。わたしは女に向かって、行かないでくれ、ここに残るか、ともにつれていってくれと熱烈に懇願したが、彼女はきまってうっすらと笑いながら、「じきにわたくしの元へおいでになれます。そうなれば、二度とお別れすることはありません」と答えるのだった。

こうした状況に身を置いていれば、やがて捨て鉢になってもおかしくなかったが、わたしに決定的な災いをもたらしたのは、幽閉に倦《う》んだエリザベスだった。というのも、ある金色の昼下がり、わたしが恋人のことを思いながら庭に横たわっていたところ、ニコラスが近づいてきて、小声で素早くささやいたのだ。「異母兄弟よ、エリザベスを塔から出すように命令したぞ」

わたしはかっとなって、なかば身を起こした。「わが城で命令を出すとは、いったい何様のつもりだ」まずはそう尋ね、続けてこう尋ねた。「エリザベスは？　心を改めたのか」

「命令したのは、俺もまた、この城の主だからだ」ニコラスは穏やかに言った。「エリザベスは――心を改めた」

ニコラスの目に浮かぶ嘲《あざけ》りに、わたしは言葉を失った。だが、エリザベスをどうしたものだろう？　炎から現れる恋人の前では、あの娘など何の価値もないというのに。そしてニコラスは――異母兄弟だろうと何だろうと、追放してしまわなくては。この城にわたしの競争相手などいてはならない。

だがニコラスは言った。「エリザベスは改心したが、あんたの愛を得られぬと知って、別の男に心を向けた……あんたほど裕福ではないかもしれぬが、同じくらい高貴な血を持つ男のほうへ」そして慇懃《いんぎん》なお辞儀をしてみせた。

それを聞いてわたしは立ちあがった。ニコラスが憎くてならなかった。わたしが自らの魔術に呪われ、ものぐさに横たわっているあいだに、こいつはわたしの人生を確実に奪いとったのだ。腰の剣に手を伸ばしたが、剣は恋人の足元に跪《ひざまず》こうとして放り出したまま、書斎の暖炉のそばに転がしてあった。

そのとき、わたしは戦慄とともに悟った――自分は騙《だま》されていたのだ。ニコラスがわたしの人生を盗みとるあいだ、美しい恋人がわたしを魔力で縛りつけていたのだ。わたしはニコラスに背を向け、書斎に入り、最後にもう一度、恋人を呼び出す呪文を唱えたが、彼女が現れても近くへは寄らず、安全な魔法陣の内にとどまっていた。その輪を出れば死ぬことになると、今や知っていたからだ。愛らしい女は火の前に立っている。その姿を見つめながらわたしは尋ねた。

「つまり、わたしを裏切っていたのか」

女は笑った。「近くへ来て、そう尋ねるのが怖いのですか」

その言葉を聞いて、あやうく火に駆け寄りそうになった。女の声には、どんな男も惑わすに足る魔力が含まれていたのだ。ただし、わたしのように、たった今裏切りを知ったばかりの男は別だ。

「今では危険だと知っているからな、近寄るつもりはない」

「もうじき、わたくしの元へおいでになれます」

「おまえとニコラスは……」わたしは言った。「わたしは何を忘れてしまっていたのだ」

女はまた笑った。「お父様もわたくしに裏切られたというのに」

そのときわたしは、自分がさらなる責苦を味わうと知ったのだ。

「穏やかに暮らせとお父様はおっしゃったでしょう？　墓で安らかに眠らせてくれと！」

わたしは黙考ののち、女に向かって大声で叫びながら、何度も何度も十字を切ったが、女は平然として目の前に立っていた。「今やあなたは善との繋がりをなくしてしまいました。善の力を呼び出し、わたくしにぶつけることなどできましょうか」

わたしは膝をついて頭を抱え、女のささやく声を聞いた。「もうじきわたくしの元へおいでになれます、愛しい方。わたくしはここにおりますもの。あなたがいらっしゃるのをお待ちしていますわ」顔を上げてみると、女の姿はかき消えていた。

そこでわたしは魔法陣から歩み出で、女を探し出して息の根を止めてくれんと、気がふれたように壁や暖炉に向かってわめき散らした。頭に浮かぶ呪いの言葉や召喚の呪文を次々に唱えてみたが、わたしの怒声にさらされるのは、依然として石壁ばかりだった。そのとき、自分がこう叫んだのを覚えている。「ここにいると言うなら、たとえ付近一帯を滅ぼすことになろうと、おまえを滅ぼしてやる！」

そしてわたしは、城外の夜の闇の中へ駆け出した。わかっていたのはただ、手の中に燃え盛る松明《たいまつ》があるということ、城は古く、森の木々は乾いていて、この城は石よりも木を多用して造られているということ……。

山火事に追い立てられ、叫びながら道を駆けおりる途中、塔から悲鳴が聞こえたような気がした。エリザベスのことを思い出し、引き返そうと足を止めたが、山頂の城はすでに炎の柱と化していた。わたしは力なく膝をつき、エリザベスの身を案じ、彼女の名を呼んだ。そして暗黒の力にふたたび背を向け、もっと慈悲深い主《しゅ》に許しを請《こ》おうとした。やがて連中が、村人たちが、その場所でわたしを見出し、この狂人めと口々に叫びながら引っ立てていった。

こうしてわたしは父と同じく、魔術を行い、殺人を犯したかどで死ぬことになった。城の焼け跡の中でエリザベスの亡骸《なきがら》が見つかったからだ。わたしが牢に横たわり、外の絞首台を見つめ、人間にとり憑く狂気について延々と考えていたのは、わずか一昼夜のことだった。

そのうちに夜が明け、わたしが絞首台の下に立って（はるか以前に、父がそうしていたように。まさに父と同じように！）、村人どもに罵《のの》られていると、人垣が分かれて、ニコラスがこちらへ近づいてきた。

「ああ、異母兄弟よ！」ニコラスは明るい声を上げた。「見事に父の仇を討ったな！」

だがわたしはこう尋ねたのみだった。「どうやって城の火事から逃れた」

「おふくろが救い出してくれた」

「母親？」

「そうとも。あんたが毎晩炎の中に見ていた女——俺たちの父親を裏切った女だ。異母兄弟よ！」

ニコラスは笑いながら立ち去りかけたが、すぐにふり返ってもどってきた。底知れぬ目が真剣な色をたたえている。「あんたにひとつやるものがあった」そう言ってわたしの手をとり、固く握りしめた。土壇場《どたんば》での荒々しい希望が心の中で跳ねあがり、わたしはまだ死なずに済むかと思って声を上げた。「ニコラス、助けてくれ！　何をくれるのだ」

「ああ、異母兄弟よ」ニコラスはからかうようにため息をついた。「やけに焦っているではないか！」彼はわたしの無力な手を持ちあげ、わたしの指輪を、父の指輪を、わが家の印章指輪を、わたしの指から抜きとった。「自由をやろう、わが兄弟よ」ニコラスは言って、絞首台のほうを指差した。

そしてなおも笑いながら、ふたたび背中を向け、村人たちの中を去っていった。わたしは彼に向かって怒鳴り、縛《いまし》めをほどいてつかみかかろうともがいたが、村人たちに怒鳴り返され、獄卒どもに絞首台の階段を無理やり上らされた。高みに立つと、あるものが目に入った。家路をたどるニコラスが、ふり向いてわたしに手を振る姿だ。それから彼は一人きりで馬を歩ませ、煙を上げるわが家の焼け跡めざして長い道を上っていった。それを見守るわたしは両手で頭を抱え、今こそ残酷な真実を悟った——まさしく悪魔があの山を支配しているのだと。

店からのサービス

アーティ・ワトスンは、酒屋のカウンターの中で折りたたみ椅子に腰かけて新聞を読んでいた。こういう雨降りの夜には客足も途絶えがちで、相棒のスティーヴはサンドイッチとミルクを買いに終夜営業のデリカテッセンに出かけていった。アーティはため息をひとつ漏らすと、クロスワードを解こうとカウンターの下の鉛筆に手を伸ばした。そろそろ店じまいしたほうがいいかもしれない。スティーヴがもどる前に客が一人も来なかったら、今日は早じまいして家に帰ろうとあいつに言ってみよう。

スティーヴがもどる前に、客が一人訪れた。その男はドアをゆっくりと入ってきた。雨から急いで逃れようともせず、そろそろと足を運んでいる。客が盲目だと気づくのに、少し時間がかかり、あとから女性も入ってきたと気づくのに、さらに少し時間がかかった。

「いらっしゃい」とアーティは声をかけた。

「こんばんは」盲目の男は言った。女も「こんばんは」と言うと、壁際に並んだ酒瓶に近づいていき、歩きながらラベルを読んでいった。「ブランデーはどう？」と男に声をかける。「いいと思わない？」

「おれはバーボンがいいな」盲目の男は言って、アーティのほうを向いた。「バーボンはあるかい」

アーティはうなずいてから、声に出して言った。「ありますよ。むろん、昔ほどたくさんじゃありませんがね。近ごろじゃ、上等の酒は手に入りにくくって」

「そうかね。じゃ、ほどほどの値段で、質のいいバーボンを選んでくれないか」

女がカウンターのところへやってきた。「あたしはブランデーがいいと思うんだけど、この人はバーボンのほうがいいって言うの」

「パーティ用か何かでしたら、バーボンをお勧めしますよ」

女はくすくす笑った。「あたしたち、結婚したばかりなの。だからお酒を買いたいのよ」

「おめでとうございます」アーティは心をこめて言った。「これからお祝いってわけですね」

「結婚ってのは、毎日するもんじゃないからね」盲目の男は笑い声を上げて、女の手を握ろうと手を伸ばした。女はすかさずそれに応えた。「しかもおれは、うまくやったほうだと思うね」

アーティは女に目をやった。女は小柄で、色黒で、クチナシのコサージュをつけている。盲目の男より十歳ばかり年上に見えた。「おっしゃるとおりで」アーティは言った。「しかも奥さんは料理上手って感じですね」

「料理はうまいよ」盲目の男は言った。「だよな、ロザリー」

「ええ、上手ですとも。だけど、ブランデーはどうするの」盲目の男に話しかけるとき、女の声は低く愛らしいが、改めて彼女に目をやったアーティは、その気になれば甲高い声も出せる女だと思った。それも、ひどく甲高い声を。

「バーボンのほうがお勧めですけどね」アーティはもう一度言った。

「値段はかなり違うのかな」と盲目の男。

「ブランデーのほうが、いくらか値が張りますね」とアーティ。「ごく上等のバーボンは四ドル六十二セントですが、ブランデーは」——店の反対側にあるブランデーに目を凝らして——

「いちばん安いのでも、四ドル九十七セントです」

「四ドル六十二セント?」盲目の男は言った。

「といっても、お客さんたちは新婚さんですから、バーボンもブランデーも——そうだな、四ドルにしておきますよ。結婚祝いってやつです」

「ご親切にありがとう」女は言った。

「じゃあ、ブランデーにしたほうがいいな」と盲目の男。「この人が、どっちも同じ値段で売ってくれるって言うんなら」

「そうですね」とアーティは答えたが、値引きすると言ったことをすでに後悔していた。スティーヴが帰ってきたら報告しなくちゃいけないし、この男、ブランデーを買ったほうが得だからそっちにするなどと言っている。

「じゃあ、ブランデーをもらうよ」と盲目の男。「ありがとう」

「いえいえ、どうかお幸せに」

アーティは、女が持ってきたブランデーを受けとって茶色い紙で包み始めた。「このブランデー、お気に召すと思いますよ」

「四ドルと言ったっけ」盲目の男は尋ねた。すでにポケットから財布を出し、親指で紙幣を数え始めている。「ほら、四ドルだ」と四枚の紙幣を差し出した。

アーティは紙幣に目を落とし、それから女に目をやった。女は店の反対側に引き返して、棚の酒瓶をながめている。「奥さん」アーティは声をかけた。

「どうした」と盲目の男。「ほら、お代だよ」

女がもどってきて、盲目の男のとなりに立ち、アーティと目を合わせて、何も言うなとかぶりを振った。アーティは男が差し出した五ドル札と三枚の一ドル札を見ながら口を開いた。

「ですが、ご主人――」

「どうしたの?」と女がさえぎった。「この人が一ドル札を区別できないって言うの? お札の区別ぐらい、ちゃんとつきますとも」女はふたたびアーティに向かってかぶりを振った。

盲目の男は笑った。「おれをからかおうなんて思うなよ。その手は食わないからな。財布にいくら入ってるかぐらい、ちゃんとわかってるんだ」

「そうでしょうとも」アーティは言い、五ドル札一枚と一ドル札三枚を受けとると、レジへ行って四ドルの売りあげを記録した。それから五ドル札を引き出しに入れ、一ドル札を一枚とり出すと、一ドル札三枚と合わせてカウンターに持っていった。アーティが何も言わないうちに、女が催促するように手を伸ばしてきた。盲目の男は、カウンターの上の包装済みの瓶を探り当て、ドアのほうへ向き直るところだった。アーティは金を女に渡し、安心させるようにうなずいてから声をかけた。「それじゃ、お客さんたち、どうぞお幸せに。楽しいお祝いになるといいですね」

「ありがとう」盲目の男は、女に腕をとられ、ドアまで導かれながら言った。「それじゃ」

「お気をつけて」アーティもあいさつした。二人にあの値段でブランデーを売ってしまったことを、まだ後悔していた。


「目の見えない男が酒なんか飲んじゃいかんだろう」アーティから話を聞いたスティーヴはそう言った。「ちょっと考えればわかるじゃないか、飲みすぎて、ふらふらになって、困ったことになるって」

「おれに差し出した金を稼ぐために、あの男、長いこと働いたんじゃないかな」アーティは言った。「ああいう人はあまり金を稼げないんだろう?」

「どうかな。目が見えなくても正確に作業できるタイプの人間かもしれないぞ」

「目の見えない男と結婚したがる女って、何を考えてるのかね。おれだったら……」アーティの声は尻すぼみになった。ドアがあいて、さっきの男がゆっくりと入ってきたのだ。少し遅れて女が続いた。

「またいらっしゃいましたね」アーティは言った。「ブランデーがもっとご入用ですか」

盲目の男は女の助けを借りずにカウンターまで歩いてくると、あいているほうの手で台を探り当て、まだ包装したままのブランデーをアーティの目の前に置いた。それから「金を返せ」

と言った。

アーティは目を見開いた。少し黙ったあと、「何か問題でも？」と尋ねる。スティーヴが近づいてきて、となりに立った。

「ええ、何かご不満でも？」とスティーヴ。

「ご不満なんてもんじゃない」と盲目の男。「周りのことがわからん人間から金を盗むなんて、まったく見下げ果てた話だ」

アーティは女に目をやった。女は戸口に立っている。「ご主人はどうなさったんです？」

「しらばっくれるな」と盲目の男。「おれの目が見えないからって、小狡《こずる》い真似をしやがって。おれは一ドル札を四枚渡したつもりだった。おまえは何も言わなかった。黙って金をかすめとりやがった」

「うまくやったつもりでしょうね」と女。「相手は目が見えないんですもの」

「おまえは口を出さなくていい」盲目の男は女のほうを向いて言った。「こいつが盗んだのはおれの金だ。おれがけりをつける」アーティに向き直って、「金を返したほうが身のためだぞ。返さん気なら、痛い目見せてやるからな」

「金なら奥さんに返しましたよ」アーティは言ったが、すでに無駄だと気づいていた。

女は笑った。「今度はあたしのことを甘く見ようってわけ？」

アーティはスティーヴを見た。スティーヴも同じことを考えているとわかった。盲目の男が金を盗まれたと警察に訴えたら――。スティーヴが肩をすくめる。

アーティはレジに行って引き出しをあけた。「わかりましたよ。どうやらご主人の金を盗んじまったみたいです。ご主人は一ドル札三枚と五ドル札一枚を出したのに、わたしは一ドル札四枚だと勘違いしたようですな」

「ちょっとはましな態度になったわね」女が言った。

アーティは一ドル札四枚をレジから出し、盲目の男に近づいていって手渡した。「一ドル札四枚か?」盲目の男は言った。

「一ドル札四枚です」

「一ドル札四枚か?」盲目の男は女をふり返って尋ねた。女は近づいてきてのぞきこんだ。

「そうよ」

「いいか」と盲目の男。「曲がり角まで行ったところで、財布には一ドル札四枚じゃなく、五ドル札一枚と一ドル札三枚が入ってたと思い出したんだ。もう二度と、おれみたいな男を騙《だま》そうとするんじゃないぞ」

「しませんとも」アーティは女が前へ出て盲目の男の腕をとるのをながめていた。盲目の男はカウンターを探ってブランデーを見つけると、反対の腕に抱えた。

アーティとスティーヴは二人が出ていくのを見送った。ドアが閉まると、アーティはレジへ行って引き出しを閉めた。

『ニューヨーカー』一九四三年十月三十日

貧しいおばあさん

もうじき夕方だったし、一日じゅう買い物をしてくたびれていたが、キティはひいおばあちゃんのあとを追って、真剣な顔でスキップしたり、早足で歩いたりしようとがんばっていた。ひいおばあちゃんは、小さい女の子の元気な姿を見るのが好きなのだ。ひいおばあちゃん自身は、朝、キティの新しいコートを買いに出かけたときと変わらず溌剌《はつらつ》としている。キティが遅れると、たいてい立ち止まって、杖を地面にコツコツと打ちつけ、「だらだら歩くと、やる気も失せますよ」とお小言を言う。通りには大勢の人がいたから、ひいおばあちゃんがそういうことを言うと、必ずだれかがふり返って笑顔を見せる。そこでキティは足を速め、ひいおばあちゃんの腕につかまったり、少し先へ行って、ひいおばあちゃんが追いつくまで、ちょっとのあいだゆっくり歩いたりする。

「あのチェックのコート、よく似合っていたわね、キャサリン」ひいおばあちゃんはもう千回もそう言っていた。「茶色いのじゃなくて、チェックのを選んで正解だったわ」

「でも、みんな茶色いコートなのに」

「みんなと同じ格好をしようなんて、考えないの」ひいおばあちゃんはキティの不満など気にしなかった。「みんなと同じことをしたって、何にもならないんだから。わたしがサンフランシスコで最初にタバコを吸った女——レディだって、話したことはあった？」

「おばあちゃん！　ほら、かわいい犬がいる！」キティは駆け出していって、犬を撫でた。犬のリードを握っていた女性は、ひいおばあちゃんがゆっくりと近づいていくあいだ、にこにこしながら辛抱《しんぼう》強く待っていた。「おばあちゃん」キティは言った。「あたしもこんな犬がほしい」

「よそ様の邪魔をするんじゃないの」ひいおばあちゃんは犬をつれた女の人に軽く頭を下げながら言った。「どんな理由があっても、よそ様の邪魔をしちゃいけませんよ、キャサリン」

ひいおばあちゃんが先へ行ってしまったので、キティは犬に投げキスをして、駆け足であとを追った。ひいおばあちゃんはこう言っていた。「いい犬だったわね、きっと純血種よ。うちでも犬を飼うといいかしらね、キャサリン」

「白いのがいい。さっきのみたいな。おばあちゃんは犬を飼ったことあるの？」

「わたしがまだ子どもで、イギリスで暮らしてたころには、家にマスチフがいたのよ」ひいおばあちゃんは笑い声を上げた。「ひいおじいちゃんと結婚したときには、愛玩犬も買ってもらったしね」

「その犬たち、どうなったの？」

ひいおばあちゃんはまた笑った。「愛玩犬は、たしか人にあげたんだったわ。マスチフは死んでしまったんでしょうね。アメリカへ来るずっと前の話だもの。そのあとひいおじいちゃんとサンフランシスコへ来て、わたしは人前でタバコを吸った、その町最初のレディになったのよ」

「来週はチェックのコートを着て学校に行ってもいい？」

「コートが要《い》るくらい寒かったらね」

「寒くなると思う。あたしにあんな犬がいたら、ちっちゃな赤いコートを作ってやって、それを着せていっしょに学校に行くの。今夜はレストランでお食事できる？」

ひいおばあちゃんはキティを見てためらい、向きを変えて近くの建物のポーチに入っていき、こっちへおいでとキティに手招きをした。それからキティに荷物を預け、ハンドバッグをとり出した。「レディたるもの、人前でハンドバッグの中を探ったり、財布の中身をあらためたりしちゃいけませんよ、キャサリン」ひいおばあちゃんは、年のせいでよく見えない目をすがめて、手の中の小銭を数えた。「一ドル三十一セント、キャサリン。年金がもらえるのはいつだったかしら？」

「土曜日」

「そうじゃないかと思ってたわ」ひいおばあちゃんはため息をついた。「土曜日まで家で過ごしたほうがよさそうね。帰る途中で店に寄って、夕飯の材料を買いましょう。おまえは何が食べたい？」

「あんな犬がいたら、骨を手に入れてやらなくちゃ」とキティ。「夕ごはんには、おっきな七面鳥が食べたい」

「肉屋に寄りましょうか」とひいおばあちゃん。「柔らかい肉があるといいんだけど。年寄りの歯には若い肉がいちばんよ」

肉屋のウィンドウには七面鳥と鶏肉、ハムとフランクフルトが並んでいた。キティはガラスに鼻を押しつけて言った。「おばあちゃん、ここのウィンドウ、今日はどこのお肉屋さんよりもいっぱいお肉が並んでる」

「中に入るわよ」とひいおばあちゃん。「レディたるもの、通りで騒いで人目を引いちゃいけません」

店に入ると、肉屋のガラスケースは空《から》っぽだった。血のついた白いエプロンを着けた、赤ら顔のやせた肉屋は、キティとひいおばあちゃんが入ってくるのを見つめていた。

「今日はあんまりお勧めできるものがないんですよ」

「七面鳥は？」キティは熱をこめて訊いた。

「ええ、一羽か二羽。上等のが」

「そうねえ」ひいおばあちゃんは唇に指を当てて、空っぽのガラスケースをしげしげと見た。

「ステーキ肉は？」

「ステーキ肉は品切れです」

「サーロインは？」ひいおばあちゃんはにこやかに訊いた。

「ステーキ肉は品切れですって」

ひいおばあちゃんは肉屋を見た。「柔らかい肉がいいのよ」

「上等のフランクフルトがありますよ。フライドチキン用のいい肉も、ハムも少々あります」

「そうねえ」ひいおばあちゃんは言った。「ステーキのほうがいいんだけど」

「ありませんてば」肉屋はやけになって言った。

ひいおばあちゃんはにっこりした。「どうしてお肉を売ってくれないの？　どこかよそのお店をひいきにしろってこと？」

「奥さん」と肉屋は言った。「食料不足なんです。肉が手に入らないから売れないんですよ。もっと早くいらっしゃったら、上等のサーロインをお売りできたんですが、もう一切れも残ってないんです」

「ご主人」ひいおばあちゃんはガラスケースに近づき、もっと近くへ寄れと肉屋に手招きした。「わたしは年寄りなの。ここにいるひ孫に訊けば、何歳だかちゃんと教えてくれるはずよ。しかも、買い物には慣れていないの。ひ孫とこの世に二人きりになるまでは、いつだってほかの人たちが買い物をしてくれたんだもの。だから、この店の商いについてご主人とお話しすることもできないし、買い物をするために、あちこちの店へ行ったりもできないのよ」

「奥さん」肉屋は困ったように言った。「なら、サーロインを一・五ポンド差しあげましょうか」

ひいおばあちゃんはちょっと考えてから「いただくわ」と重々しく答えた。

肉屋は指を一本立て、「お待ちください」と背中を向けて、冷蔵室に入っていった。一、二分後に、サーロインを一切れ持ってくると、ひいおばあちゃんの前のガラスケースの上に置いた。「こいつはうちの夕食用だったんですがね。とびきり上等ですよ。女房から肉を少し持って帰れって言われてたんで、とっといたんです」

　ひいおばあちゃんはしゃんと背筋を伸ばした。「ご主人の食べ物はいただけないわ」

「お譲りしますって」と肉屋は言った。「奥さんとお嬢さんに今夜食べるものがないなんて、見てられませんや。女房は――あるもので何かこしらえるでしょう」

「だけど、贈り物として受けとるわけにはいかないわ」とひいおばあちゃん。「ご親切のお礼に、とにかく何かお返ししなくちゃ」

　肉屋は驚いた顔になった。「でも、こいつは、お売り――」と口を開く。

「いいえ」とひいおばあちゃん。「とんでもない。わたしはレディとして育てられたの。レディたるもの、商売人から恩を受けるわけにはいきません。フードスタンプ（低所得者に対し、米国政府が発行する食料切符）のほかに、何か差しあげなくちゃ。たとえ小銭二、三枚でも」ひいおばあちゃんはハンドバッグをとり出して、中を探った。「五十セントよ」スタンプの綴りと小銭をカウンターに置く。「とっておいて。今夜のディナー代にするつもりだったお金よ」

　肉屋はスタンプを数えてもぎとり、ステーキ肉を茶色い紙袋に入れて、無言でひいおばあちゃんに差し出した。「ありがとう。ご主人は優しくてりっぱな方ね」ひいおばあちゃんは礼を言い、ドアのほうへ向かいながら、「おいで、キャサリン」と声をかけた。

「ステーキ大好き」キティはうきうきしていた。

「一・五ポンドじゃ二人分には少ないけど、肉屋さんは精一杯やってくれたのよ」

「いい人だったね」

ひいおばあちゃんはほほえんだ。「たしか、マーク・ホプキンズ・ホテルだったわね、キャサリン。前に話したかしら？　別のホテルだったかもしれないし、レストランだったかもしれない。ともかくわたしはイギリスでタバコを吸うのに慣れていたから――あっちのレディはみんなタバコを吸ってたからね――そこでも一服していたの。そしたら支配人が、たいそう礼儀正しくて上品な人だったけど、わたしのところへ来てこう言ったのよ。『マダム、お楽しみになるなら、喫煙室でお願いいたします』って。もちろん、ひいおじいちゃんは許してくれなかったわ。男性用の喫煙室でしたからね。そのあと、アメリカのレディもタバコを吸うようになったけれど、サンフランシスコでは、わたしが初めてだったのよ」

「あの人の奥さん、かんかんになるね」とキティ。「あの人がお肉を持って帰らなかったら」

「何言ってるの」とひいおばあちゃん。「事情を話せばいいだけのことよ。子どもと杖をついたおばあさんが店に来たから、お肉を譲るしかなかったって」

「でも、奥さん怒ると思う」

「レディたるもの、人前で怒ったりしちゃいけませんよ」ひいおばあちゃんは言った。

『マドモアゼル』一九四四年九月

メルヴィル夫人の買い物

ランドルフ・ヘンリー・メルヴィル夫人は、売り子に待たされるのに慣れていなかった。彼女の信じるところによれば、自分の相手をしていない売り子というのは、カウンターの反対の端で売場主任の私生活について同僚と噂しているか、ほかの客を相手に、きわめて入手しがたい特別な商品をこっそりと売買しているに違いないのだ。たいていの場合は、メルヴィル夫人がカウンターを鋭く叩いて「ちょっと！」と呼べば充分なのだが、ときには売り子に近づいていって、「この店じゃ、どれだけ待てば接客《サービス》してくれるの」といった痛烈な言葉でおしゃべりをさえぎらねばならない。そういうときは「接客《サービス》」のところでことさら力をこめる。心得違いをしている売り子に、はっきりとわからせるためだ――売り子がそこにいるのは、メルヴィル夫人の用を聞き、彼女に服従し、へりくだって命令に従うためであり、そのへんで噂話をするためではない、と。

その日、メルヴィル夫人は――あの程度の苛立ちしか見せなかったのは、われながら立派だったと思うのだが――カウンターを叩いて「ちょっと！」と呼び、カウンターに沿って歩いていき、「この店じゃ、どれだけ待てば接客してくれるの」と重々しい口調で尋ね、片足に体重をかけて待ち、反対の足に体重を移し、ため息をつき、指先でカウンターをコツコツ叩き、いらいらとあたりを見回し、しびれを切らしたそぶりを意味もなく見せつけ、手近なブラウスをいじったり放り出したりし、ついには思いきり力をこめて、店全体に向かって「ああ、まったくもう！」と声を上げた。その間《かん》ずっと——メルヴィル夫人が待たされているあいだずっと——売り子はカウンターの反対の端に立って、なかなか心を決められない内気そうな灰色のコートの女と笑顔で話しているばかりで、見たところ一枚のブラウスも売ってはいなかった。

メルヴィル夫人が最初に「ちょっと！」と呼んだとき、売り子はふり向いてにっこりし、軽く頭を下げた。どれだけ待ったらいいのと訊いたときには、すぐに伺いますと丁重に答えた。「ああ、まったくもう！」と叫んだときには、メルヴィル夫人に負けないくらい鋭い声で「マダム、こちらのお客様のご用が済むまでは、お相手いたしかねます」と言ってよこした。メルヴィル夫人は今までに、もっと些細なことで従業員に関する苦情を店側に申し立てたことがある。あの従業員たちは、おそらくクビになったことだろう。今回もせめて売場主任のところへ行って、この売り子の横柄な態度を伝えたいところだが、それよりまず、目の前のブラウスを手に入れることのほうが大切だった。なにしろそのブラウスは、メルヴィル夫人の黒いファイユのスーツにぴったりの型なのだ。たぶんどこにもないだろう、とまで思っていた、まれに見るネックラインで、半袖で、背中でボタンをとめるデザインで、丸襟がついている。町のどの店でも——すべての店を当たったと自信を持って言えるのだが——このブラウスは扱っていなかった。これこそメルヴィル夫人のためのブラウスだ。もしも——そのことについては考えないようにしていた——彼女に合うサイズがあれば。

　カウンターの奥の棚に、ブラウスがきちんと重ねてあるのが見える。その中の貴重な一山に彼女のブラウスがある。サイズ表示は見えないが、どんな色があるかはわかった。メルヴィル夫人が密《ひそ》かに愛し、惹かれてやまないショッキングピンク、第二候補にしてもいい黄緑《シャルトリューズ》、彼女の顔色が悪く見える淡青色、彼女が着ようとも思わない白、黒いスーツに合わせるのはおかしい黒。何種類かのチェックもあったが、ある日突然四十歳になり、知らず知らずのうちにサイズが三十八から年齢を超える数値になってしまったとき、メルヴィル夫人はチェックを着るのを泣く泣くあきらめた。ショッキングピンクでサイズの合うのがあったら……でなきゃ黄緑でも……

「お客様?」

　メルヴィル夫人は飛びあがった。黒いファイユのスーツと、ショッキングピンク(でなきゃ黄緑?)のブラウスを着た自分の姿をうっとりと思い描いていたのだ(想像の中の彼女は、とびきり洒落《しゃれ》たレストランで、だれか友人とランチをとりながらこう話していた。「町じゅう探したんだけど、これだっていうブラウスは見つからなかったの。ところがある日——どうしてあの店に行ったんだったかしら? 本当にたまたまだったのよ。ブラウスを探そうなんて思ってなかったの——とにかく、ちょっとこの店に寄ってもいいんじゃない、と思って……」)。

「三十分も待ってたのよ」メルヴィル夫人は言った。「どうして接客してもらうのに、三十分も待たなくちゃいけないの」

「申し訳ございません」お客様はたった四分しか待っていらっしゃいません、と答えるのを、どう見ても懸命にこらえて売り子は言った。「ほかのお客様がいらしたものですから」

「この売場、あなたしかいないの？　ほかの売り子は？」

「もう一人は昼食に出ております。何をお見せしましょうか？」

「昼食？」メルヴィル夫人はむっとした声で言った。

売り子はため息をつき、少しためらってから訊いた。「何かお見せしましょうか？」

メルヴィル夫人はまずブラウスを確保して、それから腹を立てることにした。「そうね」としぶしぶ返事をする。「このマネキンが着てるブラウスを見せてもらおうかしら」

「サイズはおいくつでいらっしゃいますか」

メルヴィル夫人は落ち着かない目で売り子をちらっと見た。「大きめがいいの。ブラウスはゆったりした大きめのが好きだから」売り子は待っている。「四十四」メルヴィル夫人は小声で言った。

「四十四ですね」売り子は大声でくり返した。「お色は」

「ピンクよ」とメルヴィル夫人。「でなきゃ黄緑」

「そのサイズはありますかどうか」売り子の声は依然として、その場には不似合いなくらい大きく聞こえた。彼女は気のないそぶりでふり返り、棚に積んだブラウスを調べ始めた。「四十……四十二。そのお色で、四十四というのはありませんね」

「ピンクもないの？　正しいところを探してる？」

「黒はあります。大柄な方はたいてい、黒を好まれますから」

「あのねえ」とメルヴィル夫人。「わたしはブラウスがほしいの。あなたの意見なんか求めてないの」

売り子は肩ごしにメルヴィル夫人を見た。「あいにく、当店にない品はお求めいただけません」

「黄緑は？　そこにあるの、黄緑じゃない？」

売り子はブラウスの山の中から一枚を乱暴に引っぱり出した。「おわかりです？　四十四ではございません」

「四十二ね」メルヴィル夫人はタグを見て言った。「四十二でも着られるの」勢いこんで告げる。「ただ、ブラウスはゆったりしたのが好きなだけ」

売り子は肩をすくめた。「ピンクも黄緑も四十二ならございます。お客様が四十二をお召しになれるとお思いなら、ですけど。お値段は十二ドル九十五セントになります」

「ずいぶん高いのね」メルヴィル夫人はすかさず言った。

「値札にそう書いてあります。わたしが値段を決めるわけではありませんので」

「でも、どうしようかしら、ピンクでいいかしらね」

「お色はピンク、黄緑、青、黒、白とございます」売り子はくたびれたように言った。

「そうねえ、黒は絶対だめだし、白はわたしには似合わないの。顔の近くには色味のあるものを持ってきたいのよ」

売り子はメルヴィル夫人の顔を見あげて、つまらなそうに言った。「黒、白、青、ピンク、黄緑がございます」

「ピンクはとてもいいわね」メルヴィル夫人は思案げに言った。ピンクのを体に当ててみて、カウンターの向こうの鏡に映った姿をながめる。それから下におろして、黄緑を体に当てた。

「やっぱりピンクのほうが、わたしに似合ってるわ」

売り子は礼儀正しく口を押さえてあくびをした。「どちらもお勧めです」

「だけど、ちょっと待って」とメルヴィル夫人。「黄緑は……なんとなく、ピンクより垢抜《あかぬ》けてるわね。そう思わない？」

「黄緑もお勧めです。ピンクも」

「どっちがいいかしら」

「わたしには何とも」

メルヴィル夫人は売り子を鋭い目で見た。この売り子、本当に頭にくる。「こっちにするわ」メルヴィル夫人はふいに言った。売り子はメルヴィル夫人が差し出したブラウスには目もくれず、どうでもよさそうにうなずくと、ブラウスとメルヴィル夫人のお金をぞんざいに受けとってレジへ向かった。メルヴィル夫人はまたしても待たされることになった。

売り子がメルヴィル夫人のブラウスを袋に入れ、おつりを持ってもどってくるころには、メルヴィル夫人の怒りはふたたび燃えあがっていた。「さてと、それじゃ」この店で受けたサービスの質はきわめて低かった、という含みを持たせた声でメルヴィル夫人は言った。「あなたの名前と番号を教えてくださる？」

「レシートに書いてあります」と売り子は答えた。「袋に入れておきました」

「言っておきますけど、あなたが生意気だったって苦情を言うつもりですからね。この買い物のあいだじゅう、あなたの態度は最悪だったわ。だから絶対――」

「失礼します。ほかのお客様がお待ちですので」

売り子はにっこりして立ち去りかけたが、きびすを返してもどってきた。「苦情係へどうぞ」と彼女は言った。「ご不満は苦情係にお伝えください。九階のエレベーターの近くです」

メルヴィル夫人は憤然として背中を向け、すたすたと立ち去った。

ここは二階だ。過去の経験から、生意気な売り子のことを売場主任やエレベーター係に訴えても仕方ないとわかっていた。口をきっと引き結び、荷物を小脇に抱えて、メルヴィル夫人は九階まで行こうとエスカレーターをめざした。きちんとした店なら、苦情係はもっと便利なところにあるはずだわ、と思いながら。エスカレーターまで来ると、これからあながち不快でもない義務を果たしにいくところだ、という足どりでステップに乗った。

三階には水着が並んでいたが、メルヴィル夫人はほとんど目もくれなかった。どれも見たところサイズが九ぐらいで、メルヴィル夫人のまっとうな感覚からすれば、人目のある海岸で着るにはあまりにショッキングなデザインだ。四階はスーツ売場だが、どのスーツも奇抜なスタイルで、装飾過剰で、サイズはせいぜい十四くらいまでしかなさそうだった。五階は陶磁器・

ガラス器売場で、そこを通るときにはこう思った。あんなふうに食器をテーブルいっぱいに載せて、テーブル同士を近づけておいたら、すごくやせた人以外は、あいだを通るとき、何かをひっくり返してしまいそうだわ。そのせいで、かなりの損失を出してるんじゃないの？

六階にはレストランがあった。〈イー・オールド・タヴァーン〉という店で、暗赤色の古びたオーク材が外装にたっぷり使われている。羽目板《はめいた》を張ってタペストリーをかけた壁には鉛枠の小さな窓が並んでいて、窓の正面には敷物売場と掛売係のカウンターがあり、窓の奥にはむき出しの壁がのぞいていた。

メルヴィル夫人はレストランを素通りすることなどできなかった。彼女の頭は素早く回転した。レストラン、料理、座る、メニュー、食べる。一時間遅くなっても苦情係は逃げたりしない、という考えがひらめく。売り子はその分長く不安な思いをするわけだから、むしろいい懲らしめになるに違いない。エスカレーターへちらりと目をやる以上の抵抗はせずに、メルヴィル夫人は装飾的な木の入口をくぐって、〈イー・オールド・タヴァーン〉に入った。そして奥まった居心地のよい席に腰かけ、ため息とともに脚を伸ばした。

糊《のり》のきいた黄色いフレアスカートのウェイトレスが、注文をとりにきた。メニューに目を落としたとき、メルヴィル夫人は、立ち寄ってよかったと心から思った。まれに見る幸運により、「買い物客のランチ」が「買い物客のティー」に変わる時間に店に入ったのだ。おかげでどちらでも好きなほうのメニューから選ぶことができる。メルヴィル夫人は「買い物客のランチ」

のツナサラダと、「買い物客のティー」のシナモントーストに目を惹かれた。でなきゃ、ローストビーフのホットサンドイッチ？　二時間前にチキンクロケットと、フライドポテトと、チョコレートクリームパイのお昼を食べたばかりなので、ビーフの脂身が少ないかどうかが気にかかる。それとも、ミックスサンドがいいだろうか？　メルヴィル夫人は、耳を落とした小さくて美味なサンドイッチのことをうっとりと考えた――中身はクリームチーズとジャム？　こってりしたサーモンフィリング？　ピーナツバターとベーコン？　ふたたびため息が漏れる。それから軽食カウンターのメニューと、飲み物とデザートのメニューをながめ、バタースコッチ・ナッツ・サンデーのところで長いこと迷った。スタッフドエッグもいいわね。でなきゃイングリッシュマフィン？　メルヴィル夫人はいつまでも決められずに、メニューを頬にパタパタと叩きつけた。

やがてメルヴィル夫人は、いらいらしているウェイトレスを待たせたまま、最後にしばらくためらってから、ツナサラダを選んだ。もう一度、今度は深い満足のため息をつくと、となりの椅子に荷物をそっと置いて、肩からコートをすべらせて脱いだ。テーブルの下でくたびれた脚を休めながら、椅子にもたれてしばらく目を閉じる。買い物って疲れるわ。とりわけ、何もかもあんなに見つけにくくて、売り子があんなに失礼で、苦情係がこんなに遠くにあるとなると。

ツナサラダは、出されたのを見ると、あまり食欲をそそる一品ではなかった。ツナはごくわずかで、マヨネーズも少なく、セロリばかりが多くて、レタスはしなびている。そしてウェイトレスはなぜか、メニューに書いてあったホットマフィンではなく、ライクリスプ（ライ麦入りのクラッカー状のパン）をメルヴィル夫人に出すことにしたようだった。メルヴィル夫人は指を立ててウェイトレスを呼んだ。

「ホットマフィンがついてくるんじゃなかったの？」

「すみません。マフィンを切らしていまして」

「ロールパンは？」

「切らしております」

「食パンは？」メルヴィル夫人の声が少し高くなった。

ウェイトレスはライクリスプを指した。「それしかございません」とあっさり言う。

「あそこの女の人、マフィンを食べてるじゃない」メルヴィル夫人は指差した。

「お客様より先にお越しになりましたので」

「許せないわ。マフィンがないって知ってたら、サラダは注文しなかった。そういうこと、客に伝えないわけ？」

ウェイトレスは何も答えずに、ゆっくりと別のテーブルのほうへ移動し始めた。「ちょっと！」メルヴィル夫人はぴしりと言った。ウェイトレスがふり返る。「もっとマヨネーズを持ってきて」メルヴィル夫人は命令した。「バターをもう一切れと、クリームと砂糖抜きのコーヒーもすぐにね」

ウェイトレスはメルヴィル夫人をちらっと見て去っていった。メルヴィル夫人はサラダを食べ始めた。食べ終わったら、ブラウス売場の売り子のことを報告しにいき、クビにするという言葉を聞くまでその場に居座ってやろう。ここのウェイトレスのことも報告して、正式な謝罪を要求することにしよう。

テーブルの向かい側の席にだれかが座った。

メルヴィル夫人はどんなときも、食べている姿を見られるのが大嫌いだし、知らない人間の目の前で、もっとバターをと要求するのもいやでたまらなかった。とりわけ、このときのように、知らない人間が小柄できびきびした女性と思しき場合には。きわめて不愉快であると伝えるために、メルヴィル夫人はそちらへ顔も向けなかったが、伏せたまつげの下から盗み見て、その客が黒っぽいスーツかコートを着た女性なのはわかっていた。また、この女性が、いたって小柄であることは間違いなかった。なにしろ、無理やり体を押しこんだり、テーブルを揺らしたり、メルヴィル夫人にどいてくれと頼んだりせずに、テーブルと壁のあいだの狭い席についたのだから。ウェイトレスが来ると、向かいの女性は手短に「レモンティー」と注文し、いよいよメルヴィル夫人を激怒させた。料理を供され、食べるための場所であるレストランに入って、レモンティーだけを注文するような人間は、自動的にメルヴィル夫人の嫌悪の対象となるのだ。その日いちばんの憤怒を覚えつつ、メルヴィル夫人はごくわずかに残ったサラダを放棄して「お勘定」とウェイトレスに告げた。

ウェイトレスは何も言わずに伝票を書き、メルヴィル夫人に手渡した。メルヴィル夫人は座ったまま、四苦八苦してコートに体をねじこんでいったが、向かいの席の女性には目をやらないように気をつけた。メルヴィル夫人は、コートを着るところを見られるのも好きではなかった。〈イー・オールド・タヴァーン〉は「買い物客のティー」を飲みにきた客で混雑し始めており、椅子の後ろを人が行き来するせいで、コートを着るのにますます骨を折らねばならなかった。最後に襟をかき合わせていると、ウェイトレスがもどってきて、向かいの席の女性の前にレモンティーを置き、メルヴィル夫人の目の前に小さな紙コップを置いた。「マヨネーズです」とウェイトレスは言い、にやりと笑った。

メルヴィル夫人は腹立ちのあまりチップを置かず、威厳たっぷりに立ちあがってレジへと向かった。

「ここのウェイトレス、失礼だから店に報告しますよ。あそこの黄色いスカートをはいた人」

「何かお気に障りましたか」レジ係の女性はそっけない声で訊いた。

「注文したものを出さなかったし、口のきき方がぞんざいだし、わたしがもっとマヨ――」

「苦情係へどうぞ」レジ係は熱のない口調で言った。「こちらではどうしようもありませんので」

メルヴィル夫人の金を受けとるとき、レジ係はメルヴィル夫人を冷めた目で見て、「苦情係です」と疲れたようにくり返した。「九階だったと思います」

最後に一度、怒りに燃える目でウェイトレスをにらむと、メルヴィル夫人はおつりを引ったくり、断固たる足どりでエスカレーターへ向かった。売り子、ウェイトレス、レジ係——ここはいったいどういう店なの？　メルヴィル夫人は肩をこわばらせてエスカレーターに乗り、知り合いがだれもこの店で買い物をしたことがなくてよかった、と考えて溜飲を下げた。売り子が客の体型をどうこう言い、ウェイトレスが客のマフィンをとりあげ、レジ係が客の気持ちにおかまいなしの店で、いったい何が買えるというのか。

八階でエスカレーターを降り、最後のエスカレーターをめざして歩き出したところで、メルヴィル夫人はぴたりと立ち止まった。わたしの荷物。わたしの荷物——大切なブラウスが入った紙袋をレストランに忘れてきてしまった。

「どうしてだれも教えてくれなかったの？」メルヴィル夫人が声に出して言うと、次のエスカレーターに乗ろうと追い越していった女性が、眉をひそめてこちらをちらりと見た。それ以上何も言えないほどいらいらして、メルヴィル夫人は無言できびすを返し、店内を横切って下りのエスカレーターをめざした。来た道を引き返し、〈イー・オールド・タヴァーン〉の木でできた入口をくぐる。彼女が座っていたテーブルには客がいた——というか、今や店内はほぼ満席だった。つい先ほど、メルヴィル夫人と知らない女性が相席していたテーブルには、こぎれいなコートとこぎれいな帽子を身に着けた、郊外の若奥さんと思《おぼ》しき二人が座っていた。郊外の若奥さんの一人は、ミンクの襟のついた深緑のコートを着て緑の麦藁《むぎわら》帽子をかぶり、もう一人は茶色いウールのスーツと、毛皮の襟巻と、黄褐色の麦藁帽子を身に着けているが、二人はどこか微妙な点で、信じられないほどよく似ていた。メルヴィル夫人がテーブルに近づいていって、抑えた声で話しかけると、二人とも自信たっぷりの落ち着いた目を上げた。

「失礼、そちらの椅子に荷物を忘れたんですが」メルヴィル夫人は深緑を着た若い女性の座っている椅子を指差した。「見ませんでした？」

二人の若い女性は目を見交わした。「紙袋ですか？」茶色を着たほうが訊いた。シナモントーストでお茶を飲んでいる、とメルヴィル夫人は気がついた。「この店の？」

「ええ、そうです」メルヴィル夫人はふたたび焦りをあらわにした。「どこですか？」

「あら、どうしましょう」緑を着たほうが、茶色を着たほうに言った。全粒粉パンにハムとチーズを挟んだサンドイッチを食べている。いい選択だわ、とメルヴィル夫人は思った。

「ええ、困ったわね」茶色のほうがうなずいてメルヴィル夫人に向き直った。「わたしたち、ひどいことをしてしまったみたい」と彼女は言った。「わたしたちが来たとき、この席でお茶を飲んでいた人がいて、入れ違いに店を出ようとしたんです。椅子に荷物があったから、わたし、その人を呼び止めて渡してしまったの」

「わたしの荷物を？」メルヴィル夫人はわけがわからずに訊いた。

「その人のものだと思ったんです」緑のほうが説明した。「ここの椅子に置いてあったでしょう？　考えてみれば」茶色のほうに声をかける。「あの人、ちょっと態度がおかしかったわね」

「ええ、おかしかったわ」茶色のほうがうなずく。「すごくおかしかった。紙袋を渡したとき、こっちの顔をうかがうようにして」

「そうよね」と緑のほう。「遺失物係にお尋ねになったら？」とメルヴィル夫人に明るい声で勧める。

「その人、どんな外見でした」

「そうねえ」と緑のほう。「小柄で、黒っぽい服装で、なんだかおかしかったわ」

「どう見てもおかしかった」茶色のほうがきっぱりと言った。「黒っぽい服で、小柄だったわ」

メルヴィル夫人が礼も言わずにいきなり後ろを向くと、きわめて失礼だったウェイトレスが目に入った。そこで、ずかずかと近づいていって声をかけた。「わたしのテーブルに座ってたもう一人の女の人、見なかった？」

ウェイトレスは目を見開いた。「いいえ」メルヴィル夫人はチップを置かなかったことを思い出した。ウェイトレスがぼんやりとこちらを見続けているので、メルヴィル夫人は訴えるように言った。「その人、わたしの荷物を盗んだの。とりもどしたいのよ」

「何が入っていたんですか」

「ブラウスよ」と張り詰めた声でメルヴィル夫人。「見かけたの？」

ウェイトレスは優しい目でメルヴィル夫人を見た。「苦情係に届けてください。九階です」

メルヴィル夫人は唇を引き結び、この無礼な小娘とはこれ以上話さないことにした。急ぎ足でレジまでいくと、レジ係は金髪の頭をくたびれたようにこちらへ向けた。「黒っぽい服の小柄な女が荷物を持って出てこなかった？」

「そういう人なら山ほど見ました」

「お茶を一杯だけ飲んだ女。お茶しか飲まなかった女よ」

「お茶だけ飲まれたお客様も、その中にはたくさんいました。お客様は先ほどもお見えになりましたよね」

「荷物をなくしたの。その女に盗まれたのよ」

レジ係はかぶりを振った。「見てませんね」


メルヴィル夫人はいらいらしながら、足音も高く〈イー・オールド・タヴァーン〉をあとにした。けれども七階に――そしてその先の九階に――通じるエスカレーターの近くで、ふたたび足を止めた。ブラウスが盗まれたのは間違いない。だが、盗んだのはとても小柄な女だ。メルヴィル夫人には、自分のブラウスのサイズが四十二だとよくわかっていた。あれを盗んだ小柄な女のことは何も知らないが、小柄な女は絶対に四十二のブラウスなど着るはずがない。なにしろあの女、テーブルと壁のあいだの狭いスペースに文句も言わず体をねじこみ、つましいことにお茶一杯しか頼まなかったではないか。そしてまた、他人が店で買ったばかりのブラウスを不法に手に入れた者は、その瞬間から、見つかるのではないかと不安を抱くだろう。メルヴィル夫人は頭を働かせた――もしもわたしが(とんでもない話だけど!)荷物を盗んで、手近なトイレに持ちこみ、何サイズか大きすぎるブラウスが、しかもレシートといっしょに入っているとわかったら、いったいどうするかしら? 決まってるわ――と、得意になって答えを出す。ブラウスを持って、それが買われた売場へ急ぎ、もっともらしい話をでっちあげ、ブラウスの紛失について騒ぎが持ちあがる前に、小さいサイズと交換してもらうはずよ。どう考えても、ブラウスを盗んだ女は、今このときにも交換を頼んでるところじゃないかしら。

メルヴィル夫人は粘り強くまたエスカレーターに乗った。今度は下りのエスカレーターだ。小柄で、黒っぽい服装で、サイズが十ぐらいの疑わしい女はいないかと探しながら、できるだけ急いでブラウス売場にもどった。

ブラウス売場に客はいなかった。まだメルヴィル夫人によって勤務態度を店に報告されていない売り子は、カウンターにもたれてぼんやりしていた。メルヴィル夫人は彼女のほうへ向かった。

「ちょっと」カウンターに着くより早く大声で言う。「さっきわたしがここでブラウスを買ったのを覚えてる?」

売り子はうなずいた。確かに覚えていた。

メルヴィル夫人は力をこめて言った。「あのブラウス、盗まれたの」

売り子は深いため息をついた。「わたしにどうしろって言うんですか? 別のをよこせとでも?」

「ねえ、いいこと――」メルヴィル夫人は文句を言いかけたが、途中でやめてこう尋ねた。「それより教えてほしいんだけど、あのブラウスを別のサイズと交換しろって、だれかが言ってこなかった?」

「そうですねえ」と売り子は言った。「サイズは四十二でしたよね。四十四、でしたっけ?」

「四十二よ」

「そんなに大きなブラウスをお召しになる方は、そういらっしゃいませんから、そのサイズを返品したいという方が見えたら、きっと記憶に残ると思いますけど」

メルヴィル夫人はハンドバッグを両手で握りしめた。「この店にいるだれかが、あのブラウスを盗んだのよ」

「苦情係に言ってみてください」売り子はすました顔で言った。

メルヴィル夫人が言い返そうと口をあけたとき、一人の女がカウンターへ来て彼女のとなりに立った。「あの」その女は穏やかな声で言った。

メルヴィル夫人はゆっくりとふり返った。女は小柄で、黒っぽいコートと帽子を身に着けている。そのうえ、メルヴィル夫人の荷物と怪しいくらいよく似た荷物を持っている。しかも売り子にこう言っていた。

「さっきここでブラウスを買ったの。売ってくれたのは別の方だと思うわ。あなたから買ったんじゃないことは確かだから」ぎこちない笑い声を上げる。「とにかく、それを買ったときに、上の階に持っていって、スーツといっしょに着てみて、合わなかったら別の色と交換してもらうかもって言ったんだけど……」売り子が丁重にうなずくのを見て、女の声は尻すぼみになった。

「お色が合わなかったんですね」売り子はプロらしくきびきびと言い、袋をあけ始めた。

「いえ、違うの。色は完璧で、気に入ったんだけど。サイズが違ってたの。あの人、どういうわけか間違えたみたい」

売り子は袋からブラウスをとり出してカウンターに広げた。それを見たとたん、メルヴィル夫人の息遣いが荒くなった。深い喜びがこみあげてくる。

「ピンクの色合いはちょうどいいんだけど」小柄な女はおずおずと言った。「でもこれ、四十二なの。あの人、間違えて渡したんだと思うわ」小柄な女は笑った。「いくらなんでも、わたしが四十二を着るはずないでしょ」

その笑い声を聞いて、メルヴィル夫人はこれからどうするか心に決めた。ちらりと売り子に目をやり、無表情な顔で見返されたあと、二、三フィート後ろへ下がる。小柄な女がメルヴィル夫人のほうを不安げに見た。「割りこむつもりはなかったんです」と、内気そうにほほえみかける。「とにかくびっくりしちゃって。それに、急いでいるので……」

「かまいませんよ。お先にどうぞ」そんなことを言うのは生まれて初めてだった。

「あの」小柄な女性は売り子に言った。「おわかりでしょ？　何か間違いがあったんだと思うの。わたしがほしかったのは、サイズ十のピンクのブラウスだったのに、あの人、なぜか四十二のピンクのブラウスを出してきて、間違えて袋に入れたみたい。どう考えても、あの人がうっかりしたんだと思うわ」

「サイズ十ですね？」売り子は言って、背後に積んであるブラウスのほうを向いた。「ピンク、十」メルヴィル夫人のほうを見ないようにしながら、はっきりした声で言う。「そちらの四十二のは、またどなたかが買っていかれると思いますよ。今朝《けさ》、四十二はないかって訊かれたところですから」

「ほんとに？」と小柄な女性。「そんなに大きな人が、こういうピンクを着るなんて考えられないけど」

「全然似合わないものを似合うと思ってる人、結構いるんですよ」売り子はメルヴィル夫人から目をそらしたまま言った。「今朝、その四十二のピンクのブラウスを見せてくれっていうお客様がいらっしゃったんです」

小柄な女は身震いした。「こんなに大きなサイズを作ってるとは知らなかったわ。作ってるとしても、黒か茶色だけかなって思ってた」

「そうですね」売り子はブラウスをたたんで袋に入れようとしていた。「女の人の中には、自分がどんなふうに見えるか、考えない人もいるんですよ。そのブラウスを着れば別人みたいになれると思ってるんでしょうか」

小柄な女は袋を受けとった。「どうもありがとう。お手数おかけしました」

「いいえ、とんでもない」

小柄な女はまたメルヴィル夫人にほほえみかけた。「お先に失礼しました」

「気にしないで」とメルヴィル夫人。

小柄な女は素早くその場を離れ、メルヴィル夫人は最後に一度、売り子を険《けわ》しい目でにらんでからあとを追った。

小柄な女はいくつかの荷物を持っていた。だがメルヴィル夫人の目は、ブラウスの入った袋だけを追いかけていた。その袋は、黒い袖に包まれた細い腕に抱えられている。女が下りのエスカレーターへと急ぐあいだ、メルヴィル夫人は彼女の黒い帽子と腕に抱えた荷物を一度も見失わなかった。

店内は混んでいなかったので、気づかれるほど近づかずに、女の姿を視界に捉え続けるのはそう難しくなかった。女がエスカレーターに乗りこんだ。女はエスカレーターに乗って半分ほど下ったところで、メルヴィル夫人もエスカレーターに乗りこんだ。女は下まで着くと右へ曲がり、大通りに面した出口へと向かった。メルヴィル夫人は、急がなくてはと気がついた。女は店を出ようとしている。通りに出られてしまったら、まずつかまえることはできない。追跡相手の背後へ迫りながら、メルヴィル夫人はこれからどうするかを検討した。ハンカチ売場とストッキング売場のあいだで女を追い詰めて罪を咎《とが》める？　それとも化粧品売場で袋のネズミにする？　手袋のカウンターで、野次馬に見物されながら脅しつける？　案内係の目の前でブラウスを返してもらう？

そのとき、ありがたいことに、前方にいた女がためらい、時計に目をやり、カウンターに目をやり、また時計を見てから、立ち止まってカウンターへ向かった。メルヴィル夫人が決然と背後へ近づいていくと、女はカウンターの上のセーターの山をあわただしくひっくり返していた。「値下げ品――＄１・９８」の札が上に掲げてある。メルヴィル夫人は女のとなりに移動すると、自分もセーターをひっくり返し始めた。ひどいしろものばかりだわ。派手な色で、サイズが小さくて、十歳以下の幼女にしか似合いそうにない。となりにいた女が、山の中から一枚のセーターを引っぱり出し、荷物を全部片方の腕に移して、もう片方の手でセーターを広げ始めた。

「あの」女は売り子に恥ずかしそうに訊いた。「これ、おいくら？」

メルヴィル夫人はそちらへ身を寄せた。

「どれも一ドル九十八セントになっております。すべて同じお値段です」

女はセーターに目を落とした。「サイズが合うかしら」と売り子に訊く。「タグがないみたいなの」

売り子は皮肉っぽい目でセーターを見た。「特価品だからって乱暴に扱って、タグを引きちぎってしまう人がいるんですよ。サイズは十ぐらいですね」

女は素早くうなずくと、荷物をカウンターの上のメルヴィル夫人の近くに置き、セーターを持ちあげて体に当てた。「素敵な色ね」と売り子に話しかける。「さっき上で買ったブラウスよりいい色だわ。そのブラウス、いくらしたと思う……」

だがメルヴィル夫人は、小柄な女がブラウスにいくら払ったのか聞いていなかった。そもそもすでに知っているのだから。彼女は高価なブラウスの入った袋を胸にしっかりと抱えて、急ぎ足でエスカレーターへ向かっていた。買い物客の群れの中にさっさと紛《まぎ》れこもうと努め、何人かの人々といっしょにエスカレーターに乗り、「失礼」と声もかけずに無理やり前へ出た。

動いている段の上を駆け足に近い勢いで進み、二階に着くと、いまだかつてない速さで歩いてブラウス売場をめざした。例の売り子が、あいかわらずぼんやりと退屈そうにカウンターの中に立っている。メルヴィル夫人はブラウスの入った袋をカウンターに叩きつけるように置いて大声で言った。「ほら」

売り子は彼女を認めた。そのころには、メルヴィル夫人の顔は、母親の顔や売場主任の顔と同じくらい脳裏に焼きついていたに違いない。なにしろメルヴィル夫人を一目見るなり、彼女は一瞬目を閉じて言ったのだから。「何でしょう」

「わたしのブラウスを返して」息を整えるのに必死で、言葉がうまく出てこなかったが、メルヴィル夫人はそう言った。「わたしのブラウスを返してちょうだい」

売り子は袋をあけて、サイズ十のピンクのブラウスをとり出した。「このブラウスを、別のサイズに交換しろとおっしゃるんですね」と落ち着いた口調で尋ねる。

「そうよ。どうしてほしいかわかってるんでしょ」

「どのサイズがご入り用ですか」

「さっさとよこしなさいよ」メルヴィル夫人は食いしばった歯の隙間から言った。「いくつだかわかってるわよね？　よこしなさいってば」

売り子は肩をすくめて背を向け、ピンクのブラウスを引っぱり出し、タグをちらっと見て「四十二」と大声で言い、袋に入れた。

「今度会ったら……」メルヴィル夫人は口を開いたが、どうしても次に会ったときを思い描くことができず、痛烈な一言は言ってやれなかった。「今度会ったら……」メルヴィル夫人はもう一度むなしく口に出し、きびすを返してどすどすと去っていった。

「苦情係は九階です」売り子が背後から呼びかけてきて、くすくすと笑った。

あの小柄な女が今度は自分を尾行しているとは思えなかったが、メルヴィル夫人はブラウスをしっかりと小脇に抱え、物思いにふけりながら歩いていった。わたしはこの無能で失礼なデパートを相手に勝ちを収めたんだわ。罪もない客がものを盗まれるのを許しておくようなデパートを相手に。ふつふつと怒りをたぎらせながら、メルヴィル夫人は心の中で問いかけた。わたしみたいな人間が、ここで買い物をしなくなったら、この店はいったいどうなると思うの？

今日はたまたまこの店に寄る気になったけど、こんな扱いを受けたら、また買い物に来たいと思うはずがないじゃない。メルヴィル夫人は、最初にブラウスを買ったときの苛立ちをはっきり思い出した。ショッキングピンクと黄緑について、あの小娘、ほんとに無礼なことを……

メルヴィル夫人は靴売場の真ん中でぴたりと立ち止まった。

自分がブラウスを買ったときのことを思い出したのだ。どちらの色にするか、なかなか決められず、黄緑のほうが垢抜けてると考えて――記憶が突如として押し寄せてきた――黄緑を買ったのだった。最初は確かにピンクにしようかと思ったが、しばらく悩んだ末に、黄緑のほうが垢抜けているという結論に達した――まさしくそう自分に言い聞かせ、その言葉を頭に浮かべた。最初にこれと決めて買ったのは、黄緑のブラウスだった。そして今、小脇に抱えた袋の中のブラウスは、ショッキングピンクだ。
ためらいはメルヴィル夫人の悪癖のひとつではなかった。彼女は靴売場の真ん中で一瞬じっとしていたが、すぐに袋をしっかり抱え直すと、胸を張り、これぞ世の中のため、という思いを抱いて、熱意たっぷりの足どりで上りエスカレーターの表示のほうへ歩いていった。上りエスカレーターは小さなスーツの売場へ、ガラス器売場へ、〈イー・オールド・タヴァーン〉へ、そして――今度こそたどり着けるはず――苦情係へと通じている。

『チャーム』一九五一年十月

レディとの旅

「おまえ」ウィルスン夫人は心配そうに言った。「ほんとにだいじょうぶ？」

「だいじょうぶだって」母親がまたキスしようと屈みこんできたので、ジョゼフはさっと身を引いて逃れた。「ねえ母さん、みんな見てるよ」

「やっぱり、だれかいっしょに行ったほうがよくない？　ねえ、だいじょうぶかしら」母親が父親に話しかける。

「だいじょうぶかって、ジョーが？」とウィルスン氏。「平気だよな、ジョー」

「うん」とジョゼフ。

「九歳にもなったら、男の子は一人旅ができなくちゃいかん」心配する母親に向かって、ここ数日間何度も同じ言葉をくり返してきた人の、辛抱《しんぼう》強い口調でウィルスン氏は言った。

ウィルスン夫人はまるで敵の強さを推し測るように列車を見あげた。「でも、万一何かあったら」

「いいかい、ヘレン」夫は言い聞かせた。「列車はあと四分くらいで出発する。この子のかばんはもう列車の中だ。この子がこれからメリータウンに着くまで座っていく席に置いてある。

わたしがポーターに二、三ドルやって頼んでおいたから、ポーターはこの子に気をつけていて、メリータウンで列車が止まったら、荷物を持って降りるところを見届けてくれる。ジョーは九歳だ。自分の名前も、行き先も、降りる駅もわかってるし、おじいちゃんがこの子を出迎えて、家に着いたらすぐおまえに電話してくれるし、ポーターが——」

「わかってるわ。でも、ほんとにこの子、だいじょうぶかしら」

ウィルスン氏とジョゼフはちらりと目を見交わした。

ウィルスン夫人は、一瞬の隙をついてジョゼフの肩を抱き寄せ、もう一度唇を寄せたが、ジョゼフがぎりぎりのところで身をかわしたので、彼の頭のてっぺんにキスするはめになった。

「母さんってば」ジョゼフは不機嫌な声で言った。

「うちのぼうやの身に何も起こらないといいんだけど」ウィルスン夫人は無理してほほえんでみせた。

「母さん、いい加減にしてよ」とジョゼフ。「列車に乗らなくちゃ」と父親に言うと、「そうしなさい」と返事がかえってきた。

「じゃあね、母さん」ジョゼフは列車のドアに向かってあとずさりながら言った。プラットフォームにさっと目を走らせ、母親のほうへ伸びあがって、頬に素早くキスをする。「元気でね」

「向こうへ着いたらすぐ電話するのよ」母親は言った。「毎日手紙を書いてね。毎晩歯を磨くことになってるって、おばあちゃんに伝えて、肌寒いときには——」

「わかったよ、だいじょうぶだって、母さん」

「じゃあな」と父親。

「じゃあね、父さん」ジョゼフも言い、二人はまじめな顔で握手した。「元気でね」

「楽しんでおいで」

列車のステップを上るとき、母親の声が聞こえてきた。「向こうへ着いたら電話してね。気をつけるのよ――」

「うん、行ってきます」ジョゼフは言い残して車両の中に入った。父親が選んでくれたのは、車両の端の二人がけの席だった。腰を落ち着けたジョゼフは、両親のいる窓の外へ仕方なく顔を向けた。父親は男のくせに不安そうな表情で、ジョゼフに手を振って勢いよくうなずいた。何もかもだいじょうぶだ、手はずはちゃんと整ってる、というように。だが母親のほうは、不安そうに両手をもみ合わせながら窓に近づいてきて、さいわい車内の人には聞こえないが、たぶん数マイル先まで届いている声で、見たところかなり長々と、やっぱり気持ちが変わったから、おまえといっしょに行こうかと思うの、と述べ立てているようだった。ジョゼフはうなずいてにっこりし、手を振って肩をすくめ、聞こえないと伝えたが、母親はしゃべるのをやめず、ときどき不安そうに列車の先頭のほうへ目をやった。息子の身は安全だとはっきり確信が持てないうちに、エンジンがスタートしてジョゼフをつれ去ってしまうのでは、とおびえるように。

ここ何日か、祖父の家への一人旅について、母親が思いつく限りの注意や不安を並べ立てているという、あながち的はずれでもない印象を抱いていたジョゼフには、「気をつけて」とか、「着いたらすぐ電話するのよ」とか、「手紙を書いてね」とか言われているのが、聞こえなくてもわかった。と、そのとき、列車が軽く振動し、動きを止め、また少し振動した。ジョゼフは笑顔のまま手を振りながら窓から離れた。列車が進み始めたとき、母親が口にしていた言葉は、「ほんとにだいじょうぶなの？」だったに違いない。母親は動き出した列車の中のジョゼフに向かって投げキスをよこし、ジョゼフはひょいとそれをよけた。

列車に乗ってゆっくりと両親から引き離されていくあいだ、これからのことを考えてジョゼフは浮き浮きしてきた。旅はほんの三時間余りだし、駅の名前はわかっているし、切符はちゃんと上着のポケットに入っている。どんな形であれ、母親の不安に巻きこまれるのは不本意だったが、切符が無事かどうか、何度かこっそりと確認したのだ。漫画の本は五、六冊あるし——ふだんは許されない贅沢だ——チョコレートバーも持っている。スーツケースと野球帽も手元にあるし、一塁手のミットは自分でちゃんと荷物に入れておいた。ズボンのポケットには一ドル札が入っている。万一の場合に備えて、息子に少しお金を持たせなくては、と母親が考えたのだ。母親の頭には、その「万一の場合」が具体的に浮かんでいた——たとえば、列車事故とか（大事故のときには、少なくとも家族に知らせが届くまでは、被害者が何かの費用を払わされることはない、と父親は説明したのだが）、何か大事なことにお金が入り用になって、祖父の収入では足りないとかいう場合だ。父親もまた、途中で何か買いたくなるかもしれないし、男たるもの、ポケットにお金も入れずに一人旅をするべきではないから、少し小遣いを持っていったほうがいい、という考えだった。「列車の中で女の子と仲良くなって、お昼をおごりたくなるかもしれないからな」父親は陽気に言い、母親は父親の顔をじっと見てこう言った。「ジョゼフはそんな真似をしないと思いたいわ」ジョゼフと父親はウィンクを交わした。そして今、漫画の本とスーツケースと切符とチョコレートバーのことを考え、薄っぺらだが存在感のあるポケットの中の一ドル札を意識しながら、ジョゼフは柔らかな座席にもたれ、窓の外を一定の速さで過ぎていく家々をちらりと見て独り言を言った。「これぞ人生だよ」

　漫画本とチョコレートという豪勢な楽しみを味わう前に、ジョゼフは少しのあいだ、列車の後ろへ消えてゆく故郷の家々をながめていた。ジョゼフの行く先、祖父の農場では、雌牛と、馬と、たぶん草原でのとっくみ合いの夏が待っている。ジョゼフがあとに残してきたのは、学校と、学校がらみの果てしない厄介事と、父さんと、母さんだ。母さんはまだ列車を見送りながら、手紙を書けって言ってるかな、とジョゼフはつかのま考えたが、次の瞬間には母親のことなどほとんど忘れてしまっていた。心からの喜びにため息を漏らすと、ジョゼフは座席にもたれて漫画の本を一冊引っぱり出した。強大な魔術師が敵意あるアフリカの諸部族を相手に、とことんリアルな冒険をするという内容だ。これぞ人生だよ、とふたたび自分に言い聞かせ、もう一度窓の外へ目をやると、ジョゼフと同い年くらいの少年が、フェンスに座って通りすぎる列車をながめていた。ジョゼフは一瞬、手を振ってやろうかと思ったが、旅人としての沽券《こけん》に関わる気がして考え直した。フェンスに腰かけた少年は汚れたスエットシャツを着ており、それを見たジョゼフは、シャツの硬い襟とスーツの上着に包まれた体をもぞもぞと動かした。スーツケースに入っている、〈ブルックリン・ドジャース〉のロゴがついた、古くて肌触りのいいシャツが着たくてたまらない。車内で着替えをするという、けしからぬ考えが頭に浮かび、よそいきのスーツを着ずにおじいちゃんちに到着してもいいかな、と真剣に考え始めたとき、ひどく理不尽で残酷な出来事がふりかかってきて、あらゆる賢明な考えが頭からふっとばされてしまった。だれかが息を切らしながらとなりに腰かけたのだ。鼻をかすめる香水の匂いと、スカートの揺れとしか思えない布の動きからいって、ジョゼフの楽園に侵入してきたのは女に違いない。こんなのってないよ、とジョゼフは憤った。

「ここ、あいてる？」その女は言った。

ジョゼフは女の存在を認めまいとして、そちらへ顔を向けなかったが、ぶすっとした声で返事はした。「うん、あいてる」あいてるとも、だからぼくはここに座ってるんじゃないか。席はいくらでもあるんだから、わざわざぼくのとこに来ないで、そっちへ行って座ったらどう？

窓の外の風景を夢中で見ているふりをしながら、ジョゼフは心の中で、このおばさんがスーツケースを忘れたと突然思い出したり、切符を持っていないと気づいたり、お風呂の水を出しっぱなしだと気づいたりしないかな、とひたすら願っていた。何でもいいから、最初の駅で列車を降りて、ぼくの目の前から消えうせてほしい。

「遠くまで行くの？」

しかも話しかけてきたよ、とジョゼフは思った。ぼくの席に座ったうえに、うるさくおしゃべりしようっていうの？　ほんと、迷惑なおばさん。「うん。メリータウン」

「お名前は？」

長年の経験のおかげで、ジョゼフは何を訊かれようと、一文で答えることができた。こういう展開には慣れっこなのだ——九歳、と言ってやればいい。五年生。ううん、学校は好きじゃない。学校で何を勉強してるかって？　なんにも。学校はきらいだし、好きなのは映画だから。今はおじいちゃんちに行くところ。いちばんきらいなのは、となりに来て座って、くだらない質問をするおばさん。母さんにお行儀のことをしょっちゅううるさく言われてなかったら、荷物をまとめて別の座席に移るんだけど。そうやって質問するのをやめないなら——

「お名前は、ぼうや」

ぼうやだってさ。その上、ぼうやだって。ジョゼフはむかっ腹を立てた。

「ジョー」

「いくつ？」

ジョゼフが疲れたように目を上げると、車掌が車両に入ってくるところだった。この迷惑なおばさんが切符を忘れてきたってことは、たぶんあり得ないけど、乗る列車を間違えたってことは、ひょっとしたらあるんじゃないかな。

「切符持ってる、ジョー？」

「あるよ。おばさんは？」

女は笑ってこう言った——どうやら車掌に向かって言っているようだった。このときの女の声は、小さな男の子に話しかけるときの声ではなく、車掌や、タクシーの運転手や、店員に話しかけるのにふさわしい声だったからだ――「わたし、切符がないのよ。買う時間がなかったの」

「どちらまで?」車掌が訊いた。

このおばさんのこと、放り出してくれないかな? ジョゼフは初めて女のほうをふり返り、熱意と期待をこめてその顔を見つめた。ひょっとして、お願いだから、後生だから、列車から放り出してくれないかな。「メリータウンまで」と女は言い、ジョゼフは、大人とは総じて頭の弱い生き物であるという確信をいよいよ強くした。車掌は持っていた帳面から紙をちぎって、パンチで穴をあけ、「二ドル七十三セントです」と女に言ったのだ。女がハンドバッグをかき回して金を探しているあいだに――切符を買うってわかってたなら、どうしてお金を用意しとかなかったんだよ、とジョゼフはあきれ果てた――車掌はジョゼフの切符を受けとって、にやっと笑いかけてきた。「息子さんは切符を持ってるようですな」と女に言う。

女はにっこりした。「先に駅に着いてたから」

車掌は女におつりを渡し、車両の先へと進んでいった。「おかしかったわね。あの人、わたしたちが親子だと思ったのよ」と女は言った。

「うん」とジョゼフ。

「何読んでるの」

ジョゼフはうんざりして漫画を下ろした。

「漫画」

「おもしろい?」

「うん」

「ねえ、そこにお巡りさんがいる」

女が指差したほうへ目をやると――たいていの女性は警官と郵便屋の区別がつかないものだとわかっていたから、信じられない気がしたが――確かにそれは警官で、殺人犯か国際的な宝石泥棒がこの列車にこっそり乗っているのでは、とでもいうように、乗客に真剣な目を注いでいた。警官は車内をしばらく観察したのち、二、三歩前へ出て、ジョゼフと女が座っているいちばん端の席のかたわらに立った。

「お名前は?」と厳《いかめ》しい声で女に訊く。

「ミセス・ジョン・オールドリッジです」女はすかさず答えた。「これはうちのぼうやのジョー」

「やあ、ジョー」

ジョゼフは言葉もなく警官を見あげて、こくりとうなずいた。

「どこで乗りました?」警官が女に訊いた。

「アッシュヴィルです」

「あなたくらいの背丈と体格で、毛皮の上着を着た女がアッシュヴィルで乗りませんでしたか?」

「見かけませんでしたけど。なぜです?」

「指名手配犯です」警官は簡潔に答え、「よく気をつけていてくれよ」とジョゼフに話しかけた。「賞金がもらえるかもしれないぞ」

警官は車内を歩いていき、ときどき立ち止まって、一人旅と思《おぼ》しき女性に声をかけていた。そのあと、車両の反対の端から出ていってドアを閉めた。ジョゼフは横を向いて、となりの女をしげしげと見た。「何やったの」

「お金を少し盗んじゃったの」女は言って、にやりと笑った。

ジョゼフもにやりと笑い返した。今までの彼なら、かわいくて愛すべき女性を挙げてみろ、とだれかに強く言われても、せいぜい母親くらいしか思いつかなかったかもしれない。だけどこのとき——ひょっとすると、無法者のかっこよさを感じるからだろうか——となりに座っている女が、最初に考えていたよりずっと魅力的だとわかった。美人だし、髪もふんわりしてるし、笑顔は感じがいいし、口紅や何かをごてごて塗っていないし、手に触れる毛皮の上着はゴージャスで柔らかい。それに、この女がにやりと笑いかけてきたとき、ジョゼフははっきりと悟ったのだ。何歳だとか、学校は好きかとかいうくだらない質問を、これ以上されることはないだろう、と。そして気がつくと、いたって愛想よく女に笑顔を返していた。

「おばさん、つかまるの?」

「そうよ。じきにね。でも、つかまってもいいくらい素敵な思いができた」

「どういうこと」ジョゼフは訊いた。犯罪が割に合わないことはよく知っている。

「わたしね、アッシュヴィルで二週間くらい楽しく過ごすつもりだったの。このコートがほしかったし、とにかく服や何かを山ほど買いこみたかったのよ」

「それで？」

「それで、勤め先のけちんぼじじいからお金を盗んで、アッシュヴィルに出かけて、服を買って、映画やら何やらいろいろ行って、めいっぱい楽しんだの」

「休暇みたいだね」

「そうね。もちろん、そのうちつかまるってずっと思ってた。第一、いつかは家に帰らなくちゃいけなかったし。だけどもう、つかまっても悔いはないわ！」

「いくら盗んだの」

「二千ドル」

「うわ！」

二人はゆったりと席にもたれた。ジョゼフはほとんど迷いもせずに、獰猛なアフリカの部族の漫画を女に勧めた。警官が車両の中を引き返してきて鋭い視線を向けたときには、二人は肩を寄せ合ってくつろいでいた。女は見たところアフリカでの冒険譚に没頭していて、ジョゼフは物騒なギャングの殺人事件を解決する、空飛ぶ新聞記者の活躍に夢中だった。

「そっちの本はどう、母さん」警官が通りすぎるとき、ジョゼフは大声で尋ね、女は笑いながら答えた。「なかなかよ」

警官が出ていってドアが閉まると、女は小声で言った。「ねえ、こうやってうまいこと逃げ続けるのって楽しいわ」

「いつまでもってわけにはいかないよ」ジョゼフは言った。

「そうね。でも、残ったお金は自分で返しにいきたいの。充分楽しませてもらったから」

「あのさ、もし、そういうことしたのが初めてだったんなら、あんまりひどい罰は受けないんじゃないの？」

「もう二度とやらないわ。人が生きてるのって、たった一度、こういう素敵な時間を過ごすためなの。その時間を過ごしたあとなら、罰を受けてもそんなに気にならないのよ」

「どうかなあ」ジョゼフは納得のいかない声で言った。マッチと父親の葉巻や、ほかの子のお弁当箱にまつわる自分自身の小さな罪が次々に心をよぎっていく。「今は二度とやらないって思ってても、そのうち――やっちゃうこともあるんじゃないかな」しばらく考えてから、「でもぼく、いつだって、二度とやりませんって言うんだけどね」

「またやっちゃったら、次のときは二倍もひどい罰を受けるのよ」

ジョゼフはにやっとした。「いっぺん母さんのハンドバッグから十セント盗ったことがあるんだ。でもそれは二度とやらないよ」

「わたしも同じことしたってわけ」

ジョゼフはかぶりを振った。「もしもお巡りさんが、父さんがぼくをぶったみたいに、おばさんのことをぶとうと思ってるんなら……」

少しのあいだ、打ち解けた感じの沈黙が流れたが、やがて女が口を開いた。「ねえ、ジョー。

おなかすいてない？　食堂車に行きましょうよ」

「ずっとここに座ってろって言われてるんだ」

「だって、わたし一人じゃ行けないわ。わたしが怪しまれないのは、警察が追いかけてる女はぼうやと旅してるはずがないからよ」

「ぼうやって呼ばないでよ」

「どうして」

「息子とか、そういうふうに呼んでよ。ぼうやってのは気に入らない」

「わかった。とにかく、わたしといっしょなら、食堂車に行ってもお母さんは気にしないと思うわ」

「絶対気にするよ」ジョゼフはそう言ったものの、立ちあがって、女について車両を出ていき、次の車両を通り抜けた。乗客は通りすぎる二人をちらりと見ては目をそらした。ジョゼフは得意になってこう考えた。悪人には見えないこの親子づれが、こうして歩いてるあいだにも警察を出し抜いてると知ったら、みんなもっとじろじろ見てくるだろうな。

　二人は食堂車で席を見つけて座った。女はメニューを手にとった。「何食べる、ジョー」

ジョゼフは女と、せわしなく行き来するウェイターと、きらめく銀器と、真っ白なクロスやナプキンを幸せそうに見た。「すぐには決められない」

「ハンバーグ？　スパゲッティ？　それとも、デザートだけ二、三種類？」

ジョゼフは目を見開いた。「それって、アイスクリームつきブルーベリーパイとホットファッジサンデーとか、そういうこと？　ねえ、そういうこと？」

「そうよ」女は言った。「最後にいっぺん、豪勢なことをするのもいいかと思って」

「母さんのハンドバッグから十セント盗ったときには、五セントでガムを買って、五セントでキャンディを買ったよ」

「ねえ」女はまじめな顔で身を乗り出してきた。「そのキャンディとガム——だいじょうぶだった？　つまり、いつもと同じだった？」

ジョゼフはかぶりを振った。「だれかに見つかりそうな気がして、道ばたでキャンディ全部、二口で食べちゃったし、ガムは怖くて包みがあけられなかった」

女はうなずいた。「だからわたし、こんなに早く帰ろうとしてるんだわ」そう言ってため息をついた。

「でもさ」ジョゼフは冷静に言った。「まずはブルーベリーパイを食べたほうがいいと思うよ」

二人は和《なご》やかに昼食を食べ、野球や、テレビや、ジョゼフの将来の夢のことを話した。一度さっきの警官が食堂車を通りすぎ、二人に笑顔でうなずきかけていった。ジョゼフが昼食の仕上げにスイカを一切れ食べると決めたときには、ウェイターが目を丸くして笑い出した。食事を終えて、女が勘定を払ってしまうと、あと十五分でメリーランドに着くとわかり、二人はジョゼフの漫画本をスーツケースにしまおうと慌てて席にもどった。

「おいしかった、ごちそうさま」席に着いたとき、ジョゼフは女に言い、ちゃんとお礼を言うのを覚えていてよかったと思った。

「どういたしまして。だってジョーはわたしのぼうやでしょ？」

「ぼうやって言っていいんだっけ？」ジョゼフが注意すると、女は言い直した。「わたしの息子でしょ？」

ジョゼフの面倒をみてくれと頼まれていたポーターが、車両のドアをあけて首をつっこんできた。ポーターはジョゼフを安心させるように笑顔を向けて、「あと五分で駅に着くよ」と教えてくれた。

「ありがとう」ジョゼフは言って、女に向き直った。「ひょっとして」と真顔で話しかける。

「本当に反省してますって言ったら――」

「許してもらおうとは思ってないわ。なにしろ、うんと楽しんだんだから」

「そうだね。でも、二度とやらないんだよね」

「最初からわかってたの、そのうち罰を受けることになるって」

「うん。もう逃げられないね」

列車は少しずつ速度を落とし、ジョゼフは祖父が待っているかと窓から外をのぞいた。

「いっしょに降りないほうがいいわ。知らない人といっしょにいるのを見たら、おじいちゃんが心配するかも」

「そうだね」ジョゼフは立ちあがってスーツケースをつかんだ。「じゃあね」とためらいながら別れを告げる。

「さよなら、ジョー」と女は言った。「ありがとう」

「うん」とジョゼフは答え、列車が止まるとドアをあけてステップへ出た。スーツケースを抱えて降りるのをポーターが助けてくれた。降りてからふり返ると、祖父がプラットフォームをこちらへ近づいてくるところだった。

「よく来たな」と祖父は言った。「ちゃんとやれたじゃないか」

「うん。なんてことなかった」

「おまえには無理だなんて、いっぺんも思わなかったぞ。お母さんが――」

「着いたらすぐ電話しろって言ってたんでしょ。わかってるよ」

「じゃあおいで。おばあちゃんが家で待ってる」

祖父はジョゼフを駐車場につれていって車に乗せ、スーツケースも積みこんでくれた。祖父がジョゼフのとなりの運転席に乗りこんできたとき、ジョゼフは列車のほうをふり返った。あの女が列車にいた警官に腕をつかまれて、プラットフォームを歩いている。ジョゼフは車から身を乗り出して、ちぎれそうなくらい手を振った。「さよなら」と大声で呼びかける。

「さよなら、ジョー」女も手を振って叫び返した。

「やっぱり警察につかまったなんて、残念だな」ジョゼフは祖父に言った。

祖父は笑い声を上げた。「そりゃ漫画の読みすぎだな。警官といっしょにいる人がみんな逮捕された犯人ってわけじゃない――あの警官は、弟か何かだろう」

「そうだね」

「旅は楽しかったか?」祖父は尋ねた。「何もなかったか?」
ジョゼフは少し考えて、「フェンスに男の子が座ってた」と答えた。「でもぼく、手は振らなかった」

『ハーパーズ』一九五二年七月

「はい」と一言

こんな気持ちになるのは、どうしようもないことですよね？　ハワードとドリーはいつだって、わたしが繊細すぎるとか、なんにでも興奮しすぎるとか言いますけど、そのハワードも、ランスン夫妻の事故が最悪のタイミングで起こったことは認めるしかありませんでした。こんなことを言うと呆れられそうですけど、わたしは自分の考えを黙っているより、むしろ包み隠さず打ち明けたいほうなのです——確かに、いつだろうと起きてはならない事故でした。それでも、よりによってあの日に起きたせいで、わたしたちのメイン州への旅行がおじゃんになったのは本当に腹が立ちました。

わたしと夫は、ドン・ランスンと奥さんのヘレンが住む家のとなりに、十六年前から住んでいました。うちのドリーやおとなりのヴィッキーが生まれるより前からで、言うまでもなく、家がとなり同士で娘たちも幼なじみとあって、ランスン夫妻とはずっと仲良く付き合ってきました。といっても、近所の人と四六時中うまくやる必要はありませんし、正直な話、ランスン夫妻の知り合いの中には、わたしたちから見ると少々風変わりな人たちもいました。そのうえ、ランスン夫妻には隠し事をするという習慣がなく、わたしたちのことも何から何まで知りたがりました。わたしはときどき、十六年のあいだ一日たりともプライバシーなんてなかった、と考えてはいらいらしたものです。仲のよい隣人をありがたいと思い、向こうからも好かれてはいたものの、ときにはその関係が負担に思えることもありました。わたしがよくハワードに言った言葉はこうです。ヘレン・ランスンはうちの夕食のメニューをいつだって知っているし、もちろんこっちも向こうのメニューを知っているのよ——。ランスン夫妻が例によって夫婦喧嘩を始めると、わたしたちはその声が聞こえないように、窓を閉めて地下室に下りていくはめになりました。そんなときでも、ヘレン・ランスンは翌朝になるとやってきて、わたしの肩にもたれて涙を流すと決まっていました。新しいおとなりさんがもう少し——そう——控えめな人たちだといいんですけど。

もちろん事故が起こったときには、ハワードもわたしもひどくショックを受けました。ハワードは州警察の警官といっしょに出かけていき、わたしはおとなりに行ってヴィッキーに知らせると申し出ました。お察しのとおり、気の重い役目でしたけど、だれかがやらなくてはいけませんし、ヴィッキーのことは生まれたときから知っているのです——。ありがたいことに、ドリーはキャンプに行っていました。ランスン夫妻はずっとおとなりさんでしたから、うちの娘は知らせを聞いたら心を痛めたはずです。あの夜、となりへ行って呼び鈴を押したとき、ヴィッキーがどう受け止めるかは想像もつきませんでした。十五歳の娘に一人きりで留守番をさせて両親が出かけるのは感心しない、とわたしは常々思っていました——女の子が一人きりの家に男が押し入ったというニュースを、しょっちゅう目にするではありませんか——それでも、隣人のわたしたちが家にいる以上、ヴィッキーはだいじょうぶだとヘレンは思っていたのでしょう。わたしたちは確かに、ランスン夫妻と違って毎晩のように出かけたりしませんから。

ですがヴィッキーは、あれこれ気を遣えるほうではありませんでした。あの夜だってヴィッキーは、どなたですかと訊いたり、客が男でないことを確かめたりせず、すぐさまドアをあけました。うちのドリーには、夜中に人が来たら、だれだか確かめるまでドアをあけてはいけないと言ってあります――。そう、ここではっきり言っておいたほうがいいでしょうね――わたしはヴィッキーが好きではありません。あの夜も、これからつらい思いをするはずの彼女に好意を持つことはできませんでした。もちろん、心から気の毒に思ってはいましたけど、その反面、ヴィッキーに事故のことを知らせたあと、どうしたらいいかしら、ということばかり考えていました。ヴィッキーはやたらと体が大きくて、不器用で、不細工でしたから、抱きしめて慰《なぐさ》めてやるなんて考えたくもありません――ヴィッキーの手を軽く叩いてやったり、髪を撫でてやるのは気が進まないけど、それをやるのはわたし一人しかいないのです。うちからおとなりに向かうあいだ、わたしはどうやって伝えようかとひたすら悩んでいました。ヴィッキーがドアをあけて、こっちを向いてぼんやり立っているのを見たときには――「こんばんは」の一言もありませんでした。要するに、あの子は人に何かを差し出すタイプではないのです――あやうく勇気がくじけそうになりました。それでも少し間を置いて、話があるから中に入ってもいいかしらと尋ねました。するとヴィッキーは、黙ってドアを広くあけて、少し後ろへ下がり、わたしが中に入るとドアを閉めて、その場に突っ立って待っていました。あの家のことは、自分の家と同じくらいよく知っていましたから、わたしはリビングに入って腰を下ろしました。ヴィッキーはついてきて、やはり腰を下ろすと、わたしの顔を見ました。

さて、何事も率直に伝えるのがいちばんです。そこでわたしはまず、優しい言葉をかけようと思いました。少し迷った挙句《あげく》、まじめな顔でこう言うことにしました。「ヴィッキー、心を強く持ってね」

ところがヴィッキーときたら、ろくな反応を返さないのです。ただそこに座ってこちらの顔を見ているばかり――。わたしはふいに思い当たりました。これほど尋常でない騒ぎが起きているんだもの――ハワードがああして真夜中に車で出かけていったし、うちには煌々《こうこう》と明かりがついているし、わたしはこうやって訪ねてきたし――この子にも、何か悪いことが起きたとわかっているのかもしれない。それが両親に関わることだと、すでに見当がついているのかもしれない。だとしたら、なるべく早く本当のことを教えてやったほうがいい――。「事故があったのよ、ヴィッキー。州警察のアトキンス巡査がさっき電話してきたの。あなたがこの家に一人きりだと知っていて、だれかについていてほしかったんですって」あまりいい切り出し方とは思えませんでしたが、次に言うべきことを口に出すよりは、遠回しなことをしゃべっていたかったのです。わたしは深呼吸して言いました。「お父さんとお母さんのことよ、ヴィッキー、事故があったの」

ヴィッキーはそれまでずっと無言でした。わたしが玄関を入ったときから一言もしゃべっていません。そのとき口にしたのも一言だけでした――「はい」と。

きっとショックのせいだわ、とわたしは思いました。幸いハワードが、出かける前にハート医師《せんせい》に電話して、ランスン家に来て女房といっしょにヴィッキーについててください、と頼んでくれていました。先生はいつになったら来てくれるんだろう、とわたしは考え始めました。具合の悪い人の世話をするのは得意じゃないから、絶対に何かまずいことをしてしまう、と思ったのです。先生のことを考えながらわたしは言いました。「いつもスピードを出しすぎてたから――」するとヴィッキーは答えました。「そうですね」わたしは彼女が泣き出すのを待っていました。あるいは、こういう娘なりに両親の死の知らせに何かしら反応を示すのを。ですがそのとき思い当たりました。この子はまだ両親が事故に遭ったと聞かされただけで、亡くなったことは知らないのです。そこでもう一度深呼吸して口を開きました。「二人とも――」とところがその先が言えません。どうしても言葉が出てこないのです。とうとうわたしは言いました。「逝《い》ってしまったの」

「わかってます」というのがヴィッキーの返事でした。心配するまでもなかったのです。

「本当にお気の毒にね、ヴィッキー」今こそそばへ寄って頭を撫でてやるときでしょうか？

「父さんと母さん、本当に死ぬと思っていたんでしょうか？」とヴィッキーが訊きました。

「普通はそんなこと思ってる人なんて……」とわたしは言いかけましたが、ヴィッキーは聞いていませんでした。両手に目を落として、かぶりを振っています。やがて口を開いて話し始めました。「あたし、二人に言ったんです。二か月くらい前に、母さんに教えたんです。事故が起きて、二人とも亡くなるって。だけど母さんは聞いてくれなかった。だれも絶対に聞いてくれないんです。母さんたら、思春期の空想よ、なんて言ってました」

これぞまさしくヘレン・ランスンらしい言い草です。思春期の空想、そういうことを言って、子どもと誠実に向き合うふりをする人でした。むろんわたしは、他人の教育に口を挟む気はありませんけど、うちではドリーが間違ったことをしたらお尻を叩きましたし、こういう心理学の専門用語を持ち出して、子どもの過ちは母親の責任だとドリーに思わせたこともありません。

「ご両親にはみんなが忠告していたと思うわ。そんな運転をしてたらまずいことになるって。わたしもヘレンに一度――」

「悲しむのはそのときに済ませたんです」言い訳しなくちゃ、と思いついたようにヴィッキーは言いました。「母さんに教えたけど、信じてもらえなかった。あたし、イギリスのロンドンに住んでるシンシア叔母さんのところへ行って暮らすことになる、とまで言いました」ここでヴィッキーはわたしに向かってにっこりしました。「あたし、ロンドンが好きになります。その大きな学校に行って、いっしょうけんめい勉強するんです」

わたしが知る限り、イギリスのロンドンに住むシンシア叔母さんには、まだ事故の知らせも届いていないはずでした。けれども、両親が事故で亡くなったと聞かされて五分もたたないうちに、この子が平然と座って将来の計画を立てているのなら、そう、言えることはこれだけでした――ヘレン・ランスンの心理学が（ことによるとヘレンにとってはあまり好ましくない形で）成果を上げたのかもしれません。仮にわたしの身に何かあったとしたら、うちの娘には涙を流すくらいの思いやりを見せてほしいものです。もっとも、好意的な見方をするなら、ヴィッキーはショックを受けていたんでしょうけど——。

「お気の毒にね」先生はいつ来てくれるのかしら、と思いながらわたしは言いました。

「シンシア叔母さんは火曜日にここに来ます」とヴィッキー。「最初に乗る飛行機はエンジンのトラブルで引き返さなくちゃいけないんです。メイン州への旅行、残念でしたね」

わたしは心を動かされました。およそ子どもにとって最悪の不幸に見舞われたというのに、この子はわたしたちのメイン州旅行のことを考えてくれている——。確かに、わたしたちにとってこれ以上の不運はありませんでしたが、子どもというのは、なかなか大人の立場に立って物事を見たりできないものです。両親に関するニュースに涙を見せないとしても、この子はちゃんと人に同情することができる——それを知って、わたしは嬉しく思いました。「そのことは心配しないで」とわたしは言いました。もちろん、隣人が事故で亡くなった翌朝、メイン州に向けて発つことなどできませんが、ヴィッキーがそのことを気に病んでもどうにもなりません。「気にしなくていいのよ」

「そのうちロッジのあたりが寒くなりますから、年内に行くことはできません。どこか別の場所に出かけることになるはずです。でも、船旅はやめておいてください。お願いですから」

「ええ、わかったわ」先生が今入ってきて、わたしの心配事が話題になっていると知ったら、いったいどう思うでしょう。そこでわたしは言いました。「叔母さんがいらっしゃるまで、うちに泊まればいいわ」

「ドリーの部屋に」

わたしはまだ何も考えていませんでしたが、むろんドリーの部屋で寝泊まりしてもらうのがいちばんでした。客用の寝室はいつ使うことになるかわかりませんし、ドリーはあと二週間キャンプから帰ってきません。「しばらくのあいだ、あなたがうちの娘だっていうふりをしましょう」こんなこと言ってよかったのかしら、とわたしは思いました――それは実際、ずいぶん馬鹿げた言葉のように聞こえました。結局、わたしもヴィッキーと同じくらいショックを受けていたみたいです。ちょうどそのとき、先生の車の音が外から聞こえてきたので、正直なところほっとしました。こういう知らせを聞いた子どもが、うろたえもせず落ち着き払っているのは、やっぱりどこかおかしいと感じていたのです。

　わたしはヴィッキーを先生に任せて二階に行き――さっきも言いましたけど、あの家のことなら、自分の家のようによく知っていますから――ヴィッキーがうちへ持ってくるものをまとめました。といっても、朝もう一度、必要なものをとりにくればいいので、引き出しから清潔なパジャマ一組と、クローゼットから上等の通学着を引っぱり出したくらいです。ヴィッキーはこれから二、三日、大勢の人に会うことになるのだから、できるだけ身なりを整えてやっても悪いことはないでしょう。浴室からヴィッキーの歯ブラシをとってきたとき――わたしは家事のやり方にうるさいほうではありませんが、浴室をヘレン・ランスンみたいにしておくのはプライドが許しません――ヴィッキーにも心を慰めるぬいぐるみの犬や人形の類《たぐ》いがあるかもしれない、と思いつきました。ドリーは十五歳ですが、幼いころわたしが与えた小さな青いライオンをまだ持っていて、悩みがあると、その青いライオンといっしょにベッドに入るからすシヨックを受けたことでしょう。本はもちろんありましたし、両親の写真もありました。絵具セットと、ゲームもひとつかふたつ。ですが……何というか、心を和《なご》ませるものがまったく見当たりませんでした。しまいに枕を持ちあげてみると、赤い表紙の小さなノートが出てきました。学校の帳面か何かのようでしたけど、枕の下にあったということは、きっと大切なものなんでしょう――ドリーもそうやって枕の下に日記を隠しています。むろんわたしは中をのぞいたりしませんが、日記のありかを人に知られたと気づいたら、ドリーは大騒ぎするに違いありません。ヴィッキーはこの小さなノートを身近に置いておきたいかもしれない、と思ったので、わたしはそれをナイトガウンやきれいなくつ下といっしょに荷物に入れ、少し考えてから（結局のところ、これがドリーの身に起きたことだったら、だれかに同じようにしてほしいではありませんか）、両親の写真を手にとって、それも入れました。下へ行くと、ヴィッキーはあいかわらずリビングに座っていて、先生がそばについていました。わたしが入っていくと、先生はこちらを見て肩をすくめました。わたしと同様、ヴィッキーの涙を見ることはできなかったのでしょう。わたしは先生を送って廊下へ出ました。先生は鎮静剤を与えたよと言い、わたしは、うちへつれていってドリーのベッドで寝かせますと伝えました。「あの子はちっとも気にしてないみたいですね」

「時間がかかることもあるんだよ。むごい話だ。あまりにつらすぎて、いっぺんには受け容れられないんだろう。明日にはもっと実感が湧いているよ。朝、お宅へ寄って様子を見るとしよう」

そこでわたしはちゃんと明かりを消し、戸締まりしてから、ヴィッキーの荷物を抱えて、二人でとなりのわが家へもどりました。自分の家に帰ったときはほっとしましたけど、荷造りを済ませたスーツケースが廊下に置いてあるのを見て、心がきりきりと痛みました。翌朝は早く発つつもりだったのですが、こうなった以上、また何もかもスーツケースから出さなくてはいけません。ココアを一杯飲む？　と訊くと、ヴィッキーは飲みますと答えました――この子が食べ物を断るところは見たことがありません。そこでココアと手製のチョコレートケーキをキッチンで与えておいて、わたしは二階へ行き、ドリーの部屋をヴィッキーのために整えました。ドリーのものはたくさん持ち出しました。というのも――意地悪だと思われたくはありませんが、本当のことです――あの大きくてのっそりした娘が、ドリーのかわいらしい絵や人形やネックレスやダンスの記念品に囲まれて寝ているところなんて、どうにも想像できなかったのです。ドリーの部屋にいるあの子は、ドールハウスにいるドリーみたいに窮屈そうに見えることでしょう。わたしはベッドをきちんと整え、ドリーの青い布団をかけました。どうせドリーが帰ってくる前に洗わなくてはいけないのです。それからヴィッキーを二階につれてきて、彼女が服を脱ぐあいだ外で待っていました。寝かしつけてやろうと部屋に入るときには、もちろん覚悟を決めていました――ためらったりせず、お休みのキスをしてやろう、なにしろこの子は今や世界じゅうに一人きりで、頼れる相手は優しく受け容れてくれる隣人だけなんだから、と。わたしが入っていくと、ヴィッキーはもうベッドに入っていました。先生の鎮静剤が――あるいはわたしのホットココアが――効いているのでしょう、見るからに眠そうで、ネズミを獲ったあとの大きな猫みたいに満ち足りた顔をしています。ドリーのベッドに寝ていると、その体はまさにはみ出しそうなくらいでした。それでも彼女は気丈にふるまおうとしていました。枕の上でふり返り、わたしのほうを見て軽く笑ってみせたのです。泣き出しそうなのかも、とわたしは思いましたが、ヴィッキーはこう言っただけでした。「父さんと母さんにちゃんと教えたんです。あたし、二か月前から知ってたんです」

「そうでしょうね。今夜はもう、そのことは考えないで」

「二人とも信じてくれませんでした」

「ねえ、あなたのせいじゃないんだから、くよくよ考えても仕方ないのよ。今はお休みなさい」

「何もかも知ってたんです」

「シーッ」わたしは明かりを消して、お休みのキスをしにいきました。するとヴィッキーはわたしを見あげて言いました。「船に乗っちゃだめですよ」ヴィッキーはその妙な頭の中で、なぜか船とわたしを結びつけていたのです。混乱し、呆然としていた最初の数日間に五、六回、ヴィッキーは船のことを口にしたと思います。何か小耳に挟んだか、ヘレンとドンの言ったことが――二人が最後の日に言った言葉でしょうか。そういう言葉は忘れられないものです――わたしに関係あったのかもしれません。二人がわたしたちのことをしょっちゅう噂していたのは確かですから。とにかく、そのときのわたしは、もう船のことは心配しないで、何もかも大丈夫よ、と請け合い、とうとう身を屈めて巨大な白い額にちょっと唇《う》をつけました。「お休みなさい」

「お休みなさい」とヴィッキー。夜中に彼女が目を覚まして、ドリーの部屋にいることを思い出せないといけませんから、わたしは常夜灯をつけ、ドアを閉めて階下へ下り、ハワードを待ちました。

ハワードはくたくたになって帰ってきたので、わたしはココアを淹《い》れてやり、彼が飲んでいるあいだ、二人でメイン州への旅行について話をしました。「こうなったら、行くわけにはいかないわ。あの子、二階にいるのよ。叔母さんが来てくれるまで、わたしたち何もできないわね」

「叔母さんには知らせが行ったよ。警察が電報を打ってた」

「頭にくるのは、荷物をほどかなくちゃいけないってこと。それと、旅行のために、あのきれいな緑のセーターを買ったのに」

「だからって、あの子を一人で残して出かけるのは人聞きが悪いだろう?」

「そうね」とわたしは言いました。「ひどい話だわ。もちろん、いつ起きてもひどい話だけど、まさか、こんな日に出かけていって事故を起こすなんて」

「仕方ないよ。何かほかの計画を立てよう。ヴィッキーは寝てるの?」

「寝てるはずよ。ココアを飲ませたから。そういえば、あの子にもいらいらさせられるの。涙の一滴もこぼさないのよ」

「ああいう子は、心の底ではつらい思いをしてたりするんだ」

「そうかもね」でもわたしはそうは思いませんでした。「明日はもう、早く発たなくていいのよね」

ハワードがスーツケースを二階に持っていくのを見て、わたしは本当に泣きたくなりましたが、元気を出せとハワードに言われました。「今回は運が悪かったけど、何かほかのことを考えればいいさ」

翌日はすることがたくさんありました。まずはスーツケースを荷ほどきして、皺《しわ》にならないように何もかもしまいました。それから、ランスン家に行って少し片づけておかなくちゃ、と思いつきました――ヘレン・ランスンはいつだって散らかし放題でしたから、夕食のお皿が汚れたまましシンクに重ねてあっても、わたしはびっくりしなかったでしょう。家につれてきてよくわかったのですが、ヴィッキーは、たとえ皿が汚れていても絶対に洗ったりしなかったはずです。とにかくあの子は、何ひとつしようとしないのですから。ヘレン・ランスンが、ヴィッキーが散らかしたものを片づける姿はどうしても思い浮かばないので、あのがらんとした部屋の掃除や片づけはヴィッキーが自分でやっていたのでしょう。ですが彼女はうちではドリーのベッドを一度も整えませんでしたし、椅子から立ちあがってお皿をキッチンに運んだりもしませんでした。また、半分は自分が汚したのに、雑巾や掃除機をかけましょうか、と申し出たこともありませんでした。

もちろん、あの子はひどく悲しい目に遭ったばかりですから、わたしは何もかも大目に見てやりました。けれどもうちのドリーなら、何が起ころうともあんなふうにふるまうとは思えません。つまり、わたしが死んだとしても、うちの娘はしつけられたことや、わたしが教えたお行儀を忘れないでしょうから、まったく心配は要《い》らないのです。

ヴィッキーは、話しかけられても二回に一回は返事すらしませんでした。その日の朝、家から何か持ってきてあげようか、とわたしが尋ねても、ヴィッキーはじっとこちらを見ただけでした。要るものなどなかったのかもしれません。叔母さんが何もかもちゃんとしてくれるだろう、とわたしは考えました。ヘレン・ランスンはきれいな器をいくつか持っていましたし、わたしが右腕と引き換えにしたいほどのワイングラスも一セット持っていました。彼女の祖母が遺したもので、ヴィッキーのような子でもその価値が少しはわかるはずでした。けれども、わたしがワイングラスのことを口に出し、ほしくてたまらないわと言ったときも、彼女はこちらの顔をじっと見ただけでした。わたしはランスン家を片づけて、ヴィッキーの服をとり出したあと、どこもかしこもしっかり施錠し、鍵を家に持ち帰って、叔母さんが来たらすぐ渡せるように炉棚の上に置きました。わたしがこういう人間でなかったら、その日のうちにワイングラスを自分のものにしたかもしれません――そうしたところで、だれにもわからなかったでしょう。

その日は次々に客がやってくるはずでした。ランスン夫妻は人気者でしたから、ヴィッキーはだいじょうぶか、わたしが彼女を餓えさせたり、殴ったりしていないかと、友人が大勢立ち寄ってもおかしくありません。夫妻の友人は山ほどいるのですから、だれかがヴィッキーを預かろうと名乗り出て、わたしたちはもう彼女に縛られなくても済むかもしれません。ですがもちろん、わたしたちは力を貸すべき場面に居合わせたのですし、ハワードの言うとおり、こんなに早く発つのはやっぱり体裁の悪い話でした。ヴィッキーの様子を見にきた先生は何も心配ないと言い、彼女は昼ごろまでドリーの部屋でドリーの本を読んで過ごしました。昼食のあと、わたしはヴィッキーに、ちゃんとした服を着て、髪を梳《と》かして、下へ来なさいと言いました。だれかが来たとき、きちんとした格好をしていてほしかったのです。幸い彼女は黒っぽい服を持っていました。真っ先にやってきたのはライト夫人でした。うちと同じ通りに住んでいる人で、知らせを聞いたばかりだといいます。ずっとハンカチを顔に当て、すすり泣くような声を漏らしていました。ヴィッキーはライト夫人の手を軽く叩き、お気の毒にね、本当にお気の毒にね、とくり返しましたが、ヴィッキーはライト夫人の顔を見返すばかりでした。一、二分それが続いたあと、ライト夫人はあきらめて、お茶を一杯飲もうと、わたしについてキッチンへやってきました。「事が起きたあとは、ずっとあんな調子なの？」

「いいえ。一晩じゅう寝てたわ」

「泣いてた？」

「一粒の涙もこぼさなかった」

わたしはカップをとり出しました。実はライト夫人に帰ってもらうのは容易なことではなく、最低限、お茶とチョコレートケーキくらいは出さなければならないのです。このあと、ランスン夫妻のおかしな友人たちがやってきたら、カクテルやポテトチップやクラッカーやオリーブの類《たぐ》いを出すはめになるのでしょう。「お気の毒にね」ライト夫人はそればかり言っていました。「ほんとにお気の毒にね。即死だったの？」

「そうじゃないかしら。わたしは何も知らないけど」彼女の訊きたいことはわかりましたが、教えてやる気はありませんでした。そういうことに興味を持つのは褒められた話ではありません。ハワードにはそれについて一言も尋ねていませんし、ハワードも教えようとはしませんでした。他人の災難に関して細かく知ろうとしなくても、だれもが日々の苦労だけで手一杯のはずだと、わたしは日ごろから思っているのです。「トラックに衝突したそうよ。それしか知らないの」

「でもまあ、今日の夕刊には載るわね。あの子もかわいそうに。だれが教えたの？　あなた？　そのときどんなふうだった？」

「だいたいご想像のとおりじゃない？」ヴィッキーがあんなふうなのを、わたしのせいにされたくはありませんでした。ライト夫人は、わたしの伝え方が悪かったのだと思っているのかもしれません。そこでわたしはお茶のお盆を持ってリビングへ引き返し、ライト夫人は仕方なくあとについてきました。リビングにはヴィッキーがいたので、ライト夫人もそれ以上尋ねることはできず、かわりに明るい話題を持ち出しました。ヴィッキーを少しでも元気づけるつもりだったのでしょう。そんなことしても無駄ですよ、と言ってやってもよかったのですが――。

　ライト夫人はヘイヴン夫人が食料雑貨店にラムチョップを忘れた、という話をしました。店主は夕食の最中に呼び出されて、彼女のために店をあけるはめになったそうです。それからライト夫人は、アクトン家の猫が車に轢《ひ》かれた、という話を始めましたが、途中で口をつぐみ、悪いことを言ったかしら、という顔でヴィッキーのほうをうかがい、慌てて孫のことを話し始めました。医大に受かったばかりだそうです。

「将来は医者になるのよ」と彼女は言いました。

するとヴィッキーが突然口を開きました。「もうじき、女の子を部屋につれこんだところを見つかって放校になります」

「ヴィッキー！」わたしはふさわしい言葉を思いつきませんでした。自分の子ではありませんから、罰を与えることはできませんが、ライト夫人はぽかんと口をあけています——どうにかしなくてはいけません。「若い娘は人前では礼儀正しい口をきくものよ、ヴィッキー」ドリーならライト夫人の孫について、絶対にこんなことを言ったりしなかったでしょう。

「あたしは気にしませんよ」とライト夫人。「あなたは今、つらい思いをしてるんですからね、ヴィッキー。でも、そういうことを考えるのはよくないわ。ご両親がこんな——」彼女は口をつぐんでまたハンカチをとり出しました。ヴィッキーは壁を見つめています。この娘をこっぴどく叩いてやったら胸がすっとするでしょう。

その後、予想通りランスン夫妻の友人が何人か訪れ、カクテルやポテトチップやクラッカーやピクルスの類いを出すはめになりました。もてなしにかかったお金は、自分たちの友人を招いてパーティが開けるくらいの額でした。もっとも、男性が一人、ランスン家の鍵を持ってとなりへ行き、ジンを一本失敬してきました。ランスン夫妻も、せめてこのくらい俺たちに飲んではしいと思ってるよ、と言って。たぶんそのとおりなのでしょう——。みんながヴィッキーに優しい言葉をかけようとしていましたが、なかなかうまくいきませんでした。ある会話を耳に挟んだわたしはショックを受けました。ドリーが大人にそんなふうに話すのを聞いたら、石けんで彼女の口をごしごし洗ってやったはずです。今までに会ったことのないシャーマン氏なる人物が、お父さんはいいやつだったとヴィッキーに言ったところ——ドン・ランスンの知り合いはだれ一人、そんなふうに思ってはいませんでしたが、シャーマン氏はお義理でそう言ったのでしょう——ヴィッキーは、あのそっけない声ではっきりと答えたのです。「奥さんはとうとう、あなたと離婚できるだけの証拠をつかみました」父親の古い友人の耳に、その言葉がどんなふうに聞こえたか、想像するのは難しくないはずです。シャーマン氏はそれを聞いて愕然としたようでした。うちのドリーは「離婚」という言葉さえ知らないに違いありません。そのあとも、ヴィッキーは父親の弁護士に向かって、オフィスの書類が大火事で燃えてしまう、などと口にしました。弁護士は彼女に父親の遺言状について話しているところでした。遺言状と聞いて、さすがのヴィッキーもたまらなくなり——ときにはそういうちょっとしたことが胸に応えるものです——意地悪な子どもみたいにふるまったのかもしれません。ともあれ、あんなふうに父親の友人たちをうちから追い出すなんて、ヴィッキーはとんでもなく失礼だわ、とわたしは思いました。本人にそう言ってやるつもりでしたが、常にだれかがあの子と話をしたり、手を軽く叩いたり、くじけないでねと励ましたりしていたので、言いそびれてしまいました。ヴィッキーにくじけないでね、とは——海に波打ち続けろと言うようなものです。

そう、叔母さんが来るまでずっとそんな調子でした。叔母さんは来るのが遅くなり――何か飛行機のトラブルがあったのです――葬儀には出られませんでしたが、わたしがちゃんと気を遣って、ヴィッキーにダークブルーのワンピースを着せ、黒い靴を履かせ、きちんとした髪で参列させました。彼女は一滴の涙もこぼしませんでした。参列者はかなりたくさんいました。知らない人が見たら、ランスン夫妻は町いちばんの人気者だと思ったかもしれませんが、町の人々はむしろ、参列することでヴィッキーへの同情を示せると考えたのでしょう。それに、ハワードとわたしが責任者のようなものでしたから、わたしたちへの礼儀から出席した人も大勢いたと思います。葬儀の最中に、ヴィッキーがわたしのほうへ身を寄せてきてささやきました。「あそこにいる男の人、見えますか？　禿げ頭で灰色のスーツの人。お金を盗んだから、刑務所に入れられます」両親の葬儀のあいだに口にするには、あまりにも不謹慎で馬鹿げた言葉だとわたしは思いました。とりわけ、たくさんの人が、ヴィッキーは悲しみに耐えられまいと考え、わたしが彼女をつれ出すはめになるかと見守っていたのですから。

叔母さんが到着した日、ダウンタウンで大火事があり、およそ一ブロック分のオフィスが燃えてしまったため、毎日のように訪れていた大勢の人に彼女を紹介することはできませんでした。ヴィッキーの服はきれいに手入れして――薄汚れた姿で家に帰すわけにはいきませんから――すぐ持ち帰れるようにまとめてありました。ヴィッキーを親戚に引き渡すのはちっとも悲しくありませんでした。あの子が一日じゅうドリーの部屋にいるのは、はっきり言って苦痛だったのです。ハワードなど、彼女が毎晩夕食の席について料理を詰めこんでいるのを見ると、自分は食欲を失うまでになっていました。ヴィッキーが叔母さんに引きとられる前夜――叔母さんとヴィッキーは一日かそこらとなりで過ごし、売るものと、とっておくものと、人にあげるものを整理する予定でした。正直なところ、わたしは叔母さんからワイングラスを譲ってもらえるのでは、という淡い期待を抱いていました。わたしがほしがっていることをヴィッキーは知っていましたし、あれだけいろいろなことをしてあげたのですから――ヴィッキーが出ていく前夜、お休みなさいを言いに寝室に入っていくと、彼女はあの小さな赤いノートをこちらへ差し出しました。「おばさんにあげます。親切にしてくれたから、もらってほしいんです」

わたしにかけられた感謝の言葉はそれだけでした。ワイングラスについては一言もありませんでした。ヴィッキーはそのノートを大事にしていましたから、宝物を譲ってくれるつもりなのだと思い、わたしはノートを受けとりました。「船には乗らないでください」とヴィッキーが言うので、わたしは笑い声を上げました――思わず笑ってしまったのです。続けてヴィッキーは、そのノート、大事にしてくださいと頼み、むろんわたしはそうすると約束しました。「イギリスのロンドンに行っても、おばさんのことは忘れません。ときどき手紙を書いてねって、ドリーに伝えてください」

「伝えるわ」ドリーは世界一優しい子です。ヴィッキーが手紙をもらって喜ぶというなら、すぐさま机に向かうことでしょう。「じゃあ、お休み」彼女にお休みのキスをするのにも慣れてきていましたが、楽しみにしたことはありませんでした。

「お休みなさい」ヴィッキーは言って、いつものごとくすぐ眠りに落ちました。こうしてヴィッキーと叔母さんは去っていき、家は売りに出されて、新しい人が引っ越してくると聞きました。わたしはヴィッキーの小さな赤いノートをのぞいてみました。ドリーがいつかくれたような詩のノートかもしれない、でなきゃ絵が描いてあるのかもしれない、と思ったのですが、がっかりするはめになりました。あの子は近所の人や両親の友人について、ゴシップじみた短い文章を書いて楽しんでいたのです――ドンとヘレンが人の噂をしていたときの様子を思い出せば、無理もない話でしょうけど――加えて、原子爆弾や世界の終わりに関する恐ろしい話も。子どもの頭の中がこんなことでいっぱいなのは、どう見ても好ましくありません。ドリーにはそういうことを考えさせたくなかったので、わたしはノートを暖房用の炉に放りこんでしまいました。こんな悲しい話を書いて時間を潰していたなんて、ヴィッキーはさぞかし孤独だったに違いありません。あの子が期待どおりロンドンで幸せになっているといいのですが――。それはさておき、わたしたちは行きそびれたメイン州旅行の埋め合わせに何をするかを決定しました。ドリーに二、三週間学校を休ませて――成績はいつもトップですから、少しくらい授業に出なくてもかまわないのです――三人でクルーズに出かける予定です。

『ヴォーグ』一九六二年十一月（別題「カッサンドラ」「涙もこぼさず」「ヴィッキー」）

エセル・スローンは口笛を吹きながら車を降り、水溜まりの水をはねかして歩道を横切り、金物屋の入口に向かった。おろしたてのレインコートと丈夫な長靴を身に着けた彼女は、きのうからの田舎《いなか》暮らしで天気予報が得意になっていた。「この雨、続かないわ」自信たっぷりに金物屋の店員に告げる。「今時分の雨は続かないのよ」

店員は如才なくうなずいた。まる一日田舎で過ごしただけで、エセル・スローンは村のほとんどの人間と知り合いになっていた。この金物屋にはもう数回足を運んだし――「古い家に住むとなると、思いもよらないものがたくさん入り用になるのよ」――郵便局へ行って新しい住所を届けたし、食料雑貨店へ行って、今後スローン家の食料はすべてここで買いますと伝えたし、銀行へ行って、ガソリンスタンドへ行って、小さな図書館へ行って、床屋の入口にまで足を伸ばした（「……夫のジム・スローンも明日か明後日には顔を出しますよ！」）。エセル・スローンは、サンダースンの古い地所を買ったのが嬉しかったし、村の一本きりの通りを歩くのも嬉しかったし、何より、自分のことを村の人々が知っているというのが嬉しかった。

「村の人たちと話してると、あっというまに故郷にいるような気分になれるの。ここから半マイルも離れてない場所で生まれたような気がするのよ」エセルは夫のジムにそう言った。けれど内心では、村の店主たちがもう少し早く自分の名前を覚えてくれてもいいのに、と思っていた。村の小さな店々は彼女を相手に、ここ一年で最大の商いをしているはずなのだから――。きっと社交的な人たちじゃないのよ、とエセルは自分を安心させるように言い聞かせた。警戒心を解くのにしばらくかかるんだわ。なにしろわたしたち、きのう越してきたばかりなんだもの。

「まずは腕のいい配管工の名前が知りたいの」エセルは金物屋の店員に言った。彼女の考えでは、そういう情報は地元の人間からじかに得るのが何より確実なのだ。電話帳に載っている配管工もそこそこの腕かもしれないが、地元の人間はいつだってだれがいちばんかを知っている。エセルは不人気な配管工を雇って村人たちの反感を買うつもりはなかった。「それからクローゼットのフックをお願い。夫のジムは作家なんだけど、便利屋としての腕もなかなかだってわかったの」常にこっちから職業を明かすようにすること。そうすれば向こうは訊かなくて済むんだから。

「配管工でしたら、ウィル・ワトスンがいちばんですよ」と店員は言った。「このへんの配管はたいていウィルがやってます。この雨の中、サンダースンの道を車で来られたんですか？」

「もちろんよ」エセルは驚いて言った。「村にいろいろ用事があったから」

「川の水かさが増してます。噂じゃ、川の水かさが増すと、たまに――」

「きのう引っ越し用トラックが通ったとき、橋はなんともなかったわ。だから今日、車で通っても平気だと思うの。あの橋、まだしばらくは持つでしょう？」〝しばらくは〟ではなく、〝ちっとは〟と言ったほうがよかったかしら、と一瞬思ったが、いずれ自然にそう言えるようになるだろう。「それに、雨なんか気にしないわ。家の中ですることがたくさんあるから」〝家の中〟と口に出すのも嬉しかった。

「そりゃあ、サンダースンの古い道を走るなとは言いませんよ。奥さんが走りたいんでしたらね。でも、このへんの人間は、雨のときはあの道を避けるようにしてるんです。おれに言わせりゃ、ただの噂ですけどね。だけどおれもやっぱり、あそこはあんまり通らないようにしてます」

「確かに、こういう日には少しぬかるむわね」エセルは認めた。「それに川の水が多いときは、橋を渡るのが少し怖いかもしれない。だけど、田舎に住むとなったら、そのくらいのことは覚悟しとかなくちゃ」

「そういうことじゃないんですよ」と店員は言った。「クローゼットのフックですね？　在庫があったかな」

エセルは食料雑貨店で芥子《からし》と石けんとピクルスと小麦粉を買った。「きのう買うのを忘れちゃって」と笑いながら説明する。

「こんな日に、あの道をやって来たんですかい？」店主が訊いた。

「そんなにひどい状態じゃなかったわよ」彼女はまた驚いて言った。「わたし、雨は気にしないし」

「あたしらは、こういう天気の日に、あの道は使いませんがね。あの道にゃ、なんて言うか、噂みたいなもんがあるんで」

「この村じゃあの道のこと、あれこれ言ってるみたいね」エセルは笑った。「でも、このあたりには、あれよりお粗末な道だってあるじゃない」

「まあ、忠告はしましたからね」店主は言って口をつぐんだ。

怒らせちゃったんだわ、とエセルは思った。このへんの道がお粗末だって言ってしまったから。田舎の人たちって、地元を馬鹿にされるのをいやがるものよね。

「うちに通じる道がぬかるんでるのは確かだけど」言い訳じみた口調になった。「でもわたし、気をつけて運転するほうだから」

「ほんとに気をつけてくださいよ」と店主は言った。「何をごらんになってもね」

「いつだって気をつけてるわ」エセルは口笛を吹きながら店を出て、車に乗りこみ、廃駅の前のロータリーに入った。小さくて素敵な村、と彼女は思った。みんなもう、わたしたちのことを好きになりかけている。運転に気をつけろなんて、あんなに心配してくれて。ジムもわたしも、こういう地域にこそなじめる人間なんだわ。郊外とか、芸術家村みたいなところじゃうまくやれないの——血の通った人間だから。ジムは小説を書いて、わたしは地元の女性に頼んでパンの焼き方を教えてもらおう。配管にはワトスンを雇うわ。

金物屋の店員も、次いで食料雑貨店の店主も店の入口に出てきて、車で走り去る彼女を見送っていたので、エセルは思わず胸が熱くなった。わたしの身を案じてくれてるんだわ。都会から来た女じゃ、このへんのたちの悪い道をうまく走れないと思って。確かに冬は大変そうだけど、なんとか乗り切ってみせるわ。わたしはもう、田舎の女なんだもの。

車はこれから村を出て、本通りを逸れ、畑や点在する農家のあいだを蛇行《だこう》する泥道に入り、川を渡って――雨続きのせいで、不安になるくらい水位が高くなっている――サンダースン屋敷に通じる険《けわ》しい坂道に入っていく。川にかかった橋の上から屋敷の姿が見えるはずだ――もっとも、夏には木々に隠されてしまうだろうが。エセルはふと誇らしさを覚えた。あれは本当に美しい屋敷だわ、わたしはなんて幸運なのかしら。あんなに堂々とした近寄り難い屋敷が、丘の上でわたしの帰りを待っているんだもの。

サンダースン家の土地のうち、丘の片側はとっくに売り払われ、小さな田舎家や、二、三軒の傾きかけた農家が斜面に点々と建っている。丘のそちら側の人々が使うのは、もっと低いところにある別の道だ。道路にも橋の上にも、自分の車が下りてきたときの跡しか残っていないと知って、エセル・スローンは驚き、いささか不安になった。ほかにはだれ一人この道を使っていないようだ。もともと私道ですもの、と彼女は思った。屋敷の人たちが、だれにも使わせなかったのかもしれない――。橋を渡る途中、エセルは屋敷のほうへ目をやった。わたしだけの家、と考え、いいえ、わたしたちだけの家、と考え直したとき、雨の中、路傍《ろぼう》にひっそりと立つふたつの人影が目に入った。

なんてこと、こんな雨の中に立ってるなんて、と思い、エセルは車を停めた。「乗せていきましょうか?」ウィンドウを下げながら声をかける。雨を透かして、人影は老女と男の子のようだと見てとれた。雨が二人に激しく降りかかっている。目を凝らすと、子どもは惨《みじ》めなありさまで、具合が悪そうだとわかった。雨に濡れ、震えながら涙を流している。エセルはきつい声で言った。「すぐに車に乗って。その子、これ以上雨の中にいちゃいけないわ」

二人はエセルを見つめた。老女は顔をしかめて声を聞きとろうとしている。耳が不自由なのかしら、とエセルは思い、上等のレインコートと丈夫な長靴というでたちで車を降りて二人に近づいていった。どんな理由があろうとも、二人にさわりたくはなかったので、老女の顔に顔を近づけて、躍起《やっき》になって促した。「急いで。その子を車に乗せて。車の中は乾いてるわ。どこへでもつれてってあげるから」そのとき、子どもが毛布にくるまれていて、毛布の下には薄いパジャマしか着ていないのに気づいて、背筋が凍りそうになった。泥に埋もれた足がはだしなのもわかって、震えるほどの怒りを覚える。「すぐに車の中へ」エセルは言い、後部座席のドアを急いであけにいった。「すぐに車に乗って、聞こえる?」

老女は無言で子どもに手を差し伸べ、子どもは大きく目を見開き、エセルの背後を見つめながら車のほうへやってきた。老女があとに続く。小さなはだしの足が泥と石の中を進むのを見て、エセルは怒りを抑え切れず、老女に厳しい調子で言った。「どういうつもりなの。その子、病気になってしまうわ」

二人が後部座席に乗りこむのを待って、エセルはドアをバタンと閉め、運転席にもどった。ミラーをちらりと見あげたが、二人は隅に座っていて姿が見えない。そこで後ろをふり返った。

子どもは老女にぎゅっと身を寄せ、老女はまっすぐ前を見ている。その顔には深い疲労がにじんでいた。

「どこまで行くの？」エセルは声を張りあげた。「どこへつれてってほしい？　その子を――」と老女に向かって「なるべく早く家の中へ入れて、乾いた服に着替えさせなくちゃ。どこまで行くの？　急いで送っていってあげるわ」

老女は口を開いて、おそろしく年老いた声で言った。「サンダースンの地所へ」

「サンダースン？」うちへ？　わたしたちのお客？　この二人が？　そのときエセルは気がついた――古くからの住民にとって、サンダースンの地所とはいまだに、田舎家が点在するあたりも含んでいるのだろう。おそらくあのへん全体がサンダースンの地所と呼ばれているのだ。そう考えると、封建領主になったような奇妙な誇らしさが湧いてきた。わたしたちは荘園の領主というわけね――。老女に話しかけたとき、彼女の声はさっきより優しかった。「雨の中で、ずいぶん長く待っていたの？」

「そう」老女は言った。その声は悲しげで、遠くから聞こえてくるようだった。きっと寂しい暮らしをしているんだわ。こんなに年をとって、くたびれた体で、雨の中、だれかが通りかかるのを待っているなんて。

「すぐに家まで送るわ」エセルは車を発進させた。タイヤは泥の中で横滑りしたが、なんとか足がかりをとらえたらしく、ゆっくりと丘を上り始めるのが感じられた。道はひどくぬかるんでいて、雨足も強くなってきた。そのうえ、途方もない重みがかかっているかのように、車の後部が引きずられている。鉄でも積みこんだみたいね、とエセルは思った。かわいそうなお婆さん。これって歳月の重みなんだわ。

「お子さんは大丈夫？」エセルは顔を上げて尋ねた。ふり返る余裕はなかった。

「家に帰りたがってる」

「そうでしょうね。すぐに着くって言ってあげて。家の前まで送っていくから」最低でもそのくらいしてあげられるし、いっしょに中に入って、この子が温まるまで面倒を見たほうがいいかもしれない。かわいそうに、あんなむき出しの足で。

丘を上るのはきわめて難しかった。思ったより道の状態が悪かったのかもしれない。フロントガラスに雨が叩きつけ、タイヤが泥の中でスリップするため、急なカーブを次々に曲がるときには、周りに目をやることも、口をきくこともできなかった。一度「もうすぐ頂上よ」と後ろへ声をかけたが、そのあとは無言でハンドルを握りしめているしかなかった。車がしまいにがくんと揺れて、最後の短い坂を上り切り、サンダースン屋敷の前の平坦な私設車道《ドライブウェイ》に出たとき、エセルは「やった」と声を上げて笑った。「さてと、どっちへ行きたいの？」

二人とも怯《おび》えてるんだわ、と彼女は思った。あの子きっと、怯えてるんだわ、無理もないわね。わたしだってちょっと怖かったくらいだもの。エセルは大きな声で話しかけた。「もう頂上に着いたから大丈夫。たどり着いたのよ。さあ、どっちへつれてってほしい？」

それでも返事がなかったので、彼女はふり返った。後部座席は空《から》だった。

「気づかないうちに車を降りることができたとしても」その夜、エセル・スローンが夫にそう言うのはこれで十度めだった。「目の前から消えちゃうはずがないでしょ？　わたし、あちこち探したのよ」勢いよく両手を上げる。「雨の中、丘のてっぺんを歩き回って、呼びかけながらどこもかしこも探したの」

「でも、車の座席は乾いていた」夫のジムは言った。

「まさか、わたしの空想だなんて言わないわよね？　なにしろわたし、お婆さんと病気の子どもの幻を見るような人間じゃないんだから。何か説明がつくはずだわ。わたしが白昼夢を見るなんてありえないもの」

「あのさ……」ジムは言いかけてためらった。

「ねえ、あの二人、ほんとに見なかった？　訪ねてこなかった？」

「その……」ジムはまた、言いかけてためらった。「ほら」

「わたしは断じて、お婆さんと子どもの幻なんか見るような人間じゃないのよ。そのくらいわかってるでしょ、ジム。わたしは幻なんて――」

「あのさ」とジム。「ほら」とうとう話し始める。「ひょっとすると、説明がつくかもしれない。ちょっと耳に挟んだことがあるんだ。だけどきみには話さなかった。なぜって――」

「どうして？」

「なぜってきみは……その――」

「ジム」エセルは唇を引き結んだ。「気に入らないわ。わたしに言わなかったことって何？

あなたが知ってて、わたしが知らないことなんて本当にあるの？」

「ただの噂だよ。この家を見にきたとき聞かされたんだ」

「あなたがずっと知ってたのに、わたしに教えなかったことがあるっていうの？」

「ただの噂だってば」ジムは困り果てて言った。それから視線を逸らして続けた。「みんな知ってるけど、あまり口には出さないんだ。つまり、この手のことは――」

「ジム、今すぐ話して」

「サンダースン家の幼い息子が誘拐されたとか、迷子になったとか、そういう話があるんだよ。気のふれた婆さんがつれてったらしい。みんなあれこれ噂はしたけど、確かなことはわからなかった」

「どういうこと？」エセルは立ちあがってドアのほうへ向かった。「子どもがさらわれたっていうのに、だれもわたしに教えてくれなかったの？」

「いいや」ジムの声は奇妙な感じだった。「それって、六十年前の話なんだ」


エセルは翌朝の朝食のときもまだそのことをしゃべっていた。「二人とも見つからなかったのね」嬉しそうに独り言を言う。「近所の人が総出で探したけど、結局、二人とも川で溺れたってことになったんだわ。ちょうど今みたいな雨が降っていたから」朝食の間の窓に当たる雨を満足げにながめ、「なんて素敵なの」とため息をつき、大きく伸びをして微笑を浮かべる。

「幽霊。正真正銘の幽霊を二人見たんだわ。だからなのね――だからあの子、あんなにひどいありさまだったんだわ。それこそ目も当てられなかった！　誘拐されて、溺れ死んだんだもの、あんなふうだったのも当然よね」

「あのさ」とジム。「ぼくならそのことは忘れてしまうけどね。このへんの人はそのことをあまり話したがらないんだ」

「だれも教えてくれなかったわ」エセルはまた笑い声を上げた。「うちの幽霊だっていうのに、だれ一人教えてくれなかった。その話、洗いざらい聞き出さなくちゃ、納得いかないわ」

「だからきみには教えなかったのに」ジムは情けない声で言った。

「馬鹿なこと言わないで。きのう話した人はみんな、あの道を通るのはよくないって言ってたわ。みんな話したくてたまらなかったに決まってる。あの人たちに報告したら、どんな顔をするかしら」

「だめだ」ジムは妻の顔をじっと見た。「そのことを……自慢して回ったりしちゃいけない」

「いいに決まってるでしょ！　わたしたち、ほんとにここの人間になったのよ。地元の幽霊を見たんだもの。今朝《けさ》のうちに村に行って、みんなに話して、できるだけ聞き出してくるわ」

「行かないほうがいいと思うよ」

「はいはい、あなたはそう思ってるのね。だけどわたしは行くって決めたの。あなたの言うとおりにしてたら、このことを話す機会をずっと待ち続けて、そのうちに、あれは夢か何かだったと思うことになりそう。だから朝ごはんが済んだらすぐ、村まで出かけてくるわ」

「頼むよ、エセル。話を聞いてくれ。村の連中は、きみが考えてるようには受けとらないかもしれない」

「わたしたちだけの幽霊が二人」エセルはまた笑い声を上げた。「わたしだけの幽霊」と続ける。「村の人たち、どんな顔をするかしら」

車に乗る前に、エセルは後ろのドアをあけて、もう一度座席を見た。乾いていて、何の跡もついていない。エセルはにっこりして運転席に乗りこんだが、ふいに気味の悪い冷気を感じ、ふり返って後ろを見た。「やだ」声がかすれる。「まだそこにいたなんて。そんなはずないわ！ちゃんと探したのよ」

「家に知らない人たちが」老女は言った。

うなじの皮膚が、濡れたものに這われたように粟立《あわだ》っている。子どもはエセルの背後を見つめ、老女の目は生気がなくどんよりしている。「どうしたいの？」エセルの声はかすれたままだった。

「もどらないと」

「つれていくわ」雨が車の窓に激しくぶつかってくる。エセルはキーに伸ばした手が震えているのを見て、自分に言い聞かせた。怖がらないで、怖がらないで、幽霊には実体なんてないのよ——。「つれていくわ」ハンドルをぎゅっと握り、車をUターンさせて坂を下る道のほうへ向ける。「つれていくわ」ほとんど意味のない言葉が次々にあふれてくる。「すぐに帰してあげる。約束するわ。絶対よ。約束する。行きたいところへまっすぐつれてってあげる」

「この子が家に帰りたいって」老女は言った。その声はひどく遠いところから聞こえてくる。「つれていくわ、つれていくわ」道はきのうにも増して滑りやすく、エセルは気をつけなくちゃと思いながら車を進めた。怖がっちゃだめ、幽霊には実体なんかないんだから。「きのうあなたたちを見つけた場所、あそこへつれて帰ってあげる」

「家に知らない人たちが」

気がつくと、エセルはスピードを出しすぎていた。いやらしく湿った冷気が後ろから押し寄せてきて、つい先を急いでしまうのだ。

「つれて帰ってあげる」老女と子どもに何度もそうくり返した。

橋の直前の最後のカーブでタイヤがスリップした。エセルはハンドルを切りながら、「つれて帰るわ、つれて帰るわ」と叫んだ。聞こえてくるのは子どもの恐ろしい笑い声ばかり。車はスピンして水かさの増した川のほうへ滑っていき、タイヤが一輪、川の上へはみ出て空回りした。満身の力をこめてハンドルを切り、エセルは車を路上にもどして停止させた。

息を切らして泣きじゃくりながら、エセルはハンドルに顔を伏せた。力が抜け、疲れ切っていた。殺されるところだったわ、幽霊につれていかれるところだった。後部座席を見るまでもなかった。冷気は去っており、座席が乾いていて空《から》なのはわかっていた。

金物屋の店員は目を上げてエセル・スローンを認めると、慇懃《いんぎん》な微笑を浮かべ、もう一度目をやって顔をしかめた。「今朝は元気がありませんね、スローンさん。雨に悩まされてるんですか」

「道で事故を起こしそうになったの」

「サンダースンの古い道で？」カウンターに載せた店員の両手はぴくりとも動かなかった。

「事故を？」

エセル・スローンは口を開いてふたたびつぐんだ。「ええ」とようやく答える。「車が横滑りしたの」

「村の連中は、あんまりあの道を使わないんですよ」店員は言った。エセルは何か言いかけたが、やめることにした。

「あの道についちゃ、悪い噂がありましてね。今朝は何をお求めですか」

エセルは少し考えてから言った。「洗濯ばさみ。洗濯ばさみが入り用だったはずよ。サンダースンの道のことだけど――」

「何です？」店員は背中を向けたまま訊いた。

「何でもないわ」

「洗濯ばさみ、と」店員はカウンターに箱を置いた。「ところで、明日の晩、ご主人といっしょにＰＴＡの懇親会にいらっしゃいませんか？」

「ええ、行くわ」とエセル・スローンは言った。


『レディース・ホーム・ジャーナル』一九六五年八月

喫煙室

彼は思ったより背が高かった。そして思ったよりやかましかった。寮の一階の、だれもいない喫煙室でタイプを打っていたら、いきなりドカンという音が轟《とどろ》き、シューシューいう音があとに続いたのだ。ふり向くと、そこに彼がいた。

「もっと静かにしてくれない？　課題やってるのよ」

彼はじっとその場に立っていた。頭からもくもくと煙が出ている。「できるだけ静かに現れたんだが」すまなそうに言った。「爆発の勢いがそれなりに要《い》るんだ」

「どっかよそで爆発して。ここは男子禁制」

「知ってる」

わたしはちゃんと向き直って、彼をじっくりと見た。まだ少し煙が出ているが、その点を除けば、なかなか素敵な若者に見える。角《つの》はほとんど目立たないし、先の尖ったエナメル革の靴が二つに分かれた蹄《ひづめ》を隠している。こっちが会話を始めるのを待っているみたいだ。

「あなた、悪魔ね」わたしは愛想よく言ってから付け加えた。「たぶん」

「そうとも」嬉しそうな声だ。「われこそは悪魔だ」

「尻尾はどこ?」わたしは興味津々《しんしん》で訊いた。

悪魔は赤くなり、片手で曖昧なしぐさをすると、「周りに合わせて……」とか何とかつぶやき、わたしが課題をやっていたテーブルに近づいてきた。「何をしているんだ?」

「レポート書いてるの」

「どれ」と、タイプライターに手を伸ばしてきたので、わたしはその手を押しのけた。すると、ひどい火傷《やけど》をしてしまった。

「あなたには関係ないでしょ」

悪魔はおとなしく腰を下ろした。「ぼくにもタバコをもらないかな」

わたしはタバコの箱を放ってやり、悪魔が一本くわえて指先で火をつけるのを見ていた。彼に触れた手は真っ赤になっていて、ひりひりと痛んだ。

その手を彼のほうへつき出した。「こんなことするの、どうかと思うわ。人から嫌われるわよ」

悪魔は気遣うような目を向けると、火傷に向かって何やらつぶやいた。すると火傷は消えてしまった。「ましになったわ」とわたしは言った。

わたしたちはしばらく椅子にもたれてタバコを吸いながら、お互いを見つめていた。悪魔は本当にハンサムだ。

「ところで」わたしは口を開いた。「何しにきたのか教えてくれる?」

「ここはカレッジだろう?」

わたしは彼をじっと見たが、不届きなことを企んでいる顔ではなかったので、こう教えてやった。「ここは州立大学のキャンパスの、いちばん大きい女子寮の喫煙室よ。ここにいるところを寮母に見つかったら、あなたきっと、地獄を見ることになるわよ」

彼が笑い声を上げたので、わたしの選んだ言葉は、控えめに言っても少し間が抜けていたと気がついた。

「その寮母とやらに会ってみたいな」

二人が会ったらどんなことになるか、想像しようとしたが、うまくいかなかった。「地上にいる生き物の中で、いちばんあなたに近い存在だと思うわ」これは本心からの言葉だった。

悪魔は眉をつりあげ、いきなり何かを思いついたらしく、ポケットに手を入れて、紙を一枚引っぱり出した。

「こいつにサインしてもらえるかな?」さりげない口調だ。

わたしは紙を手にとった。「その前に読んでもいい?」

悪魔は肩をすくめた。「大したことは書いちゃいないが、かまわないよ」

わたしは読んだ。「この契約により、わたしは悪魔に魂を与える」下に名前を書くための空《くう》欄《らん》がある。「この書類、合法的とは言えないわね」

悪魔はわたしの肩ごしに、不安そうにのぞきこんだ。「そうなのか? どこが間違ってる?」

「見ればわかるじゃない!」わたしは書類をテーブルに放り出し、馬鹿にするように指差した。

「こんなもの法廷で有効だと思う? 証人が署名する欄もないし、頭のいい弁護士なら山ほど穴を指摘できるわ……」

　悪魔は書類をつまみあげ、悲しそうに眉をひそめた。「今まではこれで完全にうまくいっていたんだが」

「あらそう。わたしはただ、あなたの取引のやり方に驚いてるだけ。裁判所じゃ、そんな書類、相手にしてもらえないわよ」

「なら、別の契約書を作ろう……きみがちゃんとしてると思うようなやつを。やっぱり、こういうことは間違いなくやりたいんだ」

　わたしは少し考えてから「いいわ、作ってあげる」と答えた。「言っとくけど、わたしも法律用語にすごく自信があるってわけじゃないのよ。でもまあ、なんとか作れるはず」

「頼むよ。きみがよければ、ぼくもそれでいい」

　わたしはタイプライターからレポート用紙をはずして、カーボン紙と二枚の白い紙を用意した。

　悪魔はカーボン紙に疑いの目を向けた。

「何だ、それは？」

「同じ書類を二部作るの。一枚はわたしが持ってなくちゃ。でないと拘束力がないから」

　わたしが契約書を作っているあいだ、悪魔はずっと疑いの目を向けていた。

「この契約の有効期間は？」作り始めてすぐ、わたしは訊いた。

「永久に有効だとも」悪魔は無造作に言った。

とうとう契約書が完成したので、わたしは二枚の紙をタイプライターからはずした。ちなみに、法律文書についてのわたしの知識は、学生部長から送られてくる成績不良に関する通知から得たものくらいだ。おかげで契約書の文面は少しだけごちゃごちゃしていた。こんな具合だ。

わたし（記名用空欄）――以下、第一当事者とする――は本契約により、その魂――以下、第二当事者とする――を（記名用空欄）――以下、第三当事者とする――に有償譲渡し、その保護と注意深い監督に委《ゆだ》ねるものとする。第三当事者は魂の対価として一ドルおよび不特定の代償を支払うことを確約、誓言し、これが公正かつ公平な取引であることを受容、承認し、以後いかなる不服も申し立てないこととする。本契約は当事者間の合意により、いかなる場所で開かれるいかなる法廷においても効力を持つものとする。

（署名）

（証人）

悪魔はこれを二回読んだ。「意味がわからない」

「あなたの契約書と同じことを言ってるの。ただ、もっと拘束力があるだけ」わたしは悪魔の肩ごしに指差した。「第一当事者とか、第二当事者とか書いてあるでしょう？　法廷がどうのとか。これで契約書が法的に有効になるってわけ」

「そうか、なら、サインしてくれ」

わたしはちょっと考えた。「証人が要るわね。上階《うえ》へ行ってルームメイトをつれてくるわ」

そして悪魔が何か言う前に、喫煙室の外へ出た。ルームメイトは眠っていた。

「起きて、ボビー」体をゆすると、ボビーは寝返りを打って言った。「あっち行って」

「ボビー。いっしょに来て契約の証人になってよ」

「何言ってんの」

「下で悪魔が待ってるの」

「待たせときなさいよ」とボビー。ちゃんと両目をあけているが、動こうとしない。わたしは彼女の体を転がしてベッドから出し、立たせてやった。「来て。あいつ、しびれを切らしちゃうかも」

「悪魔との契約にサインするって――」ボビーはうんざりした顔だった。「午前三時に。これじゃまともに眠れやしない」

「来てってば！」

ボビーはベッドの端に腰を下ろした。「悪魔は何千年も待ってたんでしょ？　あたしが口紅塗るあいだくらい待てるはずよ」

ボビーをつれて階下へ下りたときには、悪魔はわたしのタバコをさらに四本吸っていた。二人して入っていくと、悪魔は立ちあがり、ボビーに向かって深々とお辞儀をした。

「お会いできて光栄です」

ボビーは色っぽく笑いかけた。「こんばんは」

「ほらほら、お二人さん」とわたし。「さっさと契約を済ませて、課題にもどりたいんだけど」

「何をしたらいいの？」ボビーは悪魔に流し目を使いながら訊いた。

「サインを」と悪魔は言い、ボビーの腕をとってテーブルへつれていこうとした。

ボビーはけたたましい悲鳴を上げた。寮母ばかりか、寮生全員が目を覚ましたに違いない。

悪魔はあとずさって謝り始めたが、ボビーは腕をさすりながらにらみつけている。

「あのねえ」とかみつくように言った。「さわるたびに相手に火をつけるような男と仲良くする気はないからね」悪魔はボビーの腕を見て、火傷を消してやったが、そのあとボビーは悪魔とのあいだにテーブルを挟むように気をつけていた。わたしは契約書を手にとった。

「先にサインするわね」と声をかけ、ふたつめの空欄に素早く名前を書きこんで、悪魔に紙を渡した。

「あなたもサインして」

「どこに？」悪魔はぼんやりした目で契約書を見た。わたしはひとつめの空欄を指差し、自分のペンを渡してやった。悪魔は顔を赤らめ、わたしからボビーへと視線を移した。「あいにく……」と口を開き、「これでかまわないかな……」と肩をすくめて、空欄に×印を書きこんだ。

「覚える機会が……」とすまなそうに続ける。ボビーがぽかんと口をあけて立っていたので、わたしは足首をけとばしてやった。

「ここにサインして」と頼んで、証人の欄にサインしてもらう。

それから悪魔とわたしは、いちばん下の署名欄にもサインして、副本にも同じようにサインした。わたしは一枚を彼に渡して、もう一枚を自分でとった。

「さてと」なるべくさりげない声を出す。「あなたに一ドル支払わなくちゃ」

「どうして？」と悪魔。

「ボビー」わたしは早口に言った。「上へ走っていって、だれかから一ドル借りてきて」

「まったくもう」とぼやきながらも、ボビーは背を向けて、上階へ引き返した。

「さあ」と、悪魔が手をこすり合わせながら訊く。「どんな望みをかなえてほしい？」

わたしは爪を磨き始めた。「そうね。まずは化学186でAをとりたいし、門限破りをするとき体が透明になるとありがたいわ。それから、フットボールチームのキャプテンと卒業ダンスパーティに行きたいし――」

「あたしの願いもかなえてよ」ボビーがドアから入ってきながら言った。

「じゃあ、ボビーには――」

「あのブロンドの男の子とデートしたいの」とボビー。「いいでしょ？」とわたしに一ドル手渡す。

「そんなとこかしら」わたしは悪魔に言った。

「それからもちろん」ボビーが口を挟んだ。「二、三十万ドルもらいたいわね」

「全部かなえるとも」悪魔は勢いこんで請《う》け合った。

「ありがと。でも、その中から一ドルはとっておいて」わたしはそう言って悪魔に一ドル差し出した。

「何の金かな?」

わたしは契約書に目を落とした。「あなたの魂の代金」

悪魔も手元の契約書を見た。「きみの魂だろう?」

「ううん」わたしは彼に契約書を見せた。「あなた、ここにサインしたでしょ? これで自分の魂を一ドルでわたしに売り渡したことになるの。それと、不特定の代償も受けとることになってる。あなたが吸ったわたしのタバコが代償ってことでいいわね?」

「ついでに、あたしを起こしたことも」ボビーが付け加える。

悪魔は契約書をもう一度読んだ。それから足を踏み鳴らし、口から火を噴き始めた。ボビーとわたしは顔を見合わせた。

「やだ。こんな男と付き合ったらひどい目に遭いそう!」とボビー。

と、そのとき、悪魔が少し青ざめたようだった。わたしたちの背後をじっと見ながら、あとずさって壁にへばりつく。ボビーとわたしがふり返ると、寮母が立っていた。バスローブをはおり、髪にカールペーパーをつけて入口を塞いだ姿には、見た者を震えあがらせるほどの迫力があった。

寮母は悪魔をにらんだ。「お若いの。ここで何してるんだい?」

「マダム……」悪魔が口を開いた。

「あんた、火事の元だね」寮母が刺すような声で言う。

「すぐに消えうせな」険悪な口調だ。「あたしが女子部の学生部長に報告しないうちにね」
「ええ、まあ」と悪魔。

悪魔は恐ろしい目でボビーとわたしをにらむと、ポンと煙になって消えようとした。けれども実際には、シューッと情けない音を立てて姿を消すことしかできなかった。

「これでよし」寮母は言って、ボビーとわたしに向き直った。「で？」

「あの――」ボビーが何か言おうとする。

「こういうことなんです――」わたしも説明しようとした。

「ふん！」と寮母。「悪魔どもめ、まったく！」

そして彼女はベッドへもどっていった。

インディアンはテントで暮らす

火曜日

エルム・ストリート三六番地

拝啓　ミス・グリズウォルド

一言お礼を申しあげます。ご親切にもこの部屋を貸していただき、どんなに感謝しているかお伝えしたいのです。夜、帰宅して、小ぢんまりしたこの部屋を見回すたびに、ぼくはあなたのことを考えて、こう思っています——もしぼくがティミー・リチャーズと話をしなくて、ティミー・リチャーズがイヴ・マーティンと知り合いじゃなくて、イヴ・マーティンがビル・アイアランドと連絡をとっていなくて、ビル・アイアランドがあなたのことを知らなかったら、ぼくは今でも姉や姉の子たちといっしょに、スタテン島で暮らしていたんだろうな、と。そして、あなたが部屋を貸してくださったことに対して、どんなに感謝しているかを思い出すのです。現在の部屋の様子をあなたにごらんいただけたら、と思います。もちろん、あなたのインテリアは素敵でしたし、ぼくにはあなたほどこの部屋を美しく飾ることはできないと思いますが、最初にぼくがしなくてはならなかったのは、言うまでもなく、ひらひらした飾りの類《たぐ》いをすっかり片づけてしまうことでした。今ではぼくの船の模型や、カレッジの写真が部屋に飾ってあって、すごくお洒落《しやれ》な感じになっています。ご自分の装飾品がご入り用でしたら、もちろんちゃんと保管してあります。絶対に手を触れたりしません。

ともあれ、どうもありがとうございました。あなたも新しい部屋で快適に暮らしていらっしゃることと思います。その部屋が見つかって本当に幸運でしたね。家具を引きとりたいとおっしゃるなら、いつでもお送りします。そしてぼくの家具をビル・アイアランドから送ってもらい、ビルは自分の家具をティミー・リチャーズから送ってもらい、ティミーは自分の家具を母親から送ってもらえばいいのです。

改めてお礼を申しあげます。

敬具

アラン・バーリンゲイム

イースタン・スクエア一〇一番地

木曜日

拝復　ミスター・バーリンゲイム

わたしの部屋を気に入ってくださり、ありがとうございます。むろんわたしも、あなたにその部屋をお貸しできて、心から嬉しく思っています。当然ながら、まだ新居に落ち着くには程遠いので、すぐには家具を引きとることができません。ですが、又借りの件が解決でき次第、何もかもきちんとできるはずです。ご承知のとおり、わたしはこのアパートの大家とのあいだに少々問題を抱えているのです。わたしがこの部屋を又借りすることを、すぐには大家に伝えたくなかったため――大家はこの部屋をおばさんかだれかに貸したがっていたのです――わたしがここに住んでいるのは、今のところ違法ということになります。ですから、前回のようにお手紙をわたし宛てにするのはご遠慮いただけますでしょうか。タトル様方としていただければ幸いです。タトルというのは、わたしがこの部屋を又借りしている一家の名前です。もっといいのは、何か問題があったら電話で伝えてくださることです。電話帳には、J・T・マロニーという名前で番号が載っています――タトル一家がこの部屋を又借りしていた相手の名前です。タトルさんがマロニーさんから部屋を又借りするときにも、大家はあまりいい顔をしなかったので、だれも電話を換えようとは思わなかったのです。

　実際、今この部屋に存在するのは、電話とわたしくらいです。引っ越してくるとき、なんとかコートの下に毛布を二枚巻きつけてきたので、夜にはそれにくるまって寝られますし、歯ブラシはハンドバッグに入れてきましたし、タオルと石けんもこっそり持ちこみましたが、部屋にはそれ以外何もありません。タトルさんたちは家具をひとつひとつ持ち出し、ラグをかぶせて車の後部に積んでいきました。きのうはベッドを運び出しましたが、実を言うと、マットレスを抱えて裏の階段を下りていたとき、あやうく管理人に見つかるところでした。

折りたたみ椅子か何かをわたしのところへこっそり持ちこむ方法をご存じでしたら、たいへんありがたく思います。

かしこ
マリアン・グリズウォルド

エルム・ストリート三六番地
月曜日

拝啓　ミス・グリズウォルド
　不自由な暮らしをしていらっしゃると聞き、お気の毒でなりません。あなたの家具一式を今すぐお届けできれば本当に嬉しいのですが。なにしろぼくがピンクの天蓋《てんがい》つきベッドに寝たり、腕時計や小銭をシフォンのスカートつきドレッサーに載せておいたりするのを、友人どもはお笑いぐさだと思っているのです。あなたが置いていった人形の下にようやく電話を発見し、手紙を書くかわりに電話しようと思ったのですが、電話帳がバスタブの足の下に敷いてあって、引っぱり出すことができません。それともうひとつ、クローゼットの服も何枚か引きとってもらえないでしょうか？　このままだと、ぼくはいつまでもハンガーを使えませんし、きのうおばがチョコレートケーキを持ってきてくれたのですが、彼女がコートをかけようとクローゼットを開いたとき、どういうことか説明するのがすごく大変でした。何かいい方法を思いつきませんか？

敬具

アラン・バーリンゲイム

イースタン・スクエア一〇一番地

水曜日

拝復　ミスター・バーリンゲイム

身ひとつで部屋を出入りするのにも面倒な思いをしていますので、シフォンのスカートつきドレッサーを運びこむことなど、とうていできそうにありません。もしもドレッサーがお気に召さないなら、引っ越しなさってください。わたしはこのアパートでは、階段を一気に駆けあがり、通路では影の中を通るようにしています――だれかに姿を見られて、タトルさんの部屋に知らない人間が住んでいると大家に告げ口されるといけませんから。管理人には五ドル渡して、自分はタトルさんのところに遊びにきているだけで、タトルさん一家はみんなインフルエンザで部屋に閉じこもっている、と伝えてあります。ですが管理人は、タトルさん一家が引っ越して、わたしがこの部屋に住んでいることを知っているに違いありません。なにしろ、エレベーターに載せたリビングの椅子を目にしたはずですし、わたしが折りたたみベッドを運びこむところを確かに目撃したのですから。けれどもわたしは、タトルさんのところにはベッドが足りないからと言い訳し、そのときに五ドル渡したのです。
いずれにしろ、今では寝る場所がありますし、明日かあさってには、コーヒーポットを運びこもうと思っています。タトルさん一家が引っ越したことと、わたしが部屋を借りていることを大家に伝え次第、家具を引きとることができるでしょう。

かしこ

マリアン・グリズウォルド

シャックス・アスモディアス・バール不動産

謹啓　ミセス・タトル

ミスター・J・T・マロニーから貴女が転借なさっている、イースタン・スクエア一〇一番地3C号室につきまして、まことに遺憾ながら、転借期間の満了が近いことをご連絡致します。イースタン・スクエア一〇一番地3C号室の転借は、期間満了とともに無効となりますので、本年十月一日をもって、上記物件をお引渡しいただきたくお願い申しあげます。心苦しい限りですが、上記期日までに上記物件からご退去いただけない場合、最初の立ち退《の》き通知をお送りする所存です。

敬白

取締役副社長　B・H・シャックス

イースタン・スクエア一〇一番地
月曜日

ヘレンへ
こんなのが届いたの。どうしたらいい？
ほんとに困っています。

マリアン

マーティン・レイン九五番地
水曜日

マリアンへ
できる限りその部屋にしがみついていて。こっちもトラブルだらけなの——このアパートの大家は子どもが大嫌いだってわかったのよ。しかもどっかのクソじじいが、通路に置いといたブッチーの三輪車につまずいて文句を言ったもんだから、通路があんなに暗いのは向こうのせいだっていうのに、とにかく大家がねちねち嫌味を言ってくるの。だから何がなんでもその部屋を手放さないで——そっちへもどるかもしれないから。

それじゃ
ヘレン

エルム・ストリート三六番地
木曜日

拝啓　ミス・グリズウォルド

こんなふうに、何度も手紙を差しあげてすみません。ですが、同じ階に住んでいる女性が、あなた宛ての代金引換小包を受けとって一ドル六十五セント立て替えたのに返してもらっていない、と言ってきたのです。あなたの新しい住所を教えようとしましたが、向こうは金を払えの一点張りだったので、一ドル六十五セント差し出すはめになりました。おかげでかなり金に困っています。ここの家賃が、姉と暮らしていたとき姉に払っていた部屋代より高いせいです。そこで、ぼくが立て替えたお金をお送りいただければ幸いです。それと、あなたの本棚の底が抜けて、直そうとしたけれどどうまくいきませんでした。さらに、たいへん申し訳ないのですが、あなたのコーヒーテーブルの天板に焦げ跡をつけてしまいました。

新しい部屋での生活はいかがですか。車を借りられる当てがあるので、家具を引きとりたいとおっしゃるなら、いつでも運んでいきます。ご連絡ください。

敬具

アラン・バーリンゲイム

大家が今日やってきて、住人が退去したか確かめたいから3C号室に入りたいって言いました。入れないわけにはいかなかったんで、五ドルはお返しします。

チャールズ・E・マーフィ（管理人）

木曜日
お嬢さん

謹啓　ミセス・タトル

前回お手紙を差しあげたあと、すみやかにご退去いただけたことに感謝致します。加えて、先月分の賃料（六十五ドル七十五セント）をお支払いいただければ幸甚に存じます。

敬白

B・H・シャックス

シャックス・アスモディアス・バール不動産

イースタン・スクエア一〇一番地

金曜日

拝啓　ミスター・シャックス
　何か誤解なさっているようです。タトルさんたちは引っ越しましたが、わたしがタトルさんの許可を得てこの部屋を引き継いだのです。一か月分のお家賃として小切手を同封します。あらゆる人間には雨露《あめつゆ》をしのぐ権利があります。インディアンはテントで暮らし、エスキモーはイグルーで暮らし、犬は犬小屋で暮らし、わたしはここで暮らしているのです。
かしこ
マリアン・グリズウォルド

シャックス・アスモディアス・バール不動産

謹啓　ミス・グリズウォルド
イースタン・スクエア一〇一番地3C号室の先月分の賃料に相当する貴嬢の小切手を返却致したく同封致します。テントやイグルーをお借りになりたいとお思いなら、その手の物件を扱う不動産会社に相談なさることをお勧め致します。あいにく当社ではアパートしか扱っておりません。また、貴嬢はイースタン・スクエア一〇一番地のアパートの合法的入居者ではありませんので、賃料を支払うことはできません。ですが、ご自分が合法的な入居者だとお思いのようですから、この書状を最初の立ち退き通知とお考えいただいて結構です。

敬白

B・H・シャックス

イースタン・スクエア一〇一番地

水曜日

拝啓　ミスター・バーリンゲイム

できるだけ早く家具を全部届けてください。B・H・シャックスなる紳士がじきじきにやってきて、わたしを道に放り出すまで、この部屋にしがみつこうと思います。わたしを放り出すのはシャックス氏が考えているほど簡単ではないでしょう。わたしは三階分の階段を軽々と運んで下ろせるような体格ではありませんから。

かしこ

マリアン・グリズウォルド

エルム・ストリート三六番地

木曜日

ビルへ
ぼくの家財道具をまとめて、なるべく早く持ってきてくれないか？　ようやくあの女の家具とおさらばできるんだ。ありがたいよ。
アル

オリヴァー一〇番地
金曜日

ティミーへ
すまないけど、ぼくの家財道具が入り用なんだ。アルが自分のを返してくれって。前に住んでた女が残していった家具を手放すんだそうだ。
ビル

ジョーンズ・ストリート一二四九番地
土曜日

母さん
以前にくれるって言ってたベッドと椅子とその他諸々、なるべく早く送ってくれないかな。

この部屋の家具は持ち主が引きとりたいって言うんだ。小型ラジオももらっていいかい？　また手紙書くよ。

愛をこめて
ティミー

イースタン・スクエア一〇一番地
月曜日

拝啓　ミスター・シャックス
この部屋の先月分のお家賃として、小切手をもう一度同封します。ミセス・タトルと話しましたが、彼女によれば、自分はその部屋を転借しているのだから、さらに転貸する権利があるのだそうです。たとえ歩道で野菜売店を開いたり、マネシツグミを飼ったり、表の窓に透視術の広告を貼ったりする権利はないとしても——。ですからわたしをこの部屋の転転借人とお考えいただいて、小切手をお納めください。

かしこ
マリアン・グリズウォルド

シャックス・アスモディアス・バール不動産

謹啓　ミス・グリズウォルド
イースタン・スクエア一〇一番地3C号室の一か月分の賃料に相当する、六十五ドル七十五セントの小切手を同封致しますので、ご査収ください。貴嬢は当該物件の合法的居住者ではありませんから、私どもがこの小切手を受けとるのも合法ではありません。ミセス・タトルは勘違いをなさっています。転借契約により、マネシツグミを飼う権利は得られますが、物件を転貸する権利は一切得られません。

敬白
B・H・シャックス

追伸　この書状を二通目の立ち退き通知とお考えください。

イースタン・スクエア一〇一番地
金曜日
拝啓　ミスター・シャックス
わたしがこの部屋の合法的な居住者ではないなら、立ち退かせることもできませんね。それに、この部屋の合法的居住者であるミセス・タトルも立ち退かせることはできません。ここに住んでいないんですもの。わたしの小切手をお受けとりいただけないなら、この部屋のお家賃はこの先一セントも受けとれないことになります。なぜって、だれかを入居させるために、わたしを立ち退かせることができない以上、わたしがここにいるあいだは、この部屋をだれにも貸すことができませんから。ミセス・タトルはここに住んでいないので、やはりお家賃は支払いません。

かしこ

マリアン・グリズウォルド

マーティン・レイン九五番地

金曜日

マリアンへ

ほんとうに悪いんだけど、そっちへもどるわね。その部屋へもどるって意味よ。大家側は、うちにブッチーがいる以上、ここに住ませる気は毛頭ないみたいだし、犬を飼ってるのも気に食わないみたい。こんなぼろっちい部屋、そんなに気に入ってもいないのに、無理やり居座るなんてくだらないじゃない？　だからそっちへもどることにしたの。あなたがまた引っ越さなきゃいけないのは、すごく申し訳ないけど、わかってくれるわね。

それじゃ、また

ヘレン

シャックス・アスモディアス・バール不動産

謹啓　ミス・グリズウォルド

私は決して冷たい人間ではありません。不動産業というのは食うか食われるかのシビアなビジネスであり、私どもが不快で冷酷な人間に見えることが多いのは、ひとえにそうしたビジネスに携わっているせいなのです。うら若い女性から住む家を奪ってしまったら、私も安眠できるとは思えません。私は本当は冷たい人間ではないのです。ですから、その部屋にどうぞお住まいください。イースタン・スクエア一〇一番地3C号室の先月分の賃料に相当する小切手と、今月分の賃料に相当する小切手、加えて、転転転貸はしないという旨の署名入りの念書を、返信にてお送り願えますでしょうか。貴嬢には、歩道で野菜売店を開いたり、犬や子どもと暮らしたり、壁に絵をかけたり、むやみに騒音を立てたり、通路にゴミを放置したり、階段やエレベーターを塞いだり、床に引っかき傷をつけたり、下宿人を置いたり、物件内で商売をしたりする意図はないことと思います。くり返しますが、私は冷たい人間ではありません。貴嬢を力ずくで立ち退かせるはめになったら、安眠できるとは思えません。

敬白

B・H・シャックス

イースタン・スクエア一〇一番地
火曜日

拝啓　ミスター・バーリンゲイム

たいへん心苦しいのですが、その部屋にもどらなくてはいけないようです。こちらでは万事うまく行きかけていたのですが——。この部屋を借りている相手が、お子さん関係のトラブルで新居にいられないため、もどってきたいと言うのです。ですからわたしの家具を運んでいただくには及びません。来週中にはそちらへもどることになりそうです。

かしこ

マリアン・グリズウォルド

エルム・ストリート三六番地
水曜日

ビルへ

家財道具のことは忘れてくれ。あの女、この部屋へもどりたいんだそうだ。

アル

オリヴァー一〇番地
木曜日

ティミーへ
　ぼくの家具、まだしばらく必要ないよ。アルのとこに以前住んでた女がもどってくるから、あいつは部屋から追い出されるんだ。
ビル

ジョーンズ・ストリート一二四九番地
金曜日

母さん
　家具のことはもういいよ。まだ送ってないよね？　さしあたり要《い》らなくなったんだ。また手紙書くね。
愛をこめて
ティミー

エルム・ストリート三六番地

金曜日

フェリシアへ

こんな形でこの質問をするのを、きみはきっと許してくれると思う。ぼくにとって、これはすごく大事な問題だけど、きみといっしょにいると、いつだって話す勇気が出てこないんだ。きみはずっと前からぼくの気持ちに気づいていたと思うし、ひょっとしてきみも同じ気持ちでいてくれるとしたら、こんなにすばらしいことはない。

ぼくの奥さんになることを考えてみてくれないかな？　住む部屋が見つかるまでは、きみのご家族と同居しなくちゃいけないけど、知ってのとおり、ぼくは将来性のある仕事に就いているし、きみに快適な暮らしをさせてあげるのが人生の目標になるだろう。しばらくは家賃分の金を節約しようじゃないか。

すぐに返事がほしい。きみがうんと言ってくれたら、ぼくは世界一の幸せ者だ。

アランより

マーティン・レイン九五番地

月曜日

マリアンへ

とびきりすばらしいことが起こったのよ。聞いたらきっと驚くわ。あたしたち、このアパートから追い出される寸前だったでしょう？　正直なところ、お先真っ暗な気分だったの。ところが、こないだの日曜日、新婚のイヴ・クローリーを訪ねて家族でコネチカットに行ったら――イヴのことは覚えてる？　すごい髪型してた子よ――何があったと思う？　まったくの偶然だったんだけど、ほんとに素敵なちっちゃい田舎家《いなかや》が売りに出されてたの。それでね、手短に言うと、すぐさま全財産をかき集めて頭金を払ったってわけ。来週中には引っ越しするわ。ねえ、どう思う？　その家には部屋が四つあって、当然あちこち手を入れなくちゃいけないけど――浴室や何かを設置して、屋根の一か所を直して――それはビルが自分でやるって言ってる。もちろん彼は仕事に通わなくちゃいけないから、夜帰ってきてからになるけれど――。家の敷地は一エイカー近くあって、すごくきれいな古い木々が生えてるの。あたしは毎朝、ビルを駅まで車で送っていって、毎晩迎えにいくつもり。日中は家のペンキ塗りや壁紙張りをするつもりよ。その家、たったの一万六千ドルで、頭金もほんのちょっとでよかったの。なんなら一生かけてローンを払ってもいいんだって――銀行はその件ではすごく親切だったわ。田舎暮らしをするなんて、羨《うらや》ましいと思ってる？　もちろんいつでも遊びにきてね。いっしょに楽しく家の手入れをしましょうよ。さてと、そろそろ切りあげるわね――今日の午後、最後の書類にサインしなくちゃいけないの。

それじゃ、また

ヘレン

イースタン・スクエア一〇一番地
火曜日

拝啓　ミスター・バーリンゲイム
まだその部屋に住みたいとお思いでしたら、住んでいただいてかまいません。奇跡のような幸運が舞い降りてきたのです。
かしこ
マリアン・グリズウォルド

エルム・ストリート三六番地
水曜日

ビルへ……

オリヴァー一〇番地
木曜日

ティミーへ……

ジョーンズ・ストリート一二四九番地
金曜日

母さん……

アーデンズ・コート一六番地
土曜日

親愛なるアラン

お手紙拝見して、どんなに嬉しく、幸せで、舞いあがるようだったか、とてもお伝えできません。あなたがいよいよプロポーズしてくださったら、わたしがなんとお返事するか、ずっとわかってらしたんでしょう？　もちろんあなたと結婚します。なんて素敵なんでしょう。

母さんも父さんも賛成しています。父さんはようやく末っ子が片づくんだから、自分たちはカリフォルニアへもどろうか、なんて言っています。ずっとあちらへもどりたかったみたいです。ですから、この部屋とほとんどの家具は結婚祝いとしてわたしたちにくれるんだそうです。十二部屋というのは、最初のうち広すぎるかもしれないけれど、これだけスペースがあれば、パーティを開いたりするのに使えるでしょう？　母さんが明日の夜、いろいろご相談したいから、ディナーにおいでくださいと言っています。

愛をこめて

フェリシア

うちのおばあちゃんと猫たち

　うちのおばあちゃんは忍耐強いし、猫というのは長生きだから、両者の争いの最終的な結果についてははっきり予想することはできない。わたしはこっそりおばあちゃんに賭けていて、ある人は猫たちに大金を賭けているけれど、わたしとしては、それじゃ損をしますよ、などと口を出すつもりはない。それでもわたしは、最初からずっと見守ってきた者として、今までの経緯を手短にまとめることはできる。付け加えておくが、長い目で見て、おばあちゃんに太刀打《たちう》ちできる持久力を猫たちが持っていると思ったことは一度もない。猫には九つの命があるかもしれないが、持久力はそれほどでもないのだ。

　おばあちゃんは魅力的な優しい女性だが、猫を相手にするときは話が別だ。それでもおばあちゃんは猫が大好きで、自分が猫たちの天敵として生まれたという残酷な運命を常に嘆いている。おばあちゃんを見ると、猫たちは身の毛がよだつようなのだ。十五年ほど前、おじいちゃんが亡くなり、おばあちゃんがうちで暮らすようになったときから、四、五十匹もの猫が、わたしたちと短い時間を共にし、ゆがんだ性格になり、去っていった。ひょっとすると、わたしたちはおばあちゃんに慣れてしまったが、猫にそれを期待するのは酷だったのかもしれない。

よくおばあちゃんに噛みついたフロッシーのことは忘れられない。噛みつく以上のことはしなかった。そっと近づいていって、足首にがぶりと噛みつき、なかなか放さないのだ。最初のうち、おばあちゃんはそれを愛情のしるしだと思っていて、フロッシーが特に自分を気にいってくれたと大喜びしていたが、フロッシーが年齢を重ね、体も大きく、歯も長くなると、足をお尻の下に敷いて座るようになった。やがてフロッシーは仔猫を産み始めた――数え切れないほどの仔猫を。そしてある日、フロッシーが部屋の外にいるからだいじょうぶだと思い、おばあちゃんが脚を休めようと床に下ろして座っていたところ、そのフロッシーが最年長の仔猫を一匹つれてテーブルの下から現れ、おばあちゃんの足首にどうやって噛みつくかを伝授し始めた。猫は殺さない、また、ちゃんとした理由がない限り追い出さない、という原則を守っていたおばあちゃんだが、やはり噛まれるのはがまんできなかったため、その後もずっと足をお尻の下に敷いて座り続けた。ところがフロッシーはついに過《あやま》ちを犯した。ある日のこと、浮かれた気分で部屋に駆けこんできて、うちの父さんをおばあちゃんと間違え、むこうずねに深手を負わせてしまったのだ。

フロッシーがいなくなると、おばあちゃんはわたしたちが一匹だけ手元に残した仔猫に悩まされるようになった。ペルシャ猫の血が半分混じった黄色い猫で、クリームパフという名前だった。クリームパフのやり口は、むしろ心を傷つけることを狙っていた。おばあちゃんが部屋に入ってくると、口をゆがめ、ちらりとふり返って見ながら、あてつけがましく出ていくのだ。キッチンで静かに餌を食べていても、おばあちゃんが入ってくると、食べるのをやめて出ていってしまう。このやり方では、おばあちゃんが少しやせただけだと見てとると、クリームパフはハエを殺してそのへんに放置するようになった。おばあちゃんが腰を下ろそうとすると、きまって椅子の上に七、八匹のハエの死骸が載っているのだ。ある日、おばあちゃんがピアノを弾きながら歌い、わたしがその横で聞いていると、クリームパフが部屋に入ってきた。どうやらおばあちゃんの姿が目に入らなかったようだ。おばあちゃんは、クリームパフも自分に懐《なつ》く気になったのかと喜んで、「このまま歌ってるからね」と、わたしに素早くささやいた。「あの子がどうするか教えとくれ」こうしておばあちゃんは『わたしはあなたの窓のそばを通った』を歌い続け、わたしはクリームパフから目を離さなかった。クリームパフはしばらく部屋の中をうろついていたが、その間《かん》ずっと、目の端でおばあちゃんを見ていることにわたしは気がついた。と、クリームパフがふいにピアノの椅子に飛び乗った。おばあちゃんはちょうど「あなたにおはようを、おはようを言うために、愛しい人」の部分に差しかかり、甲高い声を震わせているところだった。クリームパフは不快そうな目でおばあちゃんをちらりと見ると、譜面台の上に移ってハエを殺し始めた。ハエが楽譜の上に止まるまで待って、叩き殺すのだ。おばあちゃんは芸術への真摯な思いと激しい怒りの板ばさみになり、とうとう自分のほうが部屋を出ていった。それを見送ったクリームパフは、わたしに向かって邪悪な笑みを浮かべ、楽譜を台からはたき落とし、それきりふいと姿を消してしまった。彼がどうなったのかはわからない。わが家での務めは終わったと思ったのではないだろうか。

その後、父さんの命令により、しばらく家に猫はいなかった。家の中に諍《いさか》いがないと、日々は穏やかに過ぎていった。母さんは小さな犬を飼った。その犬はおばあちゃんによく懐いて、近づいていってはお腹を撫でてもらおうとするのだった。

ところがある日、わたしを家まで追いかけてきた仔猫がいた。そしてまた、同じことが一からくり返された――今回はもっとひどかったが。わたしは仔猫をニックと名づけた。ニックを拾ってきた週末、おばあちゃんはよそへ出かけていたので、ニックは家に落ち着き、犬にも慣れる時間があった。ニックは一見、気立てがよく、愛らしい仔猫のようだったが、それもおばあちゃんが玄関から入ってくるまでだった。「おや、仔猫じゃないか！」おばあちゃんはキンキン声で叫んだ。「まあ、まあ、かあいいでちゅねえ！」ニックは喉の奥でフーッとうなって突撃した。ニックと目を合わせようと屈みこんでいたおばあちゃんは、きちんと整えた髪を台無しにされた。

そのとき以来、ニックはわが家にいた猫たちの頂点に立つことになった。ニックがおばあちゃんに見せた態度といったら、フロッシーやクリームパフがずぶの素人《しろうと》に思えるほどで、今回ばかりはおばあちゃんも非戦を貫いたりせず、「目には目を」の方針でニックと渡り合った。おばあちゃんが寝室のドアと窓を閉め切っても、暖房の格子という抜け道を使えば中へ侵入できるとニックは発見し、夜中にそこを使って忍びこんで、おばあちゃんのお腹の上でぴょんぴょん飛び跳ねた。するとおばあちゃんはバスタブにぬるま湯をいっぱいに張って、ニックを放りこんだ。ある日おばあちゃんがケーキを焼いてアイシングをかけ、冷めるまでキッチンテーブルの上に載せておいたところ、ニックはケーキの上を歩き回ってかわいい模様をつけた。おばあちゃんはニックをつかまえ、床に伏せた洗い桶の中に閉じこめ、かたわらに座って、スプーンで桶の底をカンカン叩き続けた。そのうちに、ニックがほうきを持ったおばあちゃんに追いかけられて家じゅうを走り回っていても、だれも驚かなくなった。

「おばあちゃんは頭がおかしくなりかけてるみたいね」母さんはわたしに言った。

「ニックに悪気はないのよ」とわたし。

「おばあちゃんは何か悪だくみをしてる」

兄さんが家の車を電信柱にぶつけたとき、おばあちゃんは暗い声で、間違いなくあの猫の仕業だよ、とつぶやいた。またある朝、玄関の呼び鈴が鳴ったので、おばあちゃんがドアをあけると、ポーチにごく小さな黄色い鳥がちょこんと座っていた。「どうしたんだい」とおばあちゃんは声をかけたが、小鳥が返事をするより早く、ニックが飛び出していって鳥をつかまえ、運び去ってしまった。その鳥をおばあちゃんの友だちだと判断したのだろう。おばあちゃんは考えこむような顔になり、出かけていって、籠《かご》に入ったカナリアを買ってくると、母さんにプレゼントした。二、三日後、母さんが寝室でわたしにボタンホールの作り方を静かに教えていたところ、おばあちゃんが駆けこんできて叫んだ。「すぐ来ておくれ。あの猫がカナリアを追いかけてる。こんなことになるんじゃないかと思ってたよ！」母さんはかがり縫い用の裏当て《ダーニング・エッグ》で武装し、わたしといっしょに階下へ急いだ。するとニックが鳥籠の上に乗っていた。カナリアは身を揺らしながらニックに優しく歌いかけ、ニックは母さんが格子の隙間から差しこんでおいたレタスを食べていた。おばあちゃんはしばらくまごついていたが、じきにわれに返って、ニックを責めるように指をつきつけた。ニックは口からレタスの切れ端を垂らしたまま、おばあちゃんを平然と見つめている。おばあちゃんは芝居がかった声で叫んだ。「最初からそう言ってただろ？　こいつは生まれつきの盗《ぬす》っ人《と》だよ！」

その後、おばあちゃんは濡れタオルをおでこに載せてベッドに入り、母さんとわたしはニックに関する問題に結論を出した。

「ねえ、あの猫をどっかへやらないと、母さんはもう、おばあちゃんのやることに責任持てないわ」

「だれか引きとってくれる人がいるんじゃない？　うちとそんなに親しくなくて、あんまり訪ねてきたりしない人」

「お父さんと話してみるわね」母さんもわたしも、おばあちゃんは猫を相手にひるんだりしないとよくわかっていた。ちゃんとした理由をつけてニックを家から出さない限り、おばあちゃんは本拠地でニックと戦い続け、やがて何か大変なことが起こるかもしれない。母さんは父さんと話をしたらしく、翌朝、おばあちゃんの具合を見にいったとき、ニックは父さんと喧嘩したからよそへやりますと伝えた。

「じゃあ、あたしに預けとくれ」とおばあちゃんは言った。「あたしも出かけようと思ってたんだ」

「ニックをつれてくんですか」母さんは仰天して言った。

「あんなにいい猫を、あたしが追い出すと思うかい？」

おばあちゃんとニックはしばらく南のほうへ旅行していた。週に一度、おばあちゃんから報告が届いた。ニックが逃げ出した、ニックが列車の車掌に噛みついた、ニックがホテルの枕を全部ずたずたにした、ニックが海に落ちた、ニックがクロコダイルと喧嘩して肢《あし》を一本痛めた(どんなに頼んでも、おばあちゃんはこの件について二度と語ってくれなかった。思い出したくないというのだ)、ニックが旅行に疲れたから、今から家に帰る——。そして一人と一匹は帰宅した。おばあちゃんは日焼けして元気いっぱいで、ニックは前よりやせていて、くたびれた顔だった。

「旅はあたしたちに合ってるよね」とおばあちゃん。「だろ、ニッキーや?」おばあちゃんがニックの耳を愛情こめて引っぱると、ニックはゴロゴロと喉を鳴らした。

ニックはまもなく、シボレーと衝突して命を落とし、おばあちゃんは新しい猫を飼い始めた。天使みたいな顔をした、毛がつやつやの黒猫だ。

「強そうだろ?」その猫をつれ帰ったとき、おばあちゃんはそう言い、おじいちゃんにちなんでモーと名づけた。ほどなく、モーは変わりものだとわかった。サーモンとネットメロンしか食べないのだ。ネットメロンが出回らない時期にはイチゴを食べた。よく階段の上から二段めで寝ていたが、この習慣は兄さんとの諍いにつながった。兄さんには、全速力で玄関から飛びこんできて階段を駆けあがるという癖があったのだ。ところが、そうやって駆けあがり、モーのいる段に差しかかるたびに、モーが身を起こしてあくびするので、必ずつまずいて転んでしまうのだった。

ある日、兄さんは玄関から駆けこんできて、ふいにモーのことを思い出し、立ち止まってモーはいるかと確かめた。いる。そこで兄さんは、リビングで父さんの帽子を編んでいたおばあちゃんのほうをふり向き、今日こそあの猫に思い知らせてやると宣言した。それからゆっくりと階段を上っていき、モーをつまみあげると、階下へ運んで床に下ろした。モーが下から見守っていると、兄さんはごく慎重に階段を上まであがり、きびすを返して下りてきた。「どうだ、今日は転ばなかったぞ」とモーに話しかけ、もう一度やってみようと、ゆっくり上って、また下りてきた。それから「オーケイ、見てろよ」とモーに言い、玄関の外へ出ていき、バタンと戸をあけて飛びこみ、階段を駆けあがったが、途中でつまずいてうつぶせに倒れてしまった。モーはしかつめらしい顔で下に座り、兄さんが倒れたままぶつぶつ言うのをながめていた。そのあと兄さんは、モーには一言も声をかけず、階段を下りてきて回れ右し、ふたたび猛スピードで駆けあがった。と、今回はモーも駆け出し、兄さんより先に上までたどり着き、兄さんはモーにつまずいてまたもや転倒した。

おばあちゃんが玄関ホールに出てきて、楽しそうに訊いた。「おや、転んだのかい?」モーはとことこ下りてくると、おばあちゃんについてキッチンに入り、イチゴを一皿もらった。兄さんは手すりの隙間から頭をつき出し、やってきた母さんに助けられるまで、その場でうめいていた。

おばあちゃんはついにモーの意気をくじいてしまった。最初は首にリボンを結び、それでは効果がないとわかると、リボンに鈴をつけたのだ。そして、こうすればいい番猫になるからね、とわたしに説明した。ほら、モーはだれかが家に入ってきたら、絶対にちょっかい出そうとするだろう？　ニックがお腹の上で飛び跳ねたときから、あたしは眠りが浅いからね、モーが動いたら鈴の音を聞きつけて、下へおりてきて、泥棒をつかまえられるってわけさ。これはすばらしいアイディアのように思えたが、あいにくモーは、眠ろうとするたびに鈴が鳴るせいで癇《かん》癪《しゃく》を起こしてしまった。

モーが死んだとき、おばあちゃんはひどく気を落としていた。

「家にあの子がいてくれるだけで安心だったのにねえ」おばあちゃんは寂しげな声でそう言った。「おじいちゃんがいてくれるより、ずっと安心だったよ」

男の子たちのパーティ

長男のローリーは十月の初旬に誕生日を迎えるので、運のよい年には、ワールドシリーズを観戦しに父親とニューヨークへ出かけていく。けれどもブルックリンがリーグ優勝を逃した年には、家で誕生パーティを開くだけだ。去年の夏の終わり、ローリーが十二歳の誕生日をエベッツ球場から遠く離れて祝うことが、悲しくも明らかになってきたとき、彼は一度しかない十二回めの誕生日をとことん楽しく納得のいく形で祝おうと、綿密なプランの作成に力を注ぎ始めた。まずは、楽しい誕生日を過ごすにはそうするしかないと言って、妹たちをその週末、カリフォルニアの祖母のもとへ行かせることを提案した。わたしはそれに答えて言った――わたしたちが暮らすバーモントからカリフォルニアまでの距離を考えると、そのアイディアは支持できないが、妹たちは二人とも近所の友だちのところへ一日じゅう遊びにいかせると約束しよう、と。次にローリーは、十八人の友だちを招いて、家の横の芝生で野球がしたいと言い出した。家の横の芝生は運動場ではないし、友だちが十八人も来たら、物置を食堂代わりにしなければ食事が出せない、とわたしは答えた。ローリーはため息をつき、十二人を招いてのバレーボールでいいことにする、と要求のレベルを引き下げた。家の横の芝生は運動場ではないし、おそらくその日は雨になるだろう、とわたしは反論した。ローリーは少し考えて、きわめて礼儀正しく、昼すぎにロバート一人を呼んでチェスをするならかまわない？　と尋ねた。

うちの食堂は、十二歳の少年八人までならゆったり収容できる――ただし、駆けっこをしたり、テーブルナイフでフェンシングをしたりしないなら――とわたしは言った。それとも、軽い夕食を出して、夜のパーティを開くっていうのはどう？　それだったら、サンドイッチをどっさりと、おいしいフルーツポンチを作ってあげるし、友だちも大勢呼べるわよ。六人の男の子と、六人のおんなの――。そこまで聞いてローリーは部屋を出ていった。ときどき、ぼく以外の人間はみんな頭がおかしいんじゃないかと思うよ、と辛辣《しんらつ》な声で言いながら。

ローリーはしまいに、土曜の午後に映画を見て、そのあと夕食をとることにすると決め、仲のよい友だちを七人招待した。七人ともセンスのいいプレゼントを持ってきてくれそうだった。最新のヒット曲のレコードとか、蒸留器とか、ターザンの本とか――どれも仲間のあいだで人気があるものばかりだ。招待状には、どうぞ平服でお越しくださいとはっきり書いてあった。招待客は自転車に乗り、きれいにラッピングした包みをハンドルからぶら下げて到着した。包みは夕食のときあけることにして、食堂のテーブルに載せておき、自転車は裏のポーチのそばにずらりと並べておいて、ローリーと七人の友だちは、嬉しそうにじゃれ合いながらわたしの車に乗りこんできた。これから街へ行って『失われた惑星の狂った悪魔』と『ランチョ・グランデの誇り』と『猿人間による刺青《いれずみ》』と、二本のシリーズものと、一本のアニメと、もちろんニュース映画と予告編も鑑賞するのだ。わたしは朝のうちに小切手を換金し、八人分の入場料とめいめいのポップコーンとチョコレートバーの代金に足りる額をローリーに渡しておいた。あとは映画が終わる時間に、また迎えにいくことになっている。

次男のバリーはまだ三歳前で、兄の友人たちを、自分より優れた存在として大いに尊敬していた――どの子も見あげるほど背が高くて、賢くて、小さなおもちゃなら簡単に直してしまうのだから。街までついてくることになったバリーは、誕生パーティに来た男の子たちを、シートの背もたれごしに憧れの目で見つめていた。男の子たちは、わたしのステーションワゴンの後部にぎゅうぎゅう詰めになっていたが、前の席にはバリーとわたししかいなくて、充分なゆとりがあった。招待客は一人として、自分は女子どもといっしょに座るような女々しい人間だと認めたがらなかったからだ。八人とも後ろの席で窮屈な思いをしているらしく、じたばたする足や、抗議するようにふりあげた腕がときどきルームミラーに映っていた。おかげで街へ着くまでずっと、この子たちみんな、車がどこかに衝突することを密かに期待してるんじゃないかしら、という思いが頭から去らなかった。

「あのさ」と後ろから声がした。スチュアートの声だ。「あのさ、今週のシリーズもの、見逃せないよな。覚えてる？　みんなアラブ人につかまったの」

「だよな、でもさ」とオリヴァーが声を上げた。「あいつら、ちゃんと逃げ出すに決まってるだろ？」

「なあ、おまえがあの男だったらどうする？」

「そうそう！　あいつ、嘘ついたんだよな」

「うん、だけどそれ、撃つって言われたからだろ？　でもおまえならどうする？　降参したりしないよな？」

「けどさ、なあ、あれって——」

「だけどあいつ、降参したよな。見ただろ——降参したよな」

「うん、おれだったら——おれがあいつだったら、ぜったい降参しない」

「おまえら」と、ローリーが思い出させる。「先週のこと覚えてるよな？　案内係から文句言われただろ？」

「あなたたち」わたしは口を挟んだ。「いい？　喧嘩はしないで、行儀よく——」

「げっ」とローリー。「母さん、いたんだ」

「いないわよ」刺々《とげとげ》しい声になった。「バリーが運転してるの」

「ぼくがうんてんしてる」バリーも断言した。「ワイパーガラスのフロントのスイッチ入れたとこ」

「うん、でも」しばらく様子をうかがうような沈黙が続いたあと、会話が再開された。「おまえならどうする？　降参する？」

「あのさ」トミーが考えながら言う。「それって、他人《ひと》のものを盗《と》るときと同じだよな？　自分のものにしたいなら、絶対返さないだろ？　返せって言われてもさ」

「返さない」何人かが声をそろえる。「でもさ」とウィリー。「どうしても返さなきゃいけないとしたら？　警察が出てきたりして」

「うーん、そうだな」とだれかが言う。「警察が相手じゃしょうがないよな」「でも、あいつは違っただろ？」二、三人が声を揃える。「それにあの女も」だれかが付け加えた。

ちょっとのあいだ、咎《とが》めるような沈黙が続き、ジョーイが声を上げた。「おれは——おれだったら、正しいことすると思う」

「おまえはそうだよな」「うん、すげえな」「絶対そうするよな」

わたしは映画館の正面で車を停めた。「いい、ローリー？　お金に気をつけて。街じゅう走り回らないでね。四時半にもどってくるから。ジャンクフードでお腹いっぱいにしないでよ。夕ごはんは——」

「はいはい」とローリー。「うちのおふくろさ」とみんなに向かって、「ちょっとイカれてんだ」

わたしは唇を嚙む。「楽しんでらっしゃい」

「へーい」男の子たちは、盛大によろけたり、押し合ったりしながら一人ずつ車を降りていった。ドアの横にはバリーが座っていたので、どの子もじたばたと外へ出る途中、バリーの頭を軽く撫でていった。バリーはきゃっきゃっと笑い、わたしはこわばった笑顔を向けながら、めいめいが身に着けている上着や帽子を覚えておこうと努力した。家に来たときとだいたい同じ姿で帰さなくてはいけないからだ。ローリーは全員に命令していた。「おい、待てよ」とばかり言っている。

「気をつけてね」わたしは思わず言ってしまった。

ローリーがこっちを見た。「ほんと、イカれてるよね」

男の子たちは、空飛ぶ円盤から出てきた火星人の群れのように道を渡った。道の真ん中でローリーが足を止め、ちょっと考えてからもどってきた。

「ねえ」と車のウィンドウに駆け寄って話しかけてくる。「忘れるとこだった。ジョーイにあげるがらくたない？　模型自動車か何か」

「ジョーイに？」

「今日さ、あいつも誕生日なんだ。おい、ちょっと待てよ」ローリーはふり返って、また道を渡っていった――「どうして言わなかったのよ。言えばちゃんと――」というわたしの言葉には耳も貸さずに。

　わたしはウィンドウから首を伸ばしてローリーを問い詰めようとしたが、男の子たちは、まずはポップコーン売場へ急ごうと、ふざけ合いながら映画館へ駆けこんでいった。わたしは、あの子たちもいつか成長して行儀のいい若者になるのよ、と自分に強く言い聞かせながら、財布をかき回してパーキングメーター用の小銭を探し、バリーを車から抱きおろして、ジョーイのためのがらくたを買いにおもちゃ屋へ向かった。あの子たちもいつかきっと、きっと、行儀のいい若者になるのよ、としつこく自分に言い聞かせながら。

　母親とはみな、過ぎたことを引きずりがちなものだと思うが、わたしもジョーイに対して、この子を見てると落ち着かないけど我慢しなくちゃ、という思いを抱き続けていた。ジョーイはほかの子より六インチ背が高く、以前は毎朝、学校へ行く途中でローリーを殴っていたのだ。今ではすっかりローリーの友人グループの一員だが、わたしはどうしても、あの子は思いどおりにならないと石を投げつける子だ、という不安な気持ちを拭えなかった——たとえジョーイがいつもわたしに「おばさん《マム》」と礼儀正しく呼びかけ、男の子にしては珍しく、家に入るときは帽子をとることを忘れないとしても。わたしは不安をうまく隠すことができないため、ジョーイが家に入ってくると、いつだって大げさな微笑を浮かべてしまうし（なにしろジョーイはわたしより二インチ背が高いのだ）、PTAの会合では、オリヴァーの母親やトミーの母親やウィリーの母親といっしょに、ジョーイみたいな子には結局、罰じゃなくて思いやりが必要なのよね、ああいういたずらをするのは、ジョーイの不安の表れなんだわ、などと言い合ってしまう。ジョーイは両親を亡くして祖母と暮らしているのだが、彼の兄さんが少年院に入ったときには、ウィリーの母親がうちに電話してきて、二人でこう話したものだ——グループの一員として受け容れられているとジョーイが思ってくれれば、今からでもお祖母《ばあ》さんの自慢の孫になるかもしれないわね、と。母親たちはみんな、この件に真剣にとり組もうとしてきたし、言うまでもなく、学校の暖房炉にセメントをぶちこんだのがジョーイだという証拠はどこにもなかった。それでもわたしは、ジョーイにもほかの子と同じように誕生日があると知って、いささか動転していた。

　ともあれ、更生中のジョーイをふたたび悪の道にもどさないためには、すぐさま行動に移ったほうがよさそうだった。そこでわたしはバリーをおもちゃのトラクターのところで待たせておき、おもちゃ屋の公衆電話に入ってウィリーの母親に電話をかけた。ウィリーの母親は、電話を受けるが早いか、誕生パーティで何か問題が起きて、男の子たちがみんな自分の家に押し寄せてくるのでは、と思ったようだった。いいえ、そういうわけじゃないの、とわたしは安心させ、たった今聞いたんだけど、かわいそうなジョーイも今日が誕生日なのに、だれもそのことを知らなかったのよ、と伝えた。ウィリーの母親は、あらまあ、そんなこと今になってわかるなんて、と声を上げ、あの子もかわいそうにね、奥さんどうするつもり? と尋ねた。ええ、ほんとにかわいそうにね、とわたしは答えた。プレゼントを買って、ケーキをもう一個用意するしかなさそうだわ。家に用意してあるのには「ハッピー・バースデー・トゥ・ローリー」としか書かなかったし、そこにピンクのアイシングでジョーイの名前を書き足すなんて、たぶん無理だと思うから――。ちょっと待って、とウィリーの母親は言った。教会のバザー用のケーキにこれからアイシングをかけるところなの。それをジョーイのためにデコレーションするっていうのはどう? 教会のバザーにはアップルパイを出せばいいし、ケーキをお宅へ届けるとき、何かデザートも見繕《みつくろ》っていくわ。わたしは感謝をこめて答えた。そうしてくれると大助かりだわ。うちにはロウソクは充分あるから、ジョーイも自分の誕生祝いがぎりぎりで用意されたとは思わないはずよ。ウィリーの母親は言った。かわいそうに、子どもが誕生日をパーティなしで過ごすなんて、ひどい話よねえ。ヘレンとシルヴィアとジーンもそれを聞いたら気の毒に思うはずだから、あの人たちにも電話したらどうかしら? ケーキはお宅のキッチンのテーブルに置いておくわね。

勢いを得たわたしはオリヴァーの母親にも電話して、ジョーイも今日が誕生日だって知ってた？　と尋ねた。オリヴァーの母親は、そうだったの？　今日になってわかるなんて困ったわね、どうしたらいいかしら？　と答えた。そこでわたしは言った――今、あの子たちを映画館で降ろしてきたところで、まだわたし、街にいるのよ。ジョーイに何かちょっとしたものをあげるつもりなら、かわりに買って帰るわ。

「わかったわ。じゃあ、本なんてどう？」

「本？　ジョーイに？」

「あら――じゃあ、ナイフを。オリヴァーからだって伝えてね。お金は今度会ったときに払うわ」

素敵なカードも買って「オリヴァーより」って書いておくわ、とわたしは約束した。オリヴァーの母親が、あの子たちみんな、ちゃんと映画を見てるのかしら、と心配するので、ともかく映画館の中へは入ったわ、とわたしは請《う》け合った。今夜あの子たちに食事をさせるのが、わたしじゃなくてあなたで助かったわ、とオリヴァーの母親は言った。

次にトミーの母親に電話すると、彼女はこう言った。〈ボーイズ・ショップ〉に寄れたら、薄手のセーターか靴下半ダースをかわりに買ってもらえる？　かわいそうな子って、ぜんぜん服を持っていないものだから――。それはいい考えだと思ったので、わたしはスチュアートの母親（「今になってわかるなんてねえ」と声を上げた）にも、ジョーイに服をあげたらどう？　と提案した。男の子にはいつだってブルージーンズが入り用なものだし、手持ちの現金が尽きてきたら、〈ボーイズ・ショップ〉ではあなたの勘定につけておくから、と。

家に向かうまでに、わたしは六本の電話をかけ、ジョーイへの誕生祝いを七つと、バリー用のカウボーイスーツを抱えていた。バリーの服は、なぜか店員に言いくるめられて買うはめになったのだ。帰宅すると、ウィリーの母親のケーキがキッチンのテーブルに載っていた。大きさはローリーのケーキの半分だが、きれいな仕上がりで、「ベリー・ハッピー・バースデー・トゥ・ジョーイ」と書いてある。

幸い男の子たちの夕食はスパゲッティで、朝のうちに用意してあったので、このあとの作業は大量のパンにバターを塗り、プレーンなサラダを作ることくらいだった（「サラダに変なもの入れないでよ」とローリーからはっきり言われていたのだ。「レタスとスライスしたトマトとラディッシュだけ。マシュマロとかパイナップルとか、そういうのはやめてよね」「サラダにマシュマロ入れたことなんて、一度もないわよ」わたしはむっとして言ったが、ローリーは暗い目をして答えた。「いつそういうことするか、知れたもんじゃないよ」）。わたしは注意深くテーブルを整えた（「ねえ、小さい籠《かご》に入ったキャンディとか、あいつらに渡そうとしないでよ」）。無地の紙ナプキンと、普通のコップ、上等の銀器、あっさりした紺色の皿を並べていく――皿が紺色なのをローリーが見て、誕生日の食卓を飾り立てようとしてると思わなければいいのだが。そのあと、ひねくれた満足感を覚えながら、塩味のナッツを入れた銀の皿をテーブルの両端に置いた。家族が集う感謝祭の食卓にしか出さない一皿だ。加えて、ちょっとしたお土産《みやげ》をめいめいの席に置いておいた。そのくらいなら、あいつらもそんなに気にしないかも、とローリーがしぶしぶ許可してくれたのだ。豆鉄砲か水鉄砲はどう？　とローリーは言ったが、わたしはヨーヨーを選んだ。

バリーは主役のとなりの席に座って、お祝いの夕食に最初から最後まで参加するようにと丁重に招待されていた。夫は絶対に書斎から出るつもりはないと力をこめて宣言していた。わたしはといえば、テーブルに食事を用意するだけでいい、うるさく世話を焼かなくていいと厳しく言い渡されていた（「ジミーのパーティじゃ、ジミーんちのおふくろ《オールド・レディ》がずっとうろうろしてたんだぜ、呆れちゃうよね」とローリーは言った。「頼むから、よその子のお母さんのこと、おふくろ《オールド・レディ》なんて呼ばないで。ジミーのお母さんは、そんな年じゃ――」とわたしはたしなめた。「イカれてるよ」とローリーはため息をついた）。食事中のお楽しみは、ボール紙に印刷されたミニゲームだった。めいめいが台紙からカードを切りとると、何かちょっとした芸をするようにという指示が裏に書かれているのだ。もうひとつのお楽しみはトマト投げだったが、それについては、前もって企画されていたとしても、当然わたしは知らされていなかった。ともあれ、だいたいのところ計画どおりで、すこぶる満足のいく、行き届いた誕生会になりそうだった――だれかが映画館で迷子になったり、わたしがケーキを落としたりしなければ。

わたしは四時半に「駐車禁止」の表示がある映画館前の一角に車を停めた。四時三十五分に男の子たちが一人ずつ、目をぱちぱちさせたり、キャンディの包みを捨てたりしながら映画館から外へ出てきた。どの子も車に乗りこむときにバリーの頭を撫でていき、わたしは帽子や上着が揃っているか、角にいる警官がこっちへ来ないかと、落ち着きなく目を走らせていた。ローリーが乗りこむと、わたしは後ろを向いて人数を数えた。「みんないる？　スチュアートは？」

「ここだよ」ステーションワゴンの後部座席の固まりの中から声がした。

「ジョーイは？」とわたしは目を凝らした。

「いるよ」

「オリヴァーがいない」だれかが言い、何人かの声が続いた。「ほんとだ、オリヴァー。オリヴァーがいない。オリーはどこいった？」

「かたっぽの靴、とりにいったんだよ」とウィリー。

「靴がどうしたの？」わたしはまたふり返った。「靴って、どういうこと？」

「うるさいなあ」ローリーが言い、後部座席はしーんと静まり返った。

「ねえ」少ししてからわたしは言った。「だれかオリヴァーをつれてきて。お巡りさんが――」

「来た」とローリー。「急げよ、オリー。うちのおふくろ、逮捕されちゃうだろ！　それに、早く帰ってメシ食うんだからな、まったくもう」

「アイスクリーム」バリーは背もたれごしに、にっこり笑いながら秘密を明かした。「アイスクリーム、ローリー」

オリヴァーが乗りこむと、わたしはあと二回人数を数えて、今車に乗っていない子は歩いて帰ってきてもらいますと宣言し、家へと向かった。バリーは「アイスクリーム、アイスクリーム」と鼻歌を歌っていた。しばらくすると、後部座席でだれかが言った。「なあなあ、あの男、すごかったよな」

「うん」とだれかが言い、別の声がため息混じりに「すごかった」と相槌《あいづち》を打った。

「スペースガン持った連中がさ――」

「それとタコが――」

「シリーズものではさ――」

「アイスクリーム、アイスクリーム」とバリーが歌う。

「警察が家を捜索したとき――」

「マスターブレインが――」

「案内係、めちゃくちゃ怒ってたな」

わたしはくつろいだ気分だった。あとは夕食をテーブルに用意して、ロウソクに火をつけ、八組の手を洗わせようと精一杯がんばるだけだ。ジョーイのためのプレゼントとケーキを思い出すと、晴れ晴れとした満足感もこみあげてきた。「アイスクリームとケーキとアイスクリーム」バリーが歌っている。


ローリーがテーブルの端につき、ジョーイが反対側に座った。二人がプレゼントをあけるとき、男の子たちは周囲に群がった。一人か二人は、自分がジョーイにもプレゼントをあげたと知って少し驚いた顔だったが、だれも何も言わなかった。わたしはキッチンの入口にひっそりとたたずみ、ひと仕事無事に終えたという、めったにない喜びをかみしめていた。ジョーイはたいへん嬉しそうで、トミーからもらったセーターを着てみることまでした。その後、男の子たちがスパゲッティをとり分け、ロバートが「腕いっぱいの荷物を抱えて公衆電話に入ろうとしている太ったご婦人の真似をする」というカードの指示に従っていたとき、ジョーイがテーブルを離れてキッチンに入ってきた。わたしは追加のパンにバターを塗っているところだった。

「どうもありがとう」ジョーイはぎこちなく言った。

「いいえ、お誕生日おめでとう」こんなにいい子のことを、どうして警戒してたのかしら、と思いながら、わたしは答えた。

「ありがとう、おばさん」ジョーイはもう一度言って、テーブルにもどり、わたしはバターを塗り続けた。ウィリーが自分の頭を叩きながら腹をさすろうとしていて（同時にやるのが難しい仕草）、バリーがアイスクリームはどこ？　と不安そうな声を上げている。

わたしは夫を説得して書斎からつれ出し、ローリーのケーキを運ばせ、自分はジョーイの分を運んだ。

「ハッピー・バースデー」みんなが歌った。「ハッピー・バースデー・トゥ・ローリー・アンド・ジョーイ」

「ハッピー・バースデー」バリーは一人で別の歌を歌っていた。「ハッピー・アンド・アイス・クリーム」

わたしはそろそろトマト投げが始まる時間だとはつゆ知らず、夫と書斎に引き返した。「もう一人、お祝いされてた子はだれだい？」夫が訊いた。

「ジョーイよ。最近じゃ、友だちができたおかげで、ほんとにいい子になって、野球もやってるし——」

「郵便局の窓を撃ち抜いた子?」

「——ムーア先生も言ってるの。少し励ましてやったら、落ち着いて勉強するようになって、何よりだって——」

「ヘンリーさんちの猫を鶏小屋に追いこんだ子?」

「あの子がプレゼントをあけてるところを見たら、きっと感動したと思うわ」

「あいつがプレザント通りに足を踏み入れたら、マーティンじいさんがショットガン構えて待ってるんだってね」

「そりゃ、あなたがちょっとした優しさと忍耐の力を信じられないなら——」

「ともかく、銀器はちゃんと数えるように」夫は言った。

バリーが書斎のドアをあけた。「ゆうごはんまだ? ねえ、きて。ローリーがトマトでべちょべちょ」


その後しばらくして、トマトと、レタスの切れ端と、パンと、細い紐みたいなスパゲッティと、破れた紙と、ナッツと、ちぎれたリボンと、ひっくり返った椅子には目をつぶり、わたしはローリーと勝手口に立って手を振りながら招待客を見送っていた。「すごく楽しかったです。プレゼントとケーキもどうもありがとう」とジョーイは言った。

「どういたしまして」とわたし。

「またな、ジョー」とローリーはあいさつし、最後の自転車が走り去っていくと「あーあ」とわたしに向かって声を上げた。「あーあ、ジョーイのやつ、ツイてるよな」

「言ってくれてよかったわ。あの子も今日が誕生日だって知らなかったら、あとになって気が咎めたと思うから」

「うん。でもさ、あいつこれからどうすると思う？　今夜おじさんが競馬場につれてってくれて、全部のレースに賭けさせてくれるんだって。いいよなあ」わたしが笑い出したので、ローリーはふり向いてこっちの顔をしげしげと見た。「なんかおかしい？」

「何も。母さんちょっとイカれてるだけ」

「え？」

「イカれてるの。父さんには内緒」

ローリーはちょっとわたしを見て、やれやれという顔で首を振り、手を伸ばしてわたしの肩を満足そうに撫でた。「でも、すげえパーティだったよ。ほら、おふくろ、ここ片づけようよ」

不良少年

十二歳の少年の母親はたいてい、息子が秘密の犯罪に引きずりこまれているに違いない、という不安な確信を持っているものだ。わたしの場合、息子のローリーに関するこの確信は――それなりの理由があって――ニューヨーク州北部に住むジョン・R・シンプキンズ夫人と分かち合っている。彼女のローリーに対する意見は、わたし自身の意見より、そして、うちの夫のもっと穏やかな意見より、はるかに辛辣《しんらつ》なものである。ちなみに夫は近ごろ、十八世紀の犯罪を研究しており、当時の十二歳の少年はことごとく犯罪者で――あるいは、彼の言葉によれば、怒れる若者で――実を言うと、多くはシンプキンズという名前だったと指摘している。「干してある洗濯物をかっぱらったりしたんだ」子育てに悩むわたしを元気づけようとしてか、夫はそんなことを教えてくれる。

ただし、わたしがここで言っているのはもちろん、ローリーが九歳の夏、うちのとなりに住んでいたジョン・R・シンプキンズ夫人のことだ。シンプキンズ家の向かいはローランド家だったが、その夏、家を借りたときには、ローランド家の息子たちのような少年が近くに住んでいるとはむろん夢にも思わなかった。シンプキンズ夫人は今でもときどき、当時のわが家の知り合いに関するニュースを伝えようと、わたしに手紙を送ってよこす。彼女はローリーの犯罪歴を正面切って尋ねたりしないし、六週間だけうちのご近所だった一家の芳《かんば》しからぬ状況に触れたりもしないが、いちばん最近の手紙には、新聞の切り抜きが同封され、こんなことが書いてあった。ローランド家の息子が新聞に載っていました。それを見て真っ先に思い出したのは、あなたたちご一家のことでした——。次の段落には、うちの大事な息子は、学校新聞に載った詩を絶賛されていますが、かわいいローリーは最近どうしていますか、と書かれていた。今でもあらゆるスポーツに興味があるんでしょうね、あいかわらず「お元気」なんでしょうか。

「見てよ、これ」わたしは手紙と切り抜きを夫の目の前の机に叩きつけた。

夫はぼんやりと切り抜きを見た。「あいつもとうとうパクられたってわけか」

「あの女、陰険な噂を流さないように閉じこめとくべきだわ。あの町の人たち、わたしたちのことをどんなふうに思ってることか」

「ローランドさんちは——」

「あのね」わたしは説いて聞かせた。「彼女がローランド家のことを悪く言ったとしても、それはたぶん本当のことでしょう？　あなたも知ってのとおり、あそこの上の息子は紛《まぎ》れもない——」

「チンピラだったな」

「でもローリーはかわいそうに——不良どもに騙《だま》されて——ただくっついて回って、言われたとおりにしてただけ——」

「外野手だ」夫は言った。「あの最後の一件じゃ、外野手ってところだった」

わたしは手紙と切り抜きを引ったくって、足音高く書斎をあとにした。「ローリーに英語を話せる父親がいてくれたらね――」と肩ごしに言い捨てて。

「ローランドさんちの奥さんにもそう言ったんだよな」夫はにこやかに答えた。

確かに、そのようなことは言った。わたしはキッチンに行き、シンプキンズ夫人とローランド家の連中と夫への恨みをこめて、今日も昼食に野菜スープを出すことに決め、片手鍋に蓋《ふた》をしながら、鍋に入ってるのがスパイク・ローランドの首だったらよかったのに、と考えた。わたしがローランド夫人に言ったのは、スパイクの父親も息子たちのよいお手本になるように努めてはどうか、ということで、ローランド夫人が声を上げて笑ったのは、そのとき一度きりだった。わたしはローランド氏に直接会ったことはないが、ローリーは会ったことがある。

スパイク・ローランドは十三歳、弟のビリーは十歳で、ローリーは九歳だった。おとなりのシンプキンズ家のかわいい息子は、ローリーより半年ほど年上で、彼の妹とうちのジャニーはその夏じゅう、たいそう仲良しだった。かわいいトミー・シンプキンズがローリーの遊び友だちになってくれないかしら、と思ったわたしは、その家で過ごす最初の週に、シンプキンズ家の兄妹を夕食に招くことまでしたのだが、ローリーに関する限り、そのパーティは大失敗だった。夕食が終わると、トミー・シンプキンズは腰を落ち着けて、妹とジャニーを相手にままごとを始め、ローリーは楽しみを求めてうろうろと外へ出ていった挙句《あげく》、街灯を撃ち抜いていたローランド家の兄弟と出会ってしまったのだ。

わたしと夫は当然ながら、夏のあいだにローリーの態度が悪くなってきたことに気がついた。ローリーは生意気で、薄汚く、無神経になり、いたいけなトミー・シンプキンズにひどく邪険な態度をとった。しかもいろいろなことをサボるようになった。そして、わたしたちが火事の件を知ったのは、ある日の夕方、ローリーが上着を焦がし、顔を煤《すす》だらけにして帰ってきたときのことだった。

「どうしたの」わたしは上着をはぎとってローリーの体をつかみ、火傷《やけど》していないかとぐるぐる回しながら、強い調子で訊いた。「何があったの」

ローリーはいらいらとかぶりを振った。「母さんがかんかんになるって、あいつに言ったんだけどさ」

「そのとおりよ。かんかんだわ。だれにそう言ったの?」

「スパイクだよ。あいつの上着を使ってくれって頼んだんだけど」

「使うって、何に」

「火事を消すのに」

「どこの火事」

「ツリーハウスの」

「火事? ツリーハウスで? うちの裏庭の――消えたの?」

わたしは猛然ときびすを返し、勝手口へ向かおうとしたが、ローリーに引き止められた。

「ちゃんと消えたよ。もう心配ないってば」

わたしは腰を下ろし、ローリーがぼんやりとカーテンに煤をこすりつけているあいだに、百まで数えてなんとか落ち着き、少しだけ震える手でタバコに火をつけた。「さてと、ローレンス、どういうことかすっかり話してちょうだい。ツリーハウスが火事になったの?」

「最初は火事じゃなかった」

「どういうこと」

「ビリーが灯油をかけるまでは、どうってことなかった」

「えっ?」わたしの声は弱々しかった。

「あいつ、もっとよく燃えるって言ってさ。そしたらツリーハウスまで燃えちゃって」

「そもそもどうして火が燃えてたの」

「スパイクが熾《おこ》した」

「どうして」

「ジャガイモを焼くため」

「ジャガイモ?」

「マーティンじいさんの店からくすねてきたやつ」

「あの子、ジャガイモを盗んだの?」

「まあ……仕方なく」

「ねえ——それって——どういうこと?」

「ビリーのためだよ。スパイクは自分が代わりにじいさんに追いかけられようとしたんだ」

「ローリー」わたしは言った「お父さんは五時に帰ってきます。それまでお風呂に入ってなさい。お父さんがあなたと話して、どうするかを決めます。あなたが泥棒や放火魔と付き合ってるってお父さんに話しますからね。さあ、二階へ行って」

「風呂はいやだ」ローリーはすねたように言った。

「入りなさい」わたしは命令した。「でも、あとひとつだけ——どうしてスパイクはビリーがマーティンさんに追いかけられそうだと思ったの」

「ビリーが猫を肉のカウンターの中に入れたからさ。でもぼくは何もしてない。見てただけだよ」

あいにく、シンプキンズ夫人がツリーハウスの火事を目撃しており、そのあと何度も、妹たちと静かに遊ぶ男の子もいれば、不良とつるんでうろつく男の子もいるんですねえ、と嫌味な口調で言ってよこした。わたしと夫はローリーに、今後ローランド家の兄弟と会うことも、二人と連絡をとることも、二人に合図することも、二人を思い出すことも禁止すると言い渡し、わたしは翌朝ローランド家を訪ねて母親と話をした。母親は血色の悪い疲れた感じの女性で、赤ん坊を抱いて戸口に現れた。母親も赤ん坊もひどく元気のない顔をしていた。わたしはなるべく丁寧に、今後お宅とのお付き合いはご遠慮したい、と告げ、母親はうなずいてため息をついた。まるでわたしたちが、彼らに話しかけてくれる最後の一家だったのに、今や去っていってしまう、と言わんばかりに。息子さんたちにローリーとの付き合いをただちにやめてほしいとお伝えいただけますか、とわたしは頼んだ。

「伝えときます」と母親は言い、赤ん坊は皮肉な目でわたしを見た。

あの木にひどい被害がなかったのは幸いでした、なにしろあの家は夏のあいだ借りているだけですから、とわたしは言い、「でも、少し意外でした」と付け加えた。「スパイクみたいに大きい子が、あんなことをやらせるなんて」

「そうですか」と母親。

「だけど、お宅のご主人が――」

母親はあとずさった。「主人が何です？」きつい声で訊きながら、赤ん坊をぎゅっと抱きしめる。

「わたしはただ、ご主人が息子さんたちにお話をなさったら、と思ったんです。ああいうことは危険だと教えてはどうかと」

「ああいうことって？　彼は何もやってません。やったなんて言わないほうがいいですよ」

「でも、木に火をつけるっていうのは――」

「ああ、スパイキーのこと。あの子はまだ子どもなんです――あの子のことは心配してません。でも、主人のことは悪く言わないほうが――主人は木に火をつけたりしてませんから」

「わたしはただ」いら立ちを抑えてわたしは言った。「ご主人に息子さんたちのお手本になっていただけたらと」

先ほども述べたとおり、このときただ一度だけ、ローランド夫人は笑い声を上げた。

わたしたちはローリーに一週間の外出禁止を申しつけた。その間ずっと、彼はいたって行儀よく、驚くほどよい子だった。〈イーグル・ロッジのハーディー・ボーイズ〉のシリーズをほとんど読んでしまい、たいてい絵を描いてすごしたが、シンプキンズ家の息子と文通しないかという誘いは断った。となりの息子はローリーに、退屈だろうから手紙でチェスの対戦をしようと持ちかけてきたのだ。

わたしと夫は、ローリーが改心したとのんきに信じこんでいた。ローリーの謹慎《きんしん》が解ける日に、わたしは夫に言ったものだ。ああやって心底恐ろしい思いをすれば、子どもはそれを一生覚えているんでしょうね。すると夫は答えた。たいていの子どもは、善悪の区別さえつけば、本能的に悪い手本より良い手本を見習おうとするものさ。わたしたちは、きちんとモラルを教えられ、外出を禁止されて〈ハーディー・ボーイズ〉を読みふけったことは、長い目で見れば必ずやよい結果に結びつくだろう、とうなずき合った。

その翌日、警官がやってきた。夫が新聞の日曜版を読み、わたしが肉を焼いていると、警官が玄関をノックして、ローリーはいるかと訊いたのだ。

「ローリー?」わたしは言い、夫も「何です?」と尋ねた。

「こちらには十歳くらいの男の子がいますね」

「ええ」と夫は言い、わたしは言い訳がましく、ローリーはまだ九歳ですが、と付け加えた。

「あの」警官は気まずそうだった。「うちにも子どもがいましてね。十歳の娘と六歳の息子が」

わたしと夫は緊張して次の言葉を待った。少し間をおいて警官は続けた。「息子さんとお話ししたほうがよさそうですね」

「あら、でも」わたしは言った。「ローリーは何もしてません」夫は言った。「ローリーが何をしたんですか」

「ちょっとしたトラブルがありましてね。息子さんがそのトラブルに関わっていたようなんです」

階段を上っていく小さな足音に、警官は口をつぐんだ。どういう客が来たのか確かめて、ローリーが自分の部屋へもどろうとしていたのだ。夫がそれを追いかけていってつかまえた。ふくれ面に不安をにじませてローリーがつれてこられたとき、わたしはもう少しで、駆け寄っていって抱きあげ、うちの子はまだ小さいんです、わたしが生きてるあいだはだれにも指一本触れさせません！　と叫び出しそうになり、必死でその衝動をこらえるはめになった。幸いなことに、警官のほうが先に口を開いた。

「さてと、きみ、コンクリートミキサーのこと、話してくれないかな」

ローリーは「コンクリートミキサーって？」と言いかけたが、父親の視線に気づいてこう言った。「ただのぼろっちいミキサーじゃん」

「だれが動かしたんだい」と警官。

「スパイク」聞きとれないくらいの声だった。

「きみもそこにいたの？」

ローリーはわたしから父親へ、それから警官へと視線を移した。「まあね」

「スパイクはどうやってコンクリートミキサーを動かしたんだい」

ローリーは困ったように唾《つば》を飲んだ。「ケーブル」

「ケーブル？」

「ケーブルを何本かねじり合わせたんだ。ぼくとビリーにコンクリートミキサーの動かし方、見せてやるって」

警官は身を乗り出した。「どのケーブルかな。覚えてるかい？」口調に熱がこもった。

ローリーがかぶりを振ると、警官は顔を曇らせて椅子にもたれた。

「いじったのはスパイクだもん」ローリーは訴えた。「ぼくらは見てただけ」

すると警官は、いかにも気楽そうなそぶりで自分の爪に目を落とした。「そのスパイクは、今どこにいるのかな」ローリーは首を振った。「どこかスパイクのいそうなところを思いつかない？」ローリーは首を振った。「いつもの隠れ場所とか、知らないかな」

「ビリーに訊いてみたら？」

「ビリーも知らないってさ」警官はため息をついた。「スパイクを見つけたいんだが」

「逮捕するの？」ローリーは言った。

警官は言葉に詰まった。「実を言うと」少しおいて、言いにくそうに続けた。「それよりもミキサーを止めてほしいんだ。今、工場長が町にいないんでね」わたしたちに向かって説明する。「あのミキサー、近所に止められる人間がいないんで、ずっとゴロゴロ回り続けてるんです。ねえ、きみ」警官はまたローリーに向かって懇願するように言った。「どこか思いつかないかな——どこでもいいんだ——スパイクがいそうなところ」

「思いつかない」

「あの子の父親に訊いてみたらどうです？」わたしは口を挟んだ。

ローリーは鼻で笑った。警官はわたしにちらりと哀れみの目を向け、それからローリーを見て言った。「きみの話はもう一人の子――ビリーの話と一致している。きみが責任を問われることはないと思うよ。だけど、きみとわたしときみのお父さんと三人で、いたずらをする子どもについて、男同士の話をしたほうがいいと思うんだが」

この言葉の意図は明らかだったので、わたしはキッチンにもどってまた肉を焼き始めた。半時間ほどして、夫とローリーが玄関で警官に別れを告げるのが聞こえてきた。キッチンの窓からのぞくと、シンプキンズ夫人がとなりのキッチンの窓から、警官が帰っていくところをじっと見つめていた。

この事件のせいでわが家が被《こうむ》ったダメージはさほど大きくなかった。ローリーはコンクリートミキサーを所有する会社に、苦心して詫び状を書いた。ミキサーはしまいにモーターが焼き切れ、ひとりでに停止していた。夫はうちからも賠償金を払うと申し出たが、ローリーがミキサーを動かしたわけではなかったため、会社側はそれには及ばないと言ってくれた。それどころか、謹慎していた一週間分の小遣いをローリーが涙ながらに差し出すと、オーナーは彼の頭を撫でてくれた。わたしが知る限り、ローランド氏は賠償金を請求されなかった。

三年後にシンプキンズ夫人が送ってよこした切り抜きは、スパイク・ローランドが案内係として働いていた映画館から多額の金を盗み、盗難車で逃走した罪で二年間の懲役に処せられた、と簡単に伝えていた。有罪となった若者の父親は、〈オネスト・ジョンズ中古車販売店〉のオーナー、ジョン・ローランドである、と。

ローリーが学校から帰ってきて昼食の席につくと、わたしは何も言わずに切り抜きを皿の横に置いた。「野菜スープ?」とローリー。

「またあ?」とジャニーが言い、夫は悲しげに皿を見おろした。

二人のちびっ子、サリーとバリーはもう昼食を始めていた。バリーはミルクをこぼし、サリーはスプーンの背で思案げにクラッカーを砕いている。

「ねえ」ローリーが訴えるように言った。「学校でずっとがんばったあとで、こんな昼ごはん――」切り抜きに目を留める。「何これ? 読めっていうの?」記事を読み、顔をしかめ、もう一度読み、肩をすくめ、床に切り抜きを放り出し、それから「へえ!」と明るい驚きの声を上げてまた拾いあげた。「へえ、ローランドの親父さんって、車売ってたんだ? あのおっさんが?」くすくすと笑い声を漏らす。

「ねえ、わかってる? 友だちが刑務所に入ったのよ」とわたし。

「ああ、そのこと? 親父さんが何とかするよ。スパイクがよく言ってた――この町はうちの親父のものなんだって。あーあ」ローリーは思い出に浸るようにため息をついた。「楽しい夏だったなあ。ほら、あの一週間、部屋から出るなって言われてたよね」と父親に声をかける。

「そんな命令、どこ吹く風か?」と夫。

「そう」とローリー。「あーあ」ともう一度言う。「あのミキサー、ちゃんと直ったのかな」それから妹のジャニーに「おまえにも見せたかったなあ」と話しかけ、「あちこちに警官がいてさ、ビリーとぼく――なーんにも知りませんって」と笑い声を上げた。

「あの子、四日くらいたって出てきたのよね」わたしは言った。

「スパイクは絶対見つからないって、ぼくたちわかってたよ」とローリー。「一年だって隠れてられただろうな」

「隠れてるって、どこに?」わたしは訊き、夫は言った。「じゃあ、どこにいるのかほんとは知ってたんだな」

「そりゃ知ってたよ。うちの地下室にいたんだから」ローリーはまたジャニーに向かって説明した。「ぼくら〈ブラック・ハンド団〉てのを結成しててさ、ぼくやビリーがばらしたら、スパイクに指を一本ずつちょん切られるってルールになってたんだ。食い物をどっさり運んでやったんだぜ――ビリーはグラハムクラッカー一箱と、リンゴ一袋。どっちもくすねてきたやつ。ぼくは冷蔵庫に入ってたミートローフ」と、わたしのほうを向いて、「犬がやったんだと思ってたよね、覚えてる?」

「シンプキンズさんが――」わたしは弱々しく言った。

「おまえまだ、ちっちゃすぎたんだよな」ローリーはジャニーに言った。「あーあ! よくジャガイモをくすねて火であぶって食べたし、スパイクが親父さんの車でつれ出してくれて――」

「え?」夫が言った。

「――何度か夜に抜け出して映画を見たし、いっぺんスパイクが親父さんから五ドルもらって、葉巻を一箱買って——」

「ローリー」わたしは悲痛な声を上げた。

「母さんてば、ぼくのこと赤ん坊扱いしすぎ」ローリーはげんなりした顔でスプーンを手にとったが、少したつと、またしてもくすくす笑い、それから「あーあ！」とつぶやいた。

車のせいかも

あれは車のせいだったのかもしれない。庭木が立ち枯れ病になったせいかもしれないし、バスタブがまた水漏れしたせいかもしれないし、洗濯屋が来るのが遅かったせいかもしれないし、今夜もまたハンバーグを焼かなきゃと思ったせいかもしれない。いや、結局のところ、夫の学生が目をくりっとさせて、何の悪気もなしに、「絵のほうは進んでらっしゃいますか」と尋ねたせいかもしれない。ここ二十年間、わたしが色を塗ったものといったら、ガーデンチェアくらいよ、と答えると、彼女は目を丸くし、顔をしかめてこう言った。「でも、奥さんは画家のはずですよね」「たしか作家のはずよ」引きつった顔でわたしは答えた。「おかしいなあ。ずっと画家だと思ってました。どんなものを書いてらっしゃるんですか」

「わたしは作家のはずよね」わたしはその晩、夫に訊いた。

「え?」と夫。「わたしは作家のはずよね」「だと思うけど、どうして?」「どうも画家だと思われてたみたいなの」

「何を言ってるのか、わけがわからないな。夕飯はまだ?」

車は新車だった。英国製の小型コンバーチブルで、黒くて小回りがきき、魅力的だった。ハンドルに雄牛の絵がついていたので、子どもたちは一目見てトロ（スペイン語で「雄牛」という意味）と名をつけた。わたしは今夜もまたハンバーグを焼くより、トロを乗り回したい気分だった。夕刊を読んでいる夫をリビングに残してキッチンに行き、片隅にある自分のハイスツールに座ると、私道に停めてあるトロを見ながら物思いにふけった。今日、娘はスカートのファスナーを壊してしまった。ポーチの脇に植えたバラの木はどう見ても育ちそうにない――。わたしは作家よ、と台所の隅で自分に言い聞かせる。わたしは作家で、いつもハンバーグを焼きながらここに座っている。犬はまたしても小川へ行き、泥の中を転がり回ったようだ。

　この家にはサイズも、古さも、回転数も、音の大きさもまちまちな数千枚のレコードがあるが、わたしのレコードはそのうちの二枚きりだ。一枚にはさまざまな自動演奏楽器の曲が、もう一枚には闘牛の音楽が収められている。わたしは二階へ行って、子どもたちのレコードプレイヤーをひとつ借り、キッチンへ持ってきて、自分のレコードをとり出すと、一枚めのほうの、蒸気オルガンが『ニューヨークの歩道』を演奏している箇所をかけた。「母さんがまたおかしくなった」長男がリビングで父親にそう言っている。「今度は何をやらかすのかな」

「すべては真実か、偽りか、母さんの妄想なんだ」夫の声がぼそぼそと聞こえてくる。

「母さんが闘牛の曲のほう、かけてくれたらよかったのに」長男は続けた。「あのオルガンの音、いらいらするんだ」

「こないだ母さんが闘牛の曲をかけたときは、四夜続けて野菜スープだったぞ」

「父さん、もっと外へ食事につれてってよ」

「母さんが自動演奏の曲をかけたあとは、たいてい二階へ上がってリネン類のクローゼットを掃除するんだ。でなきゃ大学生のころ、父さんが母さんに書いた手紙を読むこともある」夫の声は震えていた。

「なんでもいいけど、闘牛の曲、かけてくれたらよかったのに」

わたしはスツールを下りてリビングに行った。「ねえ」と二人に声をかける。「わたしは作家なの？　中年の主婦なの？」

「やれやれ」息子がぼやき、夫は答えた。「作家だよ。作家だとも」

「うん、作家だよ」と息子も言う。

わたしは勝手口を出て、階段を下り、トロに乗りこんだ。リビングの窓から夫と息子がこっちを見つめている。娘が二階の自室の窓から顔を出して言った。「お出かけするの？　別のスカートはくまで待ってて。いっしょに行きたい」

「あんたは家にいてハンバーグを焼いてちょうだい。冷凍庫にデザートのアイスクリームが入ってるから」

「どこ行くの」

「逃げ出すの。西部へ行ってインディアンと戦うかも」

「また？　だって、オルガンの曲、かけてなかったっけ？」

「いつか母さんの消息、聞くことがあるかもね。シンガポールでバーを経営してるかもしれないし、アルジェの街角で新聞を売ってるかもしれない。でなきゃ、今から何年も先にちっちゃなおばあさんがあんたに近づいてきて、顔をのぞきこんで、母さんのこと覚えてる？　って訊くかもしれない。それが母さんなの」

「ああそう。まあ、楽しんできてね」

わたしは私道の上で車をバックさせ、向きを変えて町の外を目指した。時刻は午後五時三十分、外気はとても暖かく、田舎道《いなかみち》はさわやかな緑でいっぱいだった。わたしは断固として自分に言い聞かせた。わたしは作家よ、料理や掃除やファスナーの修理をする人間じゃないわ。そしてこれから逃げ出すところ——。二十マイルほど走り、小さな町を五つ六つ通りすぎたが、どの町もわが家に近すぎた。どの町もよく知っているし、店も家々も見慣れていて、何人か知り合いさえ住んでいる。もっと遠くへ行かなくては。東のほうへはあまり行かないので、東へ向かう最初の道に入った。その道は状態が悪く、景色は次第に見覚えがなくなってきた。そこで、いくつめかの交差点で南へ曲がった。四十マイル走ったころには、車はまったく見知らぬ風景の中を走り、あたりは暗くなりかけていた。ほどなく「一六八四年入植」の立札がある小さな町にたどり着いた。広々とした共有草地があり、コロニアル風の見事な古い建物が〈コロニアル・イン〉というホテルになっている。周囲には、中二階のある家や、壁がガラスブロックの店が並んでいた。この町に泊まろうと決めて、わたしはホテルの駐車場に向かった。

ロビーに入ると、右手に〈古い牛小屋《オールド・カウ・シエド》〉という名前の食堂があり、左手に〈飼い葉桶《トローフ》〉という名前のバーがあった。わたしはカウンターに近づき、銅のビーズを連ねたネックレスをつけた女性に、部屋はありますかと訊いた。女性はこちらをしげしげと見て、「ご近所の方では？」と尋ねた。

「いいえ、リオデジャネイロから来ました。旅の途中なんです」

「A&Pスーパーマーケットでお見かけしたことがなかったかしら」

「いいえ。旅行客です」

「おかしいわね。きっと他人の空似《そらに》でしょうね」

「ええ」

「長く滞在されますか」

「わかりません。ボスから緊急の呼び出しがあるかも——上司からね。わたし、諜報関係の仕事をしてるんです」

「あらまあ」と彼女は言った。「旅先でこのホテルを勧めてくださいます？」

「もちろんよ。いいですとも《ムイ・ボノ》」

「メキシコの方って、みなさんお金持ちなんですよね」

「石油のおかげでね」わたしは言い、渡された小さなカードに署名した。書いた名前は「ミセス・パンチョ・ビリャ（パンチョ・ビリャはメキシコの革命家）」というあからさまな偽名。この女性がわたしをスーパーマーケットで見かけたことがあるのは確実だったからだ。彼女はそれを見て「ようこそいらっしゃいました。お部屋は三号室です」と鍵を渡してくれた。わたしは狭い階段を上がり、三号室を見つけた。コロニアル風のきれいな古いスプールベッド（糸巻きを連ねた形の棒をヘッドボードとフットボードに使ってあるベッド）と、カエデ材のモダンなテーブルが据えてある。わたしは髪を梳かして顔を洗い、階段を下りて外へ出ると、ドラッグストアを見つけて、歯ブラシと、推理小説三冊と、キャラメル一箱を買った。それからホテルへ帰って、〈古い牛小屋〉に入り、髪をおさげにした女主人に片隅の席へ案内してもらった。注文したのは、リオデジャネイロをしのんでダイキリを二杯と、ヒレステーキを一枚。女主人は三回わたしのそばを通って、ご満足いただけていますかと訊き、わたしは三回とも、ええ、満足ですと答えた。夕食を食べながら推理小説を読み、コーヒーといっしょにドランブイ（ウィスキーベースのリキュール）を飲んだ。そのあと上階の部屋にもどってコロニアル風のスプールベッドに入り、推理小説を読んでいるうちに、九時半ごろ眠りに落ちた。

目が覚めると朝の七時だった。階段を下り、〈古い牛小屋〉へ入ってワッフルとソーセージを食べた。それからチェックアウトを済ませ、駐車場からトロを出して町の本通りを進んでいった。町はずれに売りに出されている田舎家があったので、トロを停めて外へ出た。その家の広い庭は白い柵で囲まれ、小径には飛び石が敷いてあり、屋根は切妻造りだ。門のところで見ていると、男が一人、裏から出てきて会釈をよこした。「おはようございます。こぢんまりしたいい家でしょう？」

「ええ、すごくいいわ」

「基礎もしっかりしてます。屋根は新しいし、暖房も新品だし、防風窓もついてます」

「部屋はいくつ？」

「五部屋です。一階に三部屋、二階に二部屋。キッチンは最新式ですよ」

「だめね、大きすぎる」

「大きすぎる、とは？」

「わたしには大きすぎるわ。一部屋あれば充分」

男は肩をすくめた。「広々したのがお好きな方もいらっしゃいますから」

「わたしは違うわ。作家なの」

「作家さん？　テレビのシナリオを書いたりする？」

「いいえ」

「作家さんとは思いもよりませんでした。ご家族がいらっしゃるのかと思ってました。お子さんがね。パイやケーキやクッキーを焼いたりなさるのかと。一目見て、お料理上手なんでしょうと言うところでしたよ」

「わたしは作家よ」

「わかりました。だからこの家は大きすぎると」

「ええ、まあ、見てただけだし」

「結構ですよ」

わたしはトロに乗って出発した。二十マイル引き返して、見慣れたあたりにもどり、さらに二十マイル引き返して家にもどった。家に入ると、家族はキッチンのテーブルで昼食をとっていた。娘が小エビのサラダとホットビスケットをこしらえたようだ。「おかえり」家族は言った。「楽しかった？」

「ええ」

「ニンキが洗濯籠の中で仔猫産んだよ」と娘が言った。

「ワイシャツの襟がおかしいんだけど」と夫が言った。

「修理屋から電話があった」と息子が言った。「掃除機は直すより新しいのを買ったほうがいいってさ」

「母さんのレコードは片づけといた」と娘が言った。「父さんはハンバーグを三枚食べたよ。あたしのサンダル、底がはがれそうなの。白いやつ」

「どこまで行ったんだい」と夫が訊いた。

「さあね」とわたしは答えた。「世界じゅうあちこちよ」

S・B・フェアチャイルドの思い出

二年半前、夫とわたしは結婚十五周年を記念してテープレコーダーを買うことにした。テープレコーダーがあれば、子どもたちの幼く甲高い声を永久に保存できるし、その音声と八ミリで撮影した映像を併せれば、将来懐かしい思い出に容易に浸ることができると考えたのだ。わたしたちが感傷的に思い描いたのは、いつか遠い日の夕方、年をとって白髪《しらが》になり、体の自由もきかないが、幸福にも二人きりで腰を下ろしている自分たちの姿だった。二人が見ているのは映写機が延々と流し続ける映像――子どもたちがダンスをするところ、泳ぐところ、花火を打ちあげるところ、野球をするところ、よちよちと最初の一歩を踏み出すところ。バックに流れているのは、彼らが『クリスマスの前の晩』を暗誦《あんしょう》し、『目の見えない三匹のネズミ』を歌っている声。

テープレコーダーのすばらしさに初めて思い至ったのは、新聞の日曜版の広告を見ているときだった。わたしたちが掛売口座を持っているニューヨークの大型店が「中古再生品」のテープレコーダーを九十九ドル九十九セント、広告によればおよそ四十パーセント引きで販売しているというのだ。九十九ドル九十九セントといえば、ほぼ百ドルに等しく、単なる結婚十五周年に浪費するにはあまりに莫大な金額である――それはわたしたちもわかっていたが、いつの日かホームムービーのスクリーンの前に座って子どもたちの声を聞くという喜びのためなら、結局のところ百ドルも大した額ではないと、ついつい思わされてしまった。わたしはニューヨークのフェアチャイルドというその店に手紙を書き、テープレコーダーを注文して、九十九ドル九十九セントはわたしたちの勘定につけておいてくれと伝えた。

その月にはすでに、夫用のコインアルバムと、チョコレートアップル一箱を注文していたので、テープレコーダーより数日早く届いた請求書には百十一ドル五十三セントなる金額が記載されていた。テープレコーダーが届いたときには、送料として三ドル十七セントを支払った。テープレコーダーは木箱のようなものに入っており、夫は家に帰ってくると、息子といっしょに金槌《かなづち》とドライバーで箱を分解し、テープレコーダーをとり出さねばならなかった。説明書はテープレコーダーの蓋《ふた》に挟んであったが、テープはついていなかったので、夫と息子が説明書を読み、さまざまなボタンやリールをいじっているあいだに、わたしは町のオーディオショップに行ってテープを一包み買ってきた。テープは五ドル九十五セントで、数年前から顔なじみの店の主人は、うちがテープレコーダーをニューヨークの店で購入し、彼の店を通じて買わなかったことを恨みに思っていた。

夕食のあいだじゅう、夫と子どもたちはテープレコーダーのことばかり話し、子どもたちは食べ終わるとめいめいの寝室に引っこんで、テープに吹きこむつもりの歌や詩の暗誦をこっそりと練習し始めた。吹きこんだ歌や詩は安全に保存され、長い年月が過ぎたのち、両親がついに得たくつろぎのひとときに再生されることになるだろう。皿洗いが終わると、わたしと夫は子どもたちを階下の書斎へ呼んだ。子どもたちはくすくす笑ったり、そわそわと咳払いしたりしながら、父親が説明書を再読し、録音準備を整えるのを待っていた。だれもが絶えずほかの子に、静かにしてよと注意していた。長男はトランペットで『トタン屋根のブルース』をワンコーラス吹いて録音した。赤ん坊は『エンジニアと自動車に乗って』という大好きな歌を、抑《よく》揚《よう》のないささやくような声で口ずさんだ。下の娘はとびきり歯切れよく、キャンディショップへお出かけ、とかいう歌を大声で歌った。上の娘が吹きこむことにしたのは、祖父から習った『赤ちゃんは下水管を流れていった（水差しで湯浴みさせればよかったのに）』というバラッドだった。テープを再生すると、子どもたちは最初のうちびっくりし、それからおもしろがり、だれもがもっと録音したがった。テープには、みんな静かにしないと、何も録音しないぞ、という夫の声と、お父さんの言ったこと聞こえた？　今度くすくす笑った子は部屋から出てってもらうわよ、というわたしの声も吹きこまれていた。

わたしたちはテープを何度か再生し、その後、家に客が来るたびに再生して聞かせ、祖父母にも電話ごしに聞かせてやった。子どもたちは友人にも聞かせたいと言いはった。わたしも夫も録音にはきわめて満足していて、子どもたちが、特に赤ん坊が新しい歌を覚えたら、二度めの吹きこみをしたいと思っていた。ところがある晩、ブリッジをしようと訪ねてきた友人たちに録音を聞かせていたところ（その晩、三回勝負の二回めの最中にスペードの9が謎の消失を遂げ、今にいたるまで発見されていない）、テープレコーダーが苦しげにうめくような音を立て、「──下水管を流れていっちゃった──」という歌声を最後に止まってしまった。夫と客たちはひとしきり騒ぎ立てたが、どうしても続きを歌わせることはできなかった。

　翌日、夫と長男はテープレコーダーを車まで運び、わたしは町のオーディオショップに車を走らせた。店主と店員がテープレコーダーを修理室に持ちこみ、わたしはテープを再生していたら止まってしまったのだと説明した。店の人たちは、ちゃんとチェックして、オイルを差したりしなくちゃいけないか確かめますよ、と請《う》け合ってくれた。店主は続けてこう断りを入れた──ただし、この店でお求めになった品じゃありませんから、分解修理代はいただくことになりますがね。この店で買ってもらった品でしたら、アフターサービスってことで無料で修理したんですが、よそでお求めになったんですから、通常の修理費を頂戴しませんと。わたしは、かまいませんとも、ニューヨークの店なんかで買った報いですから、と答えた。これでひとつ賢くなりましたな、と店主は言った。

　およそ三日後に、店主が電話してきて、このテープレコーダーは修理できませんと告げた。手違いで不良品が送られてきたんでしょうな──地元の店でお求めになれば、こんな間違いは起こらないんですがね。このテープレコーダー、中古再生品どころか、壊れるまで使って高いところから落としたか、象に踏まれたような状態ですよ。ちょっとでも録音したり再生したりできたのは奇跡ってもんです。テープにいくらか録音なさったそうですが、それがこのマシンにできる精一杯だったに違いありません。こいつの修理は引き受けられませんね。修理工といっしょに分解したんで、これから元通りに組み立てますが、うちで修理してみようとは思いません。ニューヨークの店がこれを送ってきたのはどう見ても手違いですから——いや、手違いだといいんですがね。うちの店でお求めになったんなら、わたしが再生品だと言ったら間違いなく再生品だって、安心なさってよかったんですが——つまり、これが届いたのは何かの間違いなんですから、ニューヨークに送り返して、店側に責任とらせたほうがいいですよ。

わたしは町へ車を走らせた。オーディオショップの店主と修理工がテープレコーダーを運んできて車に載せ、わたしはそれを家に持ち帰り、夫と長男が家に運びこんで食堂のテーブルに置いた。テープレコーダーに関する店主の見解を夫に伝えると、夫は大いに憤慨《ふんがい》し、そうとも、テープレコーダーを送り返して、ついでに苦情の手紙を書いてやれ、とわたしに言いつけた。

食堂のテーブルにはテープレコーダーが載っているので、わたしたちはキッチンのテーブルで夕食をとった。皿洗いが終わると、わたしはフェアチャイルドに手紙を書いて事情を伝え、テープレコーダーは手違いで送られてきたに違いない、というオーディオショップの店主の自信あふれる言葉を強調しておいた。当然ながらテープレコーダーはそちらに返品するつもりですが、貴店ではどのように対応していただけますか？　するとただちに、S・B・フェアチャイルドと署名のある返事がかえってきた。その手紙によれば、テープレコーダーは元の木箱にもどし、前払いの運送便で送り返すように、とのことだった。ご注文なさる前に、テープレコーダーが本当に入り用かどうか、お客様がよく検討なさらなかったことを遺憾に思います。お買いあげの品を頻繁に返品なさるのは、お客様にとってもご面倒でしょうし、当店としても迷惑を被《こうむ》る次第です。わたしはS・B・フェアチャイルドに再度手紙を書き、テープレコーダーは故障したのですよ、と伝えた。届いたときすでに運送料を払いましたし、そもそもテープレコーダーを元の木箱にもどすなんて不可能です。とり出す際に木箱を完全に分解し、子どもたちが破片をおもちゃのライオンの檻にしてしまいましたから――。S・B・フェアチャイルドは返事をよこし、返品の際の運送料は負担しないのが当店の慣習となっております、と伝えてきた。また、木箱に入れなければテープレコーダーを返送なさることはできませんので、無分別にも木箱を壊してしまわれたなら、どうか新しい木箱を入手なさってください。当店では、とS・B・フェアチャイルドは説明していた。お客様が気まぐれに商品を注文し、無頓着に返品なさることをお勧めしてはおりません。お客様の側にも、当店の側にも、金銭的負担が生じる結果となりますので。

わたしは返事を書き、この町では木工品はあまり見かけず、新しい木箱を手に入れようと思ったら金を払って作らせるしかないし、それでは数ドルかかってしまうと伝えた。S・B・フェアチャイルドは、それならテープレコーダーをお手元に置かれてはいかがでしょう。そもそも注文なさるほどほしがっておられたのですから、と言ってよこした。

わたしが要《い》りもしないものを注文する意地汚い人間だと、S・B・フェアチャイルドは確信しているようだった。わたしはすっかり頭にきて、きわめて辛辣《しんらつ》な手紙をしたためた。テープレコーダーが壊れたのはそちらの責任であり、こちらの責任ではありません。わたしとしては、オーディオショップの店主の楽観的な意見にもはや与してはおらず、貴店が欠陥品のテープレコーダーを故意に送ってよこしたと考えています。梱包代や送料の上前をはねて利益を得るつもりだったのでしょう。S・B・フェアチャイルドは、明らかにわたしの手紙を最初から最後まで読み違え、薄利多売の方針こそ、一八六三年以来、フェアチャイルド・オーガニゼーションの基盤となっております。と言ってよこした。

わたしがその手紙にどう返事しようかと思案していたところ、友人が電話してきて、週末に車でニューヨークへ行くけど、何か用事ある？　と尋ねてくれた。ありますとも、ぜひお願いしたいわ、とわたしは言った。フェアチャイルドにテープレコーダーを返品してきてもらえない？　友人はしばらくためらったのち、まあいいけど、と答え、わたしは、すぐに持っていくから、と伝えた。夫と長男がテープレコーダーを車に載せ、わたしは友人の家まで車を走らせて、私道に砂を敷いていた男性二人を呼び寄せ、テープレコーダーを友人の車のトランクに積みこんでもらった。私道に砂を敷いていた二人の男性には一ドルを進呈した。また、テープレコーダーをニューヨークへ運んでもらうお礼として、その家の幼い息子に電気時計工作キットを贈ったが、それは四ドル九十五セントだった。息子は素敵な電気時計をこしらえて寝室に飾った。わたしたちはキッチンテーブルにさよならして、また食堂で夕食がとれるようになった。

友人夫妻は一週間ニューヨークに滞在し、帰ってくると、テープレコーダーを受けとったというフェアチャイルドの伝票を届けてくれた。返品の受付は九階だったんだけど、テープレコーダーは一階のカウンターまでしか運べなかったの、と二人は説明した。エスカレーターに九回乗ってテープレコーダーを運ぶなんて無理だったから、一階の売場主任に預けて、受けとり伝票を預かってきたってわけ——。伝票を見たところ、テープレコーダーは修理部門にもどされたとあった。永久に返品してほしかったのに、とわたしが言うと、友人夫妻はこう答えた──そもそも一階で何かを預けられる場所は、修理カウンターとラッピングデスクだけだった。あのテープレコーダーをラッピングデスクに置いてきていいとは思えなかったし、売場主任にテープレコーダーを受けとらせるためには、修理伝票を切ってもらうしかなかった。なにしろわたしたちは、九回エスカレーターに乗って、九階の返品窓口までテープレコーダーを持っていく方法など思いつかなかったのだから。そして売場主任の話では、フェアチャイルドと何の関わりもない人間が、意味もなくテープレコーダーを抱えて店内をうろついているとしたら、エスカレーターで運んでもらうしかありませんが、自分がフェアチャイルドの名のもとに正式に受けとった以上、このテープレコーダーはすぐさま運搬用エレベーターに載せることができます、とのことだった。このテープレコーダーを買われた方が当店に手紙を書いて、事情さえ説明してくだされば、すべては丸くおさまるでしょう、と売場主任は言っていた──。

わたしは友人夫婦に礼を述べて、伝票をよく読んだ。テープレコーダー一台を修理のために預かったと書かれている。次いでわたしはフェアチャイルドに長く丁重な手紙を書き、テープレコーダー返品のいきさつを語り、売場主任が全責任を負ったことを強調した。伝票に書いてあった番号はすべて注意深く手紙に書き写し、伝票そのものは、レシピや保証書や電動ミキサーの使用説明書がしまってある箱に保管した。

その間《かん》フェアチャイルドには、次女のパーティドレスとキッチンスツールを注文していた。翌月届いた請求書を見てみると、その分が加算されて、請求額は百三十二ドル六十一セントになっていた。わたしは当惑し、フェアチャイルドに手紙を書いて、なぜ返品したテープレコーダーの代金が依然として請求されるのか、と質問した。二週間前に手紙を書いて、返品のいきさつを伝えたし、そちらから返事が来ない以上、テープレコーダーの代金は請求されないと思っていたのだが、と。

自分の歌声がもう一度聞きたい、という子どもたちからのプレッシャーを受けて、わたしと夫はオーディオショップの店主から、最初のよりかなり高額な新しいテープレコーダーを購入した。そちらは申し分のない働きを見せた。わたしたちは長男が『ロイヤル・ガーデン・ブルース』をトランペットで吹くところ、次女がチューリップとお日様の出てくる薄っぺらい歌を歌うところ、長女が祖父から習った『だれが（針金で）グラットンじいさんの首絞めた』とかいう歌を歌うところ、赤ん坊が『エンジニアと自動車に乗って』を歌うところを録音した。

その月、フェアチャイルドにはイニシャル入りの文房具三箱と、高級バスパウダー一箱を注文し、翌月の請求額は百六十ドル四セントだった。わたしはフェアチャイルドに手紙を書いて、なぜテープレコーダーの代金が——二か月前に返品したのですが、と明記した——あいかわらず請求額から差し引かれないのでしょう、と尋ねたが、返事は来なかった。一か月前には対応に迷っていた夫は、テープレコーダーについては無視するのがいちばんだと結論を出し、テープレコーダー代の九十九ドル九十九セントを差し引いた六十ドル五セント分の小切手をフェアチャイルドに送った。フェアチャイルドから届いた領収書には、まだ九十九ドル九十九セントのお支払いが残っています、と付記されていた。全額お支払いいただけますでしょうか、あるいは、少なくとも一部をお支払いいただけますでしょうか？　わたしは「同封の手紙をご覧ください」と返事を書き、以前に書いた手紙の写しを送った。

わたしも夫もこのころには、売場主任のサインがある伝票はきわめて重要なものだと認識し始めていたので、わたしはそれをレシピの箱からとり出して夫に渡し、夫はそれを住宅ローンの書類や、確定申告用の明細書などといっしょに封筒に入れて机にしまった。わたしはフェアチャイルドと同じくらい大規模な、ニューヨークの別のデパートに手紙を書いて、そこに掛売口座を開設し、赤ん坊の誕生祝いのおもちゃの電車と、新種の鉛筆削りを注文した。翌月の請求は、そのデパートからの八ドル四十セントと、フェアチャイルドからの九十九ドル九十九セントだった。フェアチャイルドの請求書の下部には小さなメモが貼りつけてあり、どうかこれ以上、上記の請求を無視なさらないでください、と書かれていた。夫は第二のデパートの請求に応えて小切手を書き、フェアチャイルドからの請求書は捨ててしまった。

およそ三週間後の夕方、夫とわたしはブリッジをしに出かけた。家に帰ると、ベビーシッターが顔を赤らめて報告してきた。電話で電報が届いたので書き留めておきました。メッセージは、とドアのほうへじりじり近づきながら、ご主人の机に載せてあります——。その電報は、支払い期限を大幅に過ぎた商品代金を支払わないなら、フェアチャイルド・デパートは法的な手続きに入る、という内容で、差出人はＳ・Ｂ・フェアチャイルドだった。ベビーシッターはそわそわしながら、そんなのどうってことありませんよ。今夜のシッター代は結構です、お金がないってどういうものか、あたしも知ってますから。とにかく、何もかもうまくいくといいですね、と話しかけてきた。怒りに顔を赤くしかけていた夫は、震える手で財布をとり出し、彼女に二倍の料金を払うと言ってきかなかった。ありがたいことに、あの店には一セントだって借りがないのよ、とわたしは言った。ええ、そうでしょうね、とベビーシッターは答えた。ああいう人たち、こっちがお金を工面《くめん》するちょっとのあいだも待っててくれないんですから、ひどすぎますよね。

翌朝、ベビーシッターの母親が電話してきて、同情たっぷりの声でこう言った。何か事情があるようだから、学校の楽団を支援するための寄付金、いつもよりちょっと減らしてかまわないのよ。その日の午後、買い物に行くと、食料雑貨店の店主がこう話しかけてきた。奥さんも知ってのとおり、人から金をとり立てることばかり考えてる連中もいますがね、わたしゃそんなのとは違いますから、今月分の支払いは待ってほしいとおっしゃるなら、何ひとつ文句は言いませんとも。夕刊を配達してくれる少年は、わたしが一週間分の三十セントを渡すより早く、自転車の向きを変えて立ち去ってしまった。肩ごしに、今日はいいんですよ、いつでも都合のいいときに払ってください、と叫びながら。

翌朝届いた郵便には、ベビーシッターの叔父からの手紙が交ざっていた。便箋の左上の隅に、彼の写真が入っていたのでそうとわかったのだ。にっこり笑って、上部に印刷された文章を指差している。「そう！　あなたにお金をお貸ししたい！　金銭上の悩みはもうおしまい！　おしまいなんです！」一、二日あとに、何通か請求書が届いたが、その中にフェアチャイルドからの九十九ドル九十九セントの請求書もあり、電話会社からの請求書には、フェアチャイルド発の着払い電報の代金、一ドル六十九セントという項目が含まれていた。わたしは電話会社に電話して、夜間業務監督を呼び出し、フェアチャイルドからの着払い電報の料金を、なぜ電話会社はこちらに請求できるとお思いなんですか、と言ってやった。そもそも、受けとる権限のないベビーシッターしかいないときに届いたというのに――。夜間業務監督は、確かに、ああいう腹の立つ電報に対し、そちらに料金を払えというのは不当な話ですよね、と言ってくれたが、あいにく請求書の項目を削除する権限はわたくしにはございません、とすまなそうに続けた。信用管理主任にお手紙を書いて、そちらにご説明いただけますでしょうか? 電話じゃだめなんですか、と尋ねると、当社の業務に関するご連絡に、従業員が電話で対応することは認められておりません、とのことだった。

翌月、S・B・フェアチャイルドからまたしても手紙が届いた。当方もこれ以上辛抱《しんぼう》強く待つことはできません。とっくに支払い期限の切れた商品の代金（九十九ドル九十九セント）を返信にてお送りいただけない場合、強硬手段に訴えるしかありません。わたしはフェアチャイルドにまたしても「同封の手紙をご覧ください」と返事を書き、電話会社の信用管理主任への手紙の写しを同封した。誤って届けられた着払い電報の代金、一ドル六十九セントの支払いを拒否するという内容だ。翌月、フェアチャイルドからは、九十九ドル九十九セントの請求書と、この未払い金をお支払いいただけない限り、とりわけ当方がとり立て業者を差し向けた場合、貴殿の信用はいかなる場所においても、永久に損なわれることになります、という手紙が届いた。ベビーシッターの叔父からも、「トラブルのときは、解決してくれる人のもとへ！」という新たな手紙が届いた。

翌月、フェアチャイルドはふり出しにもどり、また一からやり直し始めた。請求書には小さなメモが貼りつけてあり、どうかこれ以上、上記の請求を無視しないでください、と書かれていた。その翌月、またしても着払い電報が届いた。今回は幸いなことに、わたしが電話をとり、まだ最初の着払い電報の一ドル六十九セントについて電話会社の信用管理主任とやりとりしている最中だから、という理由で、電報の受けとりを断固拒否してやった。翌月、S・B・フェアチャイルドは、強硬手段うんぬんの手紙をふたたび送ってよこし、その翌月にはとり立て業者うんぬんの手紙をよこした。

結婚十六年めの記念日に、わたしは第二のデパートで夫に素敵な財布を買った。子どもたちはテープで自分の声を聞くのに飽き飽きし、カラーテレビを買ってよとうるさくせがむようになっていた。フェアチャイルドはある週の新聞の日曜版に、カラーテレビがおよそ三十パーセントオフ、という広告を出した。わたしと夫は、カラーテレビなんて気軽には買えないんだから辛抱しなさい、と子どもたちに言い聞かせた。

およそ二か月後――またしても強硬手段うんぬんの月だった――フェアチャイルドがガーデンチェアの在庫を見切り価格で売るという広告が新聞に載っていた。わたしはそのガーデンチェアがほしくてたまらなくなり、フェアチャイルドに手紙を書いて、座面が格子状のガーデンチェアと、同じ広告にあった入れ子のくずかごセットと、義母の誕生祝いにぴったりだと思ったピューターの華やかなお盆を注文した。数日後、S・B・フェアチャイルドから返信が届いた。フェアチャイルド・オーガニゼーション全体が、貴殿の不誠実な行いと、欺瞞《ぎまん》的なやり口に衝撃を受け、悲しみ、不快に思っております。たびたびご連絡を差しあげたにもかかわらず、貴殿は当店への未払い金九十九ドル九十九セントを放置しておられることにお気づきではないのでしょうか？　不遜にもこの支払い義務を顧みず、当店の気高きカウンターから、代金を払う意図もなく商品を奪い去ってよいとお考えなのでしょうか？　Ｓ・Ｂ・フェアチャイルドは、そのような手口にごまかされたりいたしません。貴殿は古くからの大切なお客様ではありますが、今回の件は目に余ると判断し、Ｓ・Ｂ・フェアチャイルド自身の手により注文をキャンセルし、掛売口座を閉鎖させていただきました。貴殿が当然の義務と向き合うおつもりになり、支払い期限を大幅に超過した商品代金（九十九ドル九十九セント）を全額送金なさらない限り、入れ子のくずかごセットも、ピューターのお盆も、座面が格子状のガーデンチェアも、当店からお届けすることはないでしょう。

わたしは手紙を二回読み、怒り心頭に発して電話のところへ行き、ニューヨークはフェアチャイルド・デパートのＳ・Ｂ・フェアチャイルド氏に指名通話を入れた。フェアチャイルド・デパートで電話のベルが鳴っているあいだ、受話器を握りしめて待ち、こちらからの通話が主交換台から十一階の交換台へ、次いで信用管理室へ、次いで秘書のもとへ、次いでまた信用管理室へ、次いでＳ・Ｂ・フェアチャイルド氏のオフィスへ、次いでＳ・Ｂ・フェアチャイルド氏の秘書へ、次いでＳ・Ｂ・フェアチャイルド氏の筆頭補佐役へ、次いでＳ・Ｂ・フェアチャイルド氏の筆頭秘書へ転送されるあいだも待っていた。Ｓ・Ｂ・フェアチャイルド氏の筆頭秘書のところで、ちょっとのあいだ壁にぶつかったかと思ったが、わたしは相手にこう言ってやった。この長距離指名通話でS・B・フェアチャイルド氏と話せないなら、夕方まで十分ごとに同じ電話をかけて、フェアチャイルド・デパートにかかってくるあらゆる電話を妨害するつもりだ、と。少したって、忙しそうな男の声が電話に出て言った。「はい、何です？」

わたしは自分の名前を告げ、請求書の件ですが、と伝えた。

「請求書の件でしたら、未収金係と話してください。わたしは忙しいのでね」

「あなたから手紙をいただいたから電話しているんです」

「事務局のほうで――」

「こないだピューターのお盆と入れ子のくずかごと座面が格子状のガーデンチェア三脚を注文したら、あなたから――」

「商品の注文なら、テレフォンサービスに電話してください。わたしが注文をいちいち――」

「ピューターのお盆と、座面が格子状のガーデンチェアを買いたいんです」

「あるいは、一階の顧客係にご相談ください」

「いいですか、わたしは絶対に、何があっても、あのお金は払いませんからね」

「そういうことなら、苦情係におつなぎしましょうか」フェアチャイルド氏は、いいことを思いついたという声で言った。「わたしはたいへん忙しい身ですから」

「テープレコーダーの広告を見て注文したんです――」

「その手のお話なら、広告係ですね。こちらではお受けできません」

「だけどそのテープレコーダーが壊れたんです」

「なら、修理係に言ってください。一階のアベニュー側の入口の近くです」

「いいえ。あのテープレコーダーは不良品でした。もう必要ありません」

「それなら、返品なさればよかったのでは？」

「返品しました。二年近く前に――」

「でしたら、九階の返品係にご連絡ください。どうしてこういう些細な問題がわたしに押しつけられるのかわかりませんね。そうでなくても――」

「今まであなたに十九通も手紙を書きました。あのテープレコーダーを買いたくないばかりに――電気時計工作キットを入れると――四十五ドル近いお金もかけてるんです。買わないために四十五ドルかかる商品が、あなたのお店にあるなんて考えられます？」

「担当はオフィス機器売場かな」フェアチャイルド氏は混乱していた。「八階の」

「わたしは納得したいんです」

「失礼ですが」威厳たっぷりの声だった。「お店をお間違えでは？」

わたしは電話を切り、腰を下ろして、今一度フェアチャイルド氏に手紙を書き始めた。手紙はこれきりにするつもりだったので、ことの次第をこまごまと、余すところなく書き連ねた。伝票を正確に書き写したものと、修理を頼まれたテープレコーダーは明らかに手違いで売られたものだ、というオーディオショップの店主のサイン入りのメモを同封し、ピューターのお盆、入れ子のくずかごセット、座面が格子状のガーデンチェアを再度注文し、テープレコーダーをフェアチャイルドに持っていってくれた友人の名前と住所を明記し、夫とわたしがいつの日か、静かに腰を下ろして子どもたちの声を聞くことをどんなに楽しみにしているか、という記述で締めくくった。その手紙は便箋三枚にも及び、封をしたときには、これさえ読んでもらえれば、あのテープレコーダーにまつわる一部始終がフェアチャイルド氏にも伝わるはずだと思われた。わたしはその手紙を郵便局に持っていき、フェアチャイルド・デパートのS・B・フェアチャイルド氏本人に配達されるよう、書留にして送りたいのだが、と伝えた。局長は、それなら受取証を請求してはいかがです？　と勧めてきた。受取証は、宛名に記された本人にサインをもらってから、お客さんのところへ返送されますから、ご本人が受けとったことが確認できますよ、と。わたしは郵便料金として七十七セントを支払った。

二日後、受取証が送られてきた。「名宛人署名」という欄には、フェアチャイルド・デパートと書かれていて、その下の、局長が×印を書き込んで抹消した行に、秘書ジェイン・ケリーと署名してあった。受取証の上部には「名宛人限定配達」とスタンプが押され、下部にも「名宛人限定配達」とスタンプが押されている。わたしはその受取証を局長のところへ持っていって見せた。局長は目を丸くした。

「向こうの郵便局は、何を考えとるんだ」

「どうしたらいいかしら」

「そうですね」局長は考えこんだ。「今となっては、手紙はとりもどせませんし。この、なんとかっていう秘書——サインをした秘書が、お客さんの手紙を持ってるってことになります」

「フェアチャイルド氏の手元には届かないわけね」

「こうしましょう。お客さんがこの件に関する苦情を申し立てるんです。局長のわたしに苦情の手紙を書いてください。それをわたしが郵政省に転送しますから、そのあとお客さんが、このフェアチャイルド氏に、もう一度手紙を書けばいいんです。お客さんの苦情が郵政省に届いたら、二通めの手紙は無料でお届けできるはずですよ」

わたしは家に帰って、事情を説明する手紙を書き、宛名は地元の郵便局長にした。それから郵便局に手紙を持っていき、三セントの切手を貼って窓口で局長に差し出した。局長は切手に消印を押し、手紙を開封して読み、結構です、すぐに転送しましょう、と請け合ってくれた。

一週間後――最初にテープレコーダーを注文してから二年はたっていなかった。十七回めの結婚記念日はまだ一か月近く先で、わたしは夫に贈る仕込杖を注文したところだったからだ――わたしは玄関へ手紙をとりにいった。

S・B・フェアチャイルドのサインがあるフェアチャイルド・デパートからの手紙が届いていた。この件をとり立て業者に任せた場合、貴殿の信用はいかなる場所においても損なわれる、という内容だった。合衆国郵政省からの手紙もあり、書留の誤配達を報告するために記入する書類三通が同封されていた。電話会社の主任からの手紙もあり、料金の未払いを放置するのは当社の方針に反するため、一ドル六十九セントをお送りいただけない場合、電話サービスを停止する、と書かれていた。無地の封筒に入った、ベビーシッターの叔父からの手紙は「お金の問題でお困りですか？　ぜひ援助させてください！」という内容だった。加えて、フェアチャイルド・デパートの修理部門からの手紙も届いていた。お客様のテープレコーダーの修理につきましては、当初の見積もりよりいささか時間がかかってしまい、まことに申し訳ございません。部品のとり寄せに少々遅れが生じたものですから。けれどもテープレコーダーは修理が完了し、お引きとりいただける状態です。ただちにお引きとり願えますでしょうか。十日以上経過すると、当方では責任を負うことができかねますので——。

カブスカウトのデンで一人きり

自分が生来、信頼に足り、誠実で、親切で、愛想がよく、礼儀正しく、心優しく、従順で、陽気で、つましくて、勇敢で、清潔で、敬虔《けいけん》な人間であることはよくわかっているが、だからといって、カブスカウトの組《デン》のデンマザーにふさわしい、鋼《はがね》のごとく強靭な人間だとうぬぼれることはできない。長男のローリーがカブスカウト隊に入るまで、わたしはずっと、デンマザーというのは、明晰な頭脳と逞しい右腕を持った鉄の女だろうと思い描いていたし、今でもそう思っている。今でもそう思っているのだ。

とはいえ――第四デンには年次大会で見てもらう立体地図も、結び目見本も、村のジオラマも、お手製ファッジも、アマチュア無線機もなかったが、わたしは彼らの活動に画期的な訓練テクニックを導入したという点で、密《ひそ》かに自分を褒めたたえている。そのテクニックは、わたしが世話をした六人の隊員にはすばらしい効果があったし、ひいては、今後のアメリカ人男性の全体的なあり方にまで影響を及ぼすかもしれない。

ぼくが入ってるカブスカウトの組《デン》のデンマザーになってくれない？　とローリーから訊かれたとき、わたしは一秒たりとも悩んだりせず、なれませんと返事をした。「母さんは忙しいの。

すごく忙しいのよ」

「なんで忙しいの?」ローリーは知りたがった。

「いろいろです」わたしは断固として言った。「父さんといっしょに蹄鉄《ていてつ》投げを覚えたり、いろいろです」

「蹄鉄投げなんて、できるようにならないよ。両手で投げてるようじゃだめなんだ。だからさ――」

「オリヴァーさんに訊いてみたらどう?」わたしは息子の失礼な言葉を聞き流して言った。「ロバーツさんか、スチュアートさんでもいいわ。喜んでやってくれるわよ。でも母さんは忙しいの」

「みんなも忙しいってさ。ほかの人がやってくれるんだったら、絶対母さんなんかに頼まないよ」

「でなきゃ、ウィリアムズさんは?」わたしは熱をこめて訊いた。「ウィリアムズさんなら、きっとデンマザーを喜んで引き受けてくれるわ」

「頼まなかったと思うの?」ローリーはうんざりした顔でわたしを見た。「できないってさ。もう頼めるのは母さんだけなんだよ」

「でも、母さんは忙しいの」わたしは言い張った。

「なんで忙しいの」

　こうしてわたしは第四デンの正式なデンマザーになった。つるつるの棒を登ったり、十マイルに及ぶ荒地に道を作ったり、紐をひばり結びにしたりする己れの能力に幻想は抱いていなかったので、それでは一体何ができるのかと、自分の乏しい才能をやむなく見つめ直すはめになった。ブリッジの腕はなかなかのものだが、隊員たちの役には立たないだろう。ただし――ブリッジ好きなら一度はこう考えたことがあるはずだ――子どもがいっしょにテーブルを囲んでくれるまで待たず、早いうちに仕込んでやれば、どんな子もかなりの腕前のプレイヤーに育てられるのでは、と思うのだが。

いずれにせよ、ブリッジはだめだろうし、五行戯詩《リメリック》の作り方も役に立たないだろう。わたしはリメリック作りにも自信があるのだが、第四デンの秋季活動として採用するのはあきらめるしかなかった。第一、そのような形の芸術は男の子の頭には難しすぎる。

結局、デンマザーとしての大まかな方針は幸運なひらめきによって決定し、いったん訓練のやり方が決まると、集会はスムーズに進行した。わたしは集会のたびに、めいめいにソーダ二本とドーナツ四個を用意し、全員参加の品位ある話し合いを短時間行わせ、あとは各人に好みの活動を黙々とやらせておいた。男の子たちは――自発的に、生き生きとして――紐を結んだり、屋根裏の壁を塗ったりし、その間、わたしは夕食用のジャガイモをむき、古いキャンプの歌を口ずさんだ。そしてどの子も毎週休まずに集会に出席した

実を言うと、最初の集会のとき、わたしは軽く緊張していた。それは水曜の午後で、わたしは第四デンの六人を学校へ迎えにいった。大半の子は顔くらい知っていたし、どうやら六人ともこちらのことは知っているようだった。車の中での話題はもっぱら、ローリーんちのおばさ

ん、どんなデンマザーになるんだろうな、ということだったからだ。母親がデンマザーを引き受け、自分の家で集会を開くことになったら、ローリーが思いあがってしまって、いささか困ったことになるのでは、とわたしは考えていた。しかし、蓋《ふた》をあけてみれば、わたしの不安など、彼の不安に比べたらものの数ではなかった。

車から降りたとき、ローリーはわたしをかたわらへつれていって、心配そうにささやいた。

「ねえ、始末のつけられないこと、やろうとしないでよ」

「何言ってるの。みんなで楽しくやれるに決まってるでしょ」

「あのさ、食べるもの、ちゃんと用意してある?」

三時十分、ドーナツが食べ尽くされ、ソーダの空きビンがケースにきちんともどされると、六人の隊員は両手を組んで、子ども部屋の床におとなしく一列になって座り、期待に満ちた目を(一名のみ疑いの目を)わたしに向けてきた。「で?」と息子が言った。

「それじゃ皆さん」わたしは明るい声を出した。「まずは係を選ばなくちゃいけません」長い沈黙があった。「デンの組長とか」わたしは弱々しく続けた。「会計係とか、そういう人たちです」黙りこくった顔を見回す。「会計係は会費を集めます」そう言いながら、わたしは暗い気持ちで思い出していた——係の選出は、だいたいの計画では四時までかかるはずで、映画に出てくる英国下院のありさまに近い、紳士的だが熱意あふれる公正な話し合いになる予定だった。

「係ですよ」わたしはうつろな顔に向かってほほえみながら締めくくった。

「組長とか、そういうやつのことだよ」ローリーが躍起《やっき》になって声を上げた。

「いいえ、違います」ふいにひらめきが訪れた。「わたしが言っているのは、たとえば、『公式めそめそ係』のことです。何にでもめそめそ文句を言うのは」——と、ここで息子を見て——「その人が全部引き受けます。ほかの子には面倒がかかりません」

「はい！」一人が興味を引かれて言った。「それ、絶対ハリーがいいと思います。こいつです」と、となりにいた少年を乱暴に突き出す。ほかの子たちは「やめろよ」とか「うるせえよ」とか「おまえやんの？」とか口々に声を上げた。

「ぼくはジョージを推薦します」押された隊員が言った。「『公式めそめそ係』にはジョージを推します」

「やってもいいよ」ジョージと思われる少年が言った。嬉しそうな声だった。「ビリーは『くすくす係』がいいんじゃない？　ほかのやつの分も笑ってくれる係」

「アーティは『物知り先生』ってどう？」

わたしは息子から尊敬の目で見られつつ椅子にもたれて、悦に入った笑みを浮かべていた。少年たちを集めて車に乗せ、家につれて帰る時間まで、選出は延々と続いた。ローリーは「大口叩き係」、アーティは「何でも一番のやり方を知ってる物知り博士」に選ばれ、雄鶏《おんどり》みたいに鳴けるマイケルは「鳴き真似係」に任命されたが、鳴き真似は一度の集会につき一回まで、という制限がつけられた（そのときはなぜ、一度の集会につき一回という決まりを、子どもたちが付け加えたがるのかわからなかった。今ではよくわかっている。彼らは言うまでもなく、わたしより先見の明があったのだ)。ピーターは、「カブスカウトには行かないと毎回言うけどやっぱり出席するやつ」に満場一致で決定し、わたしは「万能外野手」という名誉職を与えられた。うちの犬のトビーが組長に選ばれ、ローリーの一歳の弟、バリーが守衛官に任命されて、集会ごとに給与としてドーナツ一個を与えられることになった。

わたしはまた、ローリーに特有だと思っていた性質が、実はあらゆる十歳の少年に当てはまることに気がついた。少年たちは赤ん坊、仔猫、四歳以下の幼女にことのほかセンチメンタルな思いを抱いている。七歳の娘のジャニーは、正式なメンバーとして参加したがったが、もはや邪魔者扱いされる年ごろだったので、「あっち行けよ。女なんかに用はないって」と言われてしまった。けれどもバリーとまだ四歳のサリーは、即座にデンの「お気に入り」と見なされ、サリーは投票でバットガール兼マスコットに決まった。ジャニーをのけものにするのはフェアじゃないわ、とわたしが言い聞かせると、彼女はウェイトレスに選ばれ、集会でソーダを渡す係になった。反対は一票のみ——兄の票だった。

わたしが新たな訓練テクニックを編み出したのは、雄鶏の鳴き真似係を選んでいる最中、そろそろ静かにさせなくちゃ、と思ったときだった。そのときまでは、少年たちを静かにさせたくなったら、うちの四人の子どもがひどく騒がしいとき、常に効きめのある方法を使おうと思っていた。そういうとき、わたしはいつも、あらん限りの声で「静かに!」と一喝するのだ。子ども四人(うち二人はまだとても小さい)の声を合わせたより、わたしの怒声のほうが大きいので、たいていはそれで静かにさせられる。わたしの声だけでは勝てないときは、父親を呼んできていっしょに怒鳴ってもらう。殴り合ったり、地団太を踏んだり、引っぱったり、押したり、叫んだり、吠えたりしている子どもたちを黙らせたいとき、そのやり方が理想的だとは思わないが、今のところ、うまくいくのはその方法だけだったし、六人の隊員相手にもそれでうまくいくと思っていた。

隊員に向かって初めて「静かに！」と叫んだとき、彼らはびくっとして、たちどころに静かになった。けれども二回めに「静かに！」と叫んだときには、だれ一人わたしの声に耳を貸さなかった。六回ほど「静かに！」と叫んでも効果がなかったとき、わたしはこれといった意図もなく（本当にそうだったのだ）、背後の床の上にあった食品の箱の中に手を伸ばした。忘れていたドーナツの箱とか、バナナ一房とか、そういうものが入っていないかと思ったのだが、代わりに見つかったのは一個の卵だった。

わたしはあれこれ思い悩まず、よく狙いを定めた。息子のシャツはわたしが洗うのだから、わが子を標的にするのがいちばん妥当だと思い、弾を投げた。そのとたん、騒ぎはぴたりと静まった。雄鶏候補者五名は、鳴き真似の最中に凍りつき、卵の殻と黄身をぽたぽた垂らしているローリーを見つめた。これでましになったわ、とわたしが言い、卵の箱を意味ありげにかたわらに置くと、集会はほぼ落ち着いた状態で再開された。

その年の後半、卵の値段がかなり上がったので、わたしは弾丸としてマシュマロを使うようになった。マシュマロは、食べられる（つまり、隊員が食べられる）という長所まであったし、生卵ほどのインパクトはなかったが、そのころには、隊員を黙らせたかったら右腕を振りあげるだけでいいとわかっていた。

わたしは弾を的に当てる達人になり、新たな訓練テクニックは確立され、屋根裏の壁はペンキを塗られたが、それを除いたら、さっきも言ったとおり、わたしたちが年次大会で活動成果として示せるようなものはなかった。わたしたちは、でたらめで愉快な寸劇を披露しようと骨折って準備していたが、本番直前にマイケルが水疱瘡《みずぼうそう》になり、ジャニーが木の代役をするはめになった。大会当日、わたしが目を閉じ、歯を食いしばって、ライオンがセリフを忘れませんように、ケーキがまたクロコダイルのしっぽにつまずきませんように、という悲痛な願いを胸に座っていたとき、突如として、はっとするほど恐ろしい考えが頭に浮かんできた。やがて——それもさほど遠からぬうちに——ローリーがボーイスカウト隊に、バリーがカブスカウト隊に、ジャニーがガールスカウト隊に、サリーがブラウニー隊（ガールスカウトの幼年隊）に所属するときがやってくる——四人揃って。その前にまた卵の値段が下がることを祈るばかりだ。

『ウーマンズ・デイ』一九五三年十二月

エピローグ　名声

　処女作が出版される二日前、住まいのあるヴァーモント州の小さな町からニューヨークへ旅立つために荷造りをしていたところ、電話のベルが鳴った。いらいらと受話器をとって「もしもし」と応えると、優しげな老女の声が聞こえてきた。「もしもし、どちら様？」ヴァーモント州では、電話をかけたほうがこう言うのが普通なのだ。

「シャーリイ・ジャクスンです」そう名乗ったおかげで、本が出ることを思い出し、少し穏やかな気分になった。

「あの」相手は戸惑った声で言った。「ミセス・スタンリー・ハイマンとお話ししたいんですけど？」

　わたしは一瞬口をつぐんでから「わたしです」としぶしぶ言った。

　相手の声が明るくなった。「ハイマンさん」と、嬉しそうに話を進める。「わたし、新聞社のミセス・シーラ・ラングです。何日も前からご連絡をとろうとしていたんですよ」

「すみません。とにかく忙しくって――本が出るものですから」

「でしょうね。さてと、ハイマンさん、どうしてお電話したかっていうと――新聞は読んでらっしゃいますよね」

「もちろんです。ひょっとしたら、取材が来るんじゃないかと……」

「ああ、それじゃきっと、『ノース・ヴィレッジだより』っていうコラムもご存じでしょうね」

「知ってますとも」わたしは愛想よく言った。

「あれ、わたしのコラムです。わたしが書いてるんです」

「あの、確かにわたしはノース・ヴィレッジに住んでますけど、あのコラムは、こんなに大きなニュースを扱うような……」

「それで、わたしの仕事はこうなんです。何か話題を持っていそうな町の人に電話をかけて……」

「わかりました」わたしは家じゅうに何枚も落ちている本のカバーのコピーに手を伸ばした。

「本のタイトルは……」

「最初に、町のどこにお住まいなのか、詳しく教えていただけますか、ハイマンさん」

「プロスペクト通りです」とわたしは言った。「『塀のむこうへの道』です」

「なるほど。書き留めますね」

「本のタイトルですよ」

「ええ。あの通りのどのお宅かしら」

「エルウェルさんの古い家です」

「メカニック通りとの交差点にある？　エルウェルさんの息子さん一家がそこに住んでたはず

ですけど」

「そこはおとなりです。うちは古いほうのエルウェルさんの家に住んでるんです」

「サッチャーさんの家？　あそこはみんな、サッチャーさんの家って呼んでるんですよ。サッチャーさんが建てた家ですから」

「ええ、そこです。本はあさって出版されます」

「あの家に住んでる人がいたなんてねえ。てっきり空家《あきや》だと思ってました」

「うちは三年前からここに住んでます」わたしは少し硬い口調で言った。

「わたしもう、あんまり外へ出ませんから——。それじゃ、地元のちょっとしたニュース、聞かせていただけます？　お客が来たとか。子どもたちのパーティとか」

「来週、わたしの本が出るんです。刊行日にはニューヨークに行きます」

「ご家族といっしょに？　ところで、お子さんはいらっしゃるの？」

「二人います。つれていきます」

「素敵ね。お子さんたち、きっと大喜びね」

「あの」わたしは躍起《やっき》になって言った。「わたし、そちらの新聞からガールスカウトのコラムを書くように頼まれてるんです」

「ほんとに？」疑うような声。「きっと楽しいと思いますよ。ぜんぜん堅苦しくない新聞ですから」

「でしょうね。わたしの本のこと、お聞きになりたいですか？」

「ええ、聞かせてくださいな。ちょっとしたニュースがあったら、いつでもわたしにお電話くださいね。番号は電話帳に載ってますから」

「そうします。それで、わたしの本は……」

「お話しできて楽しかったわ、ハイマンさん。サッチャーさんの家に人が住んでるのを知らなかったなんてねえ！」

「『塀のむこうへの道』です。ファラー・アンド・ストラウス社です」

「わたしね、もうあまり外へ出ませんでしょ？　このコラムを書く仕事でご近所の人たちとつながってるんです。親睦を深めてる、っていうのかしら」

「二ドル七十五セント。地元の本屋にも並びます」

「あなたもガールスカウトのコラムを書いたら、きっと同じように感じるでしょうね。ありがとうございました、ハイマンさん。じきにまたお電話くださいね」

「とりかかったのは去年の冬です」

「ごきげんよう」彼女は優しく言って電話を切った。

翌日、新聞に載ったコラム「ノース・ヴィレッジだより」をわたしは切り抜いてとっておいた。読みましたよと言ってくれる人も何人かいた。それは全四ページの新聞の最終ページに載っていた。

ノース・ヴィレッジだより

メイン通りのミセス・ロイヤル・ジョーンズは体調不良。

ウェイト通りのミス・メアリ・ランダルは水疱瘡《みずぼうそう》で外出できない。

昨夜、ミセス・ルース・ハリスを囲んで、フックドラグの教室が開催された。

トロイのハールバット・ラングは、ノース・ヴィレッジに住む両親、R・L・ラング夫妻のもとで週末を過ごした。

バプティスト教会の食品バザーは悪天候により無期限延期となった。

ミセス・スタンリー・ハイマンがプロスペクト通りのサッチャー氏の家に引っ越してきた。

彼女は今週、家族とともにニューヨーク市のファラーストラウス夫妻を訪ねる予定。

バーリントンのミセス・J・N・アーノルドが、町内のサミュエル・モンタギュー夫妻のもとで週末を過ごした。

イースト通りのローラ・キトレッジちゃんが火曜日に五歳の誕生日をお祝いした。六人のお友だちが誕生日を祝って集まり、アイスクリームとケーキがふるまわれた。

『ライター』一九四八年八月

訳者あとがき

シャーリイ・ジャクスンが四十八歳の若さで亡くなってから四半世紀以上たって、ヴァーモント州のとある納屋《なや》で、彼女の未発表原稿が何篇か発見されました（同時に、『丘の屋敷』の原稿、およびキャラクターと場面に関する覚え書きも発見されたそうです）。ジャクスンの長男ローレンス・ハイマン・ジャクスン（ローリー）と、次女サラ・ハイマン・スチュアート（サリー）は、それを機に亡母の新たな作品集を編むことを企画、雑誌等に発表されながら単行本には未収録の作品も発掘し、最終的に百三十篇あまりを集めました。その中から五十四篇を選んで、一九九六年にバンタムブックスから刊行した作品集が、本書の元になった*Just an Ordinary Day*です。

原書はこうした経緯で編まれたこともあり、作品の完成度にはどうしてもばらつきがありました。そこで、五十四篇の中から序文とエピローグを含め三十篇を厳選してここに訳出した次第です。翻訳する作品を選ぶ際には、秀作を漏れなく含めると同時に、今まであまり知られていなかった、ジャクスンのさまざまな面を紹介できるように気を配りました。

多くの方はジャクスンといったら、短篇「くじ」を連想されるかと思いますが、本書にもその系統に属する、人間の心に潜むよこしまなもの――悪意、妬み、優越感――を鋭く描いた作品が多数収められています。

けれども、本書ではそうした〝嫌な話〟だけでなく、超自然的な怪異譚、正統派ゴシック譚、軽妙なユーモア小説、自らの家庭生活を題材としたエッセイなど、バラエティに富んだジャクスン作品がお楽しみいただけます。一読してくだされば、ジャクスンの意外な一面がきっと見つかることと思います。

ちなみに原書では、未発表作品を第一部、単行本未収録作品を第二部としていますが、本書では両者を区別せず、テイストの近い作品をまとめて並べることにしました。雑誌に発表された作品は、末尾に掲載誌と月号を記してあります。

一つ心残りなのは、ジャクスンのロマンス作品を収録しそびれたことです。実はジャクスンは心温まるロマンスもいくつか遺しているのです。ジャクスンのそうした面をお知りになりたい方は、創元推理文庫『街角の書店』（中村融編）に収録された「お告げ」（深町眞理子訳）をぜひお読みください。

さて、訳者がとりわけ気に入っているのが、家事・育児にまつわるエッセイ五篇です。この五篇と同系列の作品について、少しご紹介しておきましょう。ジャクスンは自らの家庭生活を題材とした回想録（多少はフィクションも入っているようです）を二作遺しています。*Life Among the Savages* と *Raising Demons* です。日本では前者が一九七四年に『野蛮人との生活』（深町眞理子訳）のタイトルでハヤカワ文庫NVから刊行されましたが、今では古書店でもなかなかお目にかかれないようです。後者は「悪魔は育ち盛り」（深町眞理子訳）のタイトルで、一部が一九七三年から七八年にかけてミステリマガジンに掲載されましたが、書籍化はされていません。

想像を絶するわが子の振る舞いと、それに翻弄《ほんろう》される自らの姿を活写し、笑えるけれどちょっとビターな味わいに仕上げたこの二作、まさに抜群のおもしろさですので、邦訳がまた気軽に読めるようにならないかと、ひそかに願っているところです。

ジャクスンの作品はこのようにバラエティに富んでいますが、結局のところ多くの作品に共通するのは、人間とは（ときに自分も含めて）何を考えているのかわからないものだ、という感覚ではないでしょうか。たとえば、日々をともに過ごしている家族に、自分には理解しがたい面があると気づいたとき、人はそのことを強く実感するものですが、ジャクスンはそうした感覚を元に、さまざまなテイストの作品を生み出しているように思えます。

身近な人間の不可解な心理を恐ろしいと捉えれば、本書にも何篇か入っている、夫婦を題材としたホラー作品が生まれてくるでしょうし、乾いた目で観察し、ユーモアで味付けをすれば、わが子の言動を描いた、巻末のエッセイのような作品が生まれてくるでしょう。こうした素材の生かし方の幅広さに、ジャクスンの作家としての深みがうかがえるような気がします。

本書に収録した作品のうち、四篇には既訳がありますので、ここに紹介しておきます。翻訳の際にはいずれも大いに参考にさせていただきました。訳者の皆様方に深く感謝いたします。

・「なんでもない日にピーナツを持って」"One Ordinary Day, with Peanuts"
「ある晴れた日、ピーナツを持って」浅倉久志訳（『ミステリマガジン』一九六九年九月号）
「ある晴れた日に」吉田誠一訳（ジュディス・メリル編『SFベスト・オブ・ザ・ベスト下』創元SF文庫／一九七七年）

・「悪の可能性」"The Possibility of Evil"
「悪の可能性」深町眞理子訳（『ミステリマガジン』一九七三年十一月号、ビル・プロンジー二編『エドガー賞全集　下』ハヤカワ・ミステリ文庫／一九八三年）

・「行方不明の少女」"The Missing Girl"
「少女失踪」深町眞理子訳（『ミステリマガジン』一九七二年四月号）

・「うちのおばあちゃんと猫たち」"My Grandmother and the World of Cats"
「おばあちゃんと猫たち」柴田元幸訳（柴田元幸編訳・畔柳和代訳『いまどきの老人』朝日新聞社／一九九八年）

ここで収録作の中でもとりわけミステリアスな「逢瀬」について一言記しておきます。原題の"Lovers Meeting"はおそらく、シェイクスピア『十二夜』第二幕第三場の道化のセリフ"Journeys end in lovers meeting"を元にしているかと思われます。作中に出てくる歌

“What's to come is still unsure, in delay there lies no plenty” も同じ道化のセリフです。そして、いずれのセリフも（後者のセリフは in delay there lies no plenty の部分のみ）『丘の屋敷』にくり返し登場します（創元推理文庫『丘の屋敷』四十九ページほか〝旅は愛するものとの出逢いで終わる〟ならびに、三十二ページほか〝ぐずぐずしてても、はじまらない〟渡辺庸子訳）。『十二夜』のこのセリフがジャクスンに強いインスピレーションを与えたことがうかがえます。

最後になりましたが、東京創元社編集部の古市怜子さんには、収録作品の選定、並べ方を始め、さまざまな点でお世話になりました。どうもありがとうございました。

追記

初版のあとがきの中で、「四篇には既訳があります」と述べましたが、「レディとの旅」も「これが人生だ」の邦題ですでに翻訳されていました。見落としをお詫びし、ここにご紹介いたします。原題も “Journey with a Lady” と “This Is the Life” の二通りありますが、同じ作品です。

「これが人生だ」大山功訳（『エラリイ・クイーンズ・ミステリ・マガジン』一九六〇年八月号、北村薫編『謎のギャラリー 特別室Ⅲ』マガジンハウス／一九九九年、北村薫編『謎のギャラリー 愛の部屋』新潮文庫／二〇〇二年）

本書収録作品　原題一覧

Preface: All I can Remember「序文　思い出せること」
The Honeymoon of Mrs. Smith（Version I）「スミス夫人の蜜月（バージョン1）」
The Honeymoon of Mrs. Smith（Version II）The Mystery of the Murdered Bride
「スミス夫人の蜜月（バージョン2）――新妻殺害のミステリー」
The Good Wife「よき妻」
The Mouse「ネズミ」
Lovers Meeting「逢瀬」
The Story We Used to Tell「お決まりの話題」
One Ordinary Day, with Peanuts「なんでもない日にピーナツを持って」
The Possibility of Evil「悪の可能性」
The Missing Girl「行方不明の少女」
A Great Voice Stilled「偉大な声も静まりぬ」
Summer Afternoon「夏の日の午後」
When Things Get Dark「おつらいときには」

Mrs. Anderson「アンダースン夫人」
Lord of the Castle「城の主《あるじ》」
On the House「店からのサービス」
Little Old Lady in Great Needs「貧しいおばあさん」
Mrs. Melville Makes a Purchase「メルヴィル夫人の買い物」
Journey with a Lady「レディとの旅」
All She Said was Yes「「はい」と一言」
Home「家」
The Smoking Room「喫煙室」
Indians Live in Tents「インディアンはテントで暮らす」
My Grandmother and the World of Cats「うちのおばあちゃんと猫たち」
Party of Boys「男の子たちのパーティ」
Arch-Criminal「不良少年」
Maybe It was the Car「車のせいかも」
My Recollections of S. B. Fairchild「S・B・フェアチャイルドの思い出」
Alone in a Den of Cubs「カブスカウトのデンで一人きり」
Epilogue: Fame「エピローグ　名声」

シャーリイ・ジャクスン著作一覧

1 *The Road Through The Wall* (1948)
『壁の向こうへ続く道』渡辺庸子訳(文遊社)

2 *The Lottery, or The Adventure of James Harris* (1949) 短編集
『くじ』深町眞理子訳(ハヤカワ・ミステリ文庫)※二十五編中二十二編を収録

3 *Hangsaman* (1951)
『絞首人』佐々田雅子訳(文遊社)
『処刑人』市田泉訳(創元推理文庫)

4 *Life among The Savages* (1953) ノンフィクション
『野蛮人との生活』深町眞理子訳(早川書房)

5 *The Bird's Nest* (1954)
『鳥の巣』北川依子訳(国書刊行会)

6 The Witchcraft of Salem Village (1956) 児童書

7 *Raising Damons* (1957) ノンフィクション
「悪魔は育ち盛り」深町眞理子訳(『ミステリマガジン』一九七三年三月号から七八年三月

号に一部連載）
8 *The Sundial*（1958）
『日時計』渡辺庸子訳（文遊社）
9 *The Haunting of Hill House*（1959）
『山荘綺談』小倉多加志訳（ハヤカワ文庫ＮＶ）
『丘の屋敷』渡辺庸子訳（『たたり』改題、創元推理文庫）
10 *We Have Always Lived in The Castle*（1962）
『ずっとお城で暮らしてる』山下義之訳（学研ホラーノベルズ）
『ずっとお城で暮らしてる』市田泉訳（創元推理文庫）
11 *The Magic of Shirley Jackson*（1966）短編集
12 *Come Along with Me*（1968）短編集
『こちらへいらっしゃい』深町眞理子訳（早川書房）
13 *Just an Ordinary Day*（1996）短編集　本書
『なんでもない一日』市田泉訳（創元推理文庫）※五十四編中三十編を収録
14 *Let Me Tell You*（2015）短編集

訳者紹介 1966年生まれ。お茶の水女子大学文教育学部卒業。英米文学翻訳家。訳書にジャクスン『ずっとお城で暮らしてる』、アンダーズ『空のあらゆる島を』『永遠の真夜中の都市』、サマター『図書館島』『翼ある歴史』などがある。

なんでもない一日
シャーリイ・ジャクスン短編集

2015年10月30日　初版
2022年4月8日　再版

著　者　シャーリイ・ジャクスン

訳　者　市《いち》田《だ》泉《いづみ》

発行所　(株)東京創元社
代表者　渋谷健太郎

162-0814/東京都新宿区新小川町1-5
電　話　03・3268・8231-営業部
03・3268・8204-編集部
URL　http://www.tsogen.co.jp
フォレスト・本間製本

ISBN978-4-488-58304-0　C0197